长江赋史论

CHANGJIANG FU SHILUN

长江赋

时俊龙 ◎ 著

浙江工商大学 出版社
ZHEJIANG GONGSHANG UNIVERSITY PRESS

·杭州·

图书在版编目（CIP）数据

长江赋史论 / 时俊龙著. — 杭州：浙江工商大学
出版社，2023.11
　ISBN 978-7-5178-5694-8

　Ⅰ. ①长… Ⅱ. ①时… Ⅲ. ①赋－文学研究－中国
Ⅳ. ①I207.224

中国国家版本馆 CIP 数据核字（2023）第 171248 号

长江赋史论
CHANGJIANG FU SHILUN
时俊龙　著

责任编辑	张晶晶
责任校对	都青青
封面设计	蔡海东
责任印制	包建辉
出版发行	浙江工商大学出版社

（杭州市教工路 198 号　邮政编码 310012）
（E-mail：zjgsupress@163.com）
（网址：http://www.zjgsupress.com）
电话：0571－88904980,88831806（传真）

排　　版	杭州朝曦图文设计有限公司
印　　刷	杭州高腾印务有限公司
开　　本	880mm×1230mm　1/32
印　　张	8.75
字　　数	212 千
版 印 次	2023 年 11 月第 1 版　2023 年 11 月第 1 次印刷
书　　号	ISBN 978-7-5178-5694-8
定　　价	68.00 元

目　录

绪　论

一、选题价值

　　水是生命之源。长江是中国之水的显著形态,与中国的自然环境、社会文化血脉相连,深刻影响着中国人的生存、繁衍、流动,乃至中国的经济、政治、文化。自古以来,人们交流交往,与长江产生了密切的联系。长江作为宏大的地理空间不断被书写,南渡与北渡的故事反复被文人言说,文学沿长江东西流转,南学与北学由长江分野。作为中国的母亲河、中华文明的摇篮之一,长江有着特殊的地理条件和文化意义,在中国文学中占有重要的位置,与文学呼吸与共,二者存在着天然且紧密的关系。从文学地理学的角度来看,长江作为文学发生发展的地理空间,是富有诗意与灵性的重要场域。①

　　长江文学的研究价值已被学者注意到,并产生了一些典范研究成果。如余恕诚《李白与长江》在地域文化与文学研究两个方面

---

　　① 蒋林欣:《"江河"体验与鲁迅的文学表达》,《文艺争鸣》2021年第1期。

有所创新,在学术史上具有重要地位。① 但是,长江文学研究目前集中于诗词等文体,对赋体的关注不足,尚未有相关专题研究。自先秦开始,中国文学中的独特文体——赋,不断在书写着长江,乃至以长江为创作题材独立成篇,这些赋承载了古人的艺术审美和情感志向,是长江文化的赋体结晶,是赋中具有高度独特价值的组成部分。长江赋凝聚着赋家对长江的"地理感知""地理记忆",甚至"地理思维"②,从文学与文化的角度来看,长江作为赋体文学创作中反复出现的意象,包含着人们的情感元素与精神基础,具有稳定的传承模式,是一种文学原型意象;对长江赋的意蕴挖掘,也是对民族集体无意识的发掘。因此,笔者选择以长江赋作为研究对象。

二、概念界定

笔者认为,长江赋是以长江为题材独立创作成篇的赋作。关于长江的概念,《大辞海》有所阐释,代表着当前的普遍共识:

> 中国第一大河、世界第三大河。上源沱沱河出青海省西南部唐古拉山脉各拉丹冬雪山。在囊极巴陇纳当曲后称通天河(按流域面积和水量,一说当曲为正源);南流到玉树县巴塘河口以下至四川省宜宾市间称金沙江;宜宾以下始称长江。宜宾与宜昌段又称"川江",宜都枝城到城陵矶段名"荆江",扬州以下旧称"扬子江"。流经西

---

① 余恕诚:《李白与长江》,《文学评论》2002 年第 1 期;莫山洪、杨素萍:《地域文化与文学研究的创新:〈李白与长江〉述评》,《广西民族师范学院学报》2016 年第 1 期。

② 邹建军:《文学地理学关键词研究》,《当代文坛》2018 年第 5 期。

藏、四川、云南、重庆、湖北、湖南、江西、安徽、江苏等省市
自治区，在上海市入东海。全长 6300 千米，流域面积
180.85 万平方千米。河口多年平均流量 32400 米³/秒。
有雅砻江、岷江、沱江、嘉陵江、乌江、湘江、汉水、赣江、青
弋江和黄浦江等支流。湖北省宜昌市以上为上游，长
4529 千米，水急滩多，有著名的三峡；宜昌至江西省湖口
间为中游，长 927 千米，曲流发达，多湖泊（鄱阳、洞庭两
湖最大）；湖口以下为下游，长 844 千米，江宽水深，江口
有崇明岛。水量和水力资源丰富。新中国成立前，中游
荆江地区常泛滥成灾。新中国成立后，兴建荆江分洪工
程和葛洲坝水利枢纽工程、长江三峡水利枢纽工程和向
家坝水电站等水利工程。宜宾以下可通航。万吨轮可上
达武汉。建有武汉、南京等多座长江大桥。沿江重要城
市有重庆、武汉、南京、上海等。有扬子鳄、白鱀豚、中华
鲟、鲥鱼等珍稀动物和鱼类。①

　　从上述引文可以看出，长江具有三个层面的概念，自小而大言
之，分别为长江干流、长江水系、长江流域。长度、源头、流段、入海
口等，是就长江干流而言的。支流、湖泊等，是就长江水系而言的。
荆州地区、沿江城市等，是就长江流域而言的。三个层面的长江概
念，均可作为文学研究的对象，且已有相关成果。目前成果显著的
是对长江意象的研究，其往往指向长江干流。长江"祖百川而父五

---

　　① 夏征农、陈至立主编：《大辞海》第 15 卷中国地理卷，上海辞书出版
社 2015 年第 6 版，第 525—526 页。

湖"(祝允明《一江赋》)①,水系包括干流、支流、湖泊等,因此,对汉江、洞庭湖、鄱阳湖的众多文学研究均指向长江水系。以长江流域为对象的文学研究相对较少,但成果仍较显著。其中余恕诚的《李白与长江》为大家力作,是此类研究的代表成果。

就赋学研究而言,已有以长江干流为对象的相关研究,如李丽香《汉魏六朝水赋研究》②、苏珍暖《唐代水赋研究》③、陈婉纱《汉魏六朝江海赋的文化地理空间研究》④,在水赋、江海赋的研究中,注意到了长江(干流)赋。对郭璞《江赋》、李觐《长江赋》、刘因《渡江赋》等名篇的众多研究,也是着眼于长江干流的。从水系、流域整体角度对长江赋进行研究的成果,尚不存在。干流是水系、流域的核心。对长江赋可以从干流、水系、流域三个层面进行研究,但其中干流研究是基础,只有在干流层面得到充分研究的前提下,才能有效进行水系、流域层面的研究。余恕诚的《李白与长江》之所以取得非凡的成就,与前人对李白与长江干流、水系关系的相关研究已经十分充分不无关系。因此,面对长江三个层面的概念,笔者从目前赋学研究实际出发,在关注到长江水系、流域的前提下,选择了长江干流作为研究方向。

在应用长江赋是以长江为题材独立成篇的赋作这一定义时,需要对长江、赋、题材等词做出规定。

一是长江概念的古今异同。长江赋中的长江专指长江干流,长江干流自古至今并未发生过如黄河改道般的巨大变化,这是否

① 马积高主编:《历代辞赋总汇》第6册,湖南文艺出版社2014年版,第5494页。
② 李丽香:《汉魏六朝水赋研究》,广西师范大学2014年硕士学位论文。
③ 苏珍暖:《唐代水赋研究》,广西师范大学2014年硕士学位论文。
④ 陈婉纱:《汉魏六朝江海赋的文化地理空间研究》,浙江大学2019年硕士学位论文。

意味着长江赋中的长江可以依据今天地理学科的定义对其进行研究？答案是不可以。这是因为历代赋家笔下的长江与我们今天的长江认知并不完全一致，且赋家之间也有差异。这一点鲜明地体现于关于长江源头的认知中，今天人们认为长江源头在青海省西南部唐古拉山脉各拉丹冬雪山，而赋家笔下大多是"岷山导江"，个别赋家则有独特见解。以今天的长江概念去判断长江赋中的长江，实属以今度古，难免有削足适履之嫌。因此，在应用长江赋的定义时，需要从赋作文本出发，找出明确的长江概念依据，即赋家对长江的体认。遵循这一原则，许多以金沙江为题材的赋作，被排除在长江赋的范畴之外。如明代何景明《渡泸赋》，清代赵淳、高暉同题《金沙江赋》，清代章邦元《五月渡泸赋》，均无明确的长江体认，并非笔者所要研究的长江赋。

二是赋作名实的考辨。中国人的整体思维无处不在，具体到长江概念中，可见江与山共生。如清代李恩授《江南江北青山多赋》言："尔乃江从山抱，山自江生。"[①]此外，望江楼等与长江共生的建筑，以及发生于长江的神话传说、历史故事，无不与长江紧密相连、不可分割。因此，江山赋、江楼赋、江事赋等均为长江赋中的类别。但是，面对数以万计的历代赋作，如果仅从赋作篇名考虑，因名定实，将以长江两岸之山、城市、历史、民俗等为赋题的赋作径直纳入长江赋范畴，所得长江赋篇目数以千计，这会使得文本范围过于庞杂，题材类型特征难以突出，无法将其作为一个整体进行研究。一方面，这些数以千计的赋作其差异性远大于相同性，甚至并不存在明确的长江概念，与本研究的目的等背道而驰。如南宋罗愿《鹦鹉洲赋》，赋家定点于黄鹤楼，远眺鹦鹉洲而思祢衡，全赋对鹦鹉洲的环境有所书写，但无一字涉及长江，并不存在明确的长江

---

① 《历代辞赋总汇》第 22 册，第 22093 页。

体认,与本书长江赋的定义不符。另一方面,这种操作忽略了名同实异问题,即有些赋作从赋题看,是写与长江相关的事物的,但考其文本并非如此。如太白楼,多地有之,而以采石矶太白楼最为突出。罗宗强言王阳明于弘治九年(1496)"游采石矶太白楼,写有《太白楼赋》"①,正是不小心犯了名实之误。根据王阳明《太白楼赋》所言"凌济川之惊涛兮,览层构乎任城",济川指济水,任城指今济宁,该赋所写乃济宁太白楼。此外,元代张塥《太白楼赋》,明代杨士聪、陶允宜同题《太白楼赋》,赵弼《太白酒楼赋》,清代张敦毓、蔡邦绂、王汝楫同题《太白酒楼赋》所写均为济宁太白楼。清代况宣恩《太白酒楼赋》所写乃南京太白酒楼,也称孙楚楼。以上这些太白楼赋自然不在长江赋范畴之内。因此,在应用长江赋的定义时需要循名责实,根据赋题提供的与长江相关的线索锁定赋作,在细读文本的基础上找出明确的长江体认,再将赋作纳入长江赋的范畴。

三是长江意象与长江题材的区分。长江意象作为具有独特意蕴的长江形象在《诗经》中即已出现,在汉赋乃至后代赋作中甚为常见,但是,赋中存在长江意象并非表明该赋即为长江赋,一些无法上升到长江题材层面的长江意象,往往是零散孤立的,难以形成长江整体意蕴。长江题材是指围绕长江相关主题而组织起来的书写素材,包括意象、典故、景观、事件等。以长江为题材的赋作,无论所写为江水、江山,还是江物、江楼、江事,赋中长江凸显,且为主要的自然景观描写对象或处于场景塑造的主体,其组织结构中具有长江的整体性特征。因此,长江意象与长江题材有所区别,一些具有长江意象而无长江题材的赋作不属于长江赋范畴。如南宋罗

---

① 罗宗强:《明代后期士人心态研究》,南开大学出版社 2006 年版,第93 页。

愿《鹦鹉洲后赋》开篇即言:"日吾送兄溢浦兮,背长江而旋反。"①指出行进路线中的长江,有着明确的长江体认,但全赋对长江的书写属于意象层面,仅局限于此处及后文以"江汉日以滔滔"②状写祢衡风流,长江在此赋中并不突出,因此该赋也非长江赋。又如明清赋家创作了许多黄鹤楼赋,由于黄鹤楼是长江名楼,俯临长江,因此绝大多数的黄鹤楼赋都指明了黄鹤楼与长江的关系,但有些黄鹤楼赋仅有一两句书写长江,如明代任家相《黄鹤楼赋》言"维黄鹄之迤逦兮,蟠鄂渚而饮江""漭岷峡之巨浸"③,赋中长江书写仅见于此,在全赋所写的壮丽景色中并不具有主体地位;赋家着力于展现楼之建筑特色与历史风云。因此,此赋也不属于长江赋范畴。

四是长江赋的时间下限。本书属于古代文学研究范畴,"赋"作为一种古代文体,盛行于汉魏六朝,是韵文和散文的综合体。长江赋的时间下限似应为中国古代的结束——清代的结束(1911年)。这种时间下限应用于长江赋中会产生问题。如清朝举人徐荆船《江源赋》言:"清仁皇更滋谬误。"④显然此赋作于清代结束之后。刘师培《出峡赋》作于1913年其夫妇离开成都沿江而下的江行经历之后。以上两赋或难以确证创作时间,或作于1919年五四新文化运动之前,其赋家生平绝大部分属于清代,仍具有与清代长江赋一致的风貌,与清代长江赋并无实质性的区别特征;此外,一些清末民初赋家所作长江赋,被收录于《历代辞赋总汇》清代卷中,也被纳入清代赋学研究视野中,笔者虽注意对其考订,但限于文献

---

① 曾枣庄、刘琳主编:《全宋文》第259册,上海辞书出版社、安徽教育出版社2006年版,第255页。

② 《全宋文》第259册,第255页。

③ [明]孙承荣纂辑,王启兴、张虹、张金海等校注:《明刻黄鹤楼集校注》,湖北人民出版社1992年版,第360页。

④ 《历代辞赋总汇》第21册,第20859页。

等,无法指明其年代。秉持政治之清代已亡,赋学之清代仍在的观点,笔者认为清赋与清代之间存在离合现象,民国初年,清代长江赋的创作传统没有中断,研究清赋创作的源流传统需要将民国初年赋作纳入视域。因此,本书将一些民国初年(多为1919年五四新文化运动爆发前),或难以断定是清末还是民初的赋作纳入长江赋的研究范畴。

三、文本框定

无论是典范赋家、典型观念的标示,还是赋作特点呈现、赋作传统源流的厘清等,这些赋学研究的方方面面都需要落脚于文本,尤其是经典文本。从文本出发并回归文本的研究思路具体应用到长江赋,其第一步即为长江赋篇目的搜辑、辨析乃至考订。经过以上文献工作得出的长江赋篇目即为长江赋文本范畴,后文将以表格形式呈现,便于后续研究工作的开展。

长江赋篇目搜辑的范围主要是赋学总集、文学总集、地方文献。

赋学总集首推通代的《历代辞赋总汇》,就长江赋篇目搜辑而言,这是最重要的文献。马积高主编《历代辞赋总汇》(共26册)是目前辑录辞赋最为完备的大型专体文学总集,汇集先秦至清末7391位作家的辞赋作品凡30789篇,收赋数量是《历代赋汇》的7.40倍、《赋海大观》的2.51倍。[①]《历代辞赋总汇》嘉惠学林,其学术价值受到学界一致认可。但也正是由于追求完备,该书卷帙浩繁,成于众手,难免出现疏漏。侯立兵指出该书五个方面的问

---

①　踪凡:《马积高主编〈历代辞赋总汇〉的文献价值》,《天中学刊》2017年第1期。

题:同一作者误作两人分立、同一作品误作两篇分立、部分作品版本互校不力、正录与外录的文体标准不一、方志文献利用存有地域局限。① 当然,瑕不掩瑜,《历代辞赋总汇》"是以会通之精神完成的亘古未有的赋学成果,为赋学研究与辞赋爱好者提供了最完整的创作库存"②,为长江赋篇目搜辑提供了极大的便利;笔者在利用该文献时秉持审慎态度,注意到其存在的诸种问题,尽量对从中搜辑到的长江赋篇目证之于今人所编断代赋学总集、清人所编赋学总集,以及各种文学总集、地方文献,乃至赋家之别集等。在《历代辞赋总汇》之外,通代赋学总集如清人所编《历代赋汇》③《赋海大观》④也是重要的文献,笔者对其有所关注。

长江赋开篇于东晋,关于东晋及其后的赋作,已有多部断代赋学总集问世,朝代包括东晋、唐、宋、元⑤等。如韩格平、沈薇薇、韩璐、袁敏校注《全魏晋赋校注》⑥,简宗梧、李时铭主编《全唐赋》⑦,曾枣庄、吴洪泽主编《宋代辞赋全编》⑧,这些断代赋学总集所收篇目虽远不及《历代辞赋总汇》,但其关注于一朝一代或一段历史时

---

① 侯立兵:《〈历代辞赋总汇〉编纂指瑕》,《陕西师范大学学报》(哲学社会科学版)2017 年第 2 期。

② 许结:《体物开佳境 新编集大成——〈历代辞赋总汇〉出版推介》,《书屋》2014 年第 3 期。

③ [清]陈元龙辑:《历代赋汇》,清康熙四十五年内府刻本;许结主编:《历代赋汇(校订本)》,凤凰出版社 2018 年版。

④ [清]鸿宝斋主人编:《赋海大观》,北京图书馆出版社 2007 年版。

⑤ 《全元赋校注》不足为据,参见周少川:《古籍整理的学术规范和学者自律——以〈全元赋校注〉为例》,《商丘师范学院学报》2018 年第 11 期。

⑥ 韩格平、沈薇薇、韩璐等校注:《全魏晋赋校注》,吉林文史出版社 2008 年版。

⑦ 简宗梧、李时铭主编:《全唐赋》,里仁书局 2011 年版。

⑧ 曾枣庄、吴洪泽主编:《宋代辞赋全编》,四川大学出版社 2008 年版。

期,用力集中,在赋作存录、赋家生平、赋文校勘等方面价值突出,
对长江赋篇目搜辑工作大有裨益。

　　文学总集中存在大量的赋作,与长江赋篇目搜辑工作相关的
有清代严可均编《全上古三代秦汉三国六朝文》①中的《全晋文》
《全宋文》《全齐文》《全梁文》《全陈文》《全后魏文》《全北齐文》《全
后周文》《全隋文》《先唐文》部分,清代董诰等编《全唐文》②,陈尚
君辑校《全唐文补编》③,曾枣庄、刘琳主编《全宋文》④,李修生主编
《全元文》⑤,钱伯城、魏同贤、马樟根主编《全明文》⑥,南开大学古
籍与文化研究所编《清文海》⑦等。

　　地域文献,尤其是以长江沿岸城市、景观命名的地域赋集与地
域文集中存在不少与长江相关的赋作。如江苏镇江处于中国最大
的"十字黄金水道"(长江与大运河)的交汇点,当地民众日与江居,
其地方文献中长江频现。清代李恩绶辑《润州赋钞》,润州乃镇江
古称,该赋集收镇江130余位赋家240余篇赋作。⑧又如黄鹤楼为
长江名楼,历代文人登临此楼,在吟诗填词之外也作赋。明代孙承
荣纂辑《黄鹤楼集》⑨就收录了多篇黄鹤楼赋,这些黄鹤楼赋有不

---

　　① 〔清〕严可均编:《全上古三代秦汉三国六朝文》,中华书局1958年版。
　　② 〔清〕董诰等编:《全唐文》,中华书局1983年版。
　　③ 陈尚君辑校:《全唐文补编》,中华书局2005年版。
　　④ 曾枣庄、刘琳主编:《全宋文》,上海辞书出版社、安徽教育出版社
2006年版。
　　⑤ 李修生主编:《全元文》,江苏古籍出版社1999年版。
　　⑥ 钱伯城、魏同贤、马樟根主编:《全明文》,上海古籍出版社1994年版。
　　⑦ 南开大学古籍与文化研究所编:《清文海》,国家图书馆出版社2010
年版。
　　⑧ 潘务正:《清代赋学论稿》,中华书局2020年版,第162页。
　　⑨ 〔明〕孙承荣纂辑,王启兴、张虹、张金海等校注:《明刻黄鹤楼集校
注》,湖北人民出版社1992年版。

少属于长江赋范畴。

　　经过初步搜辑发现大量与长江相关的赋作，此时，需要对这些篇目进行辨析，以确定其是否为长江赋。在经过辨析之后，可以发现长江赋的篇目主要分为以下三类：

　　一是赋题中含有"江"字，乃至出现"长江""大江""天堑"等名称，以长江为主要题材和书写的主体对象，且位于文本的核心，这类赋作无疑属于长江赋范畴，是长江赋最为典型的篇目。如东晋郭璞《江赋》，北宋吴淑《江赋》、李觏《长江赋》，元代刘因《渡江赋》，明代朱元璋《江流赋》、郑棠《长江天堑赋》、薛章宪《大江赋》，清代何维栋《大江东去赋》、袁一清《长江赋》、徐荆船《江源赋》、周祥骏《长江赋》、黄隽《长江赋》，等等。

　　二是赋题中不见"江"字，虽不以长江书写为主要目的，却以长江为主体叙事背景，这类赋作中长江作为人物活动、情节推进的重要场景，在整体环境构造中具有主体地位，属于长江赋范畴。这类赋作首推苏轼前后《赤壁赋》及相关拟作。此外，还有书写汉武帝江中射蛟的赋作，如独孤授、沈初、裕瑞同题《汉武帝射蛟赋》，李堂《拟汉武帝射蛟赋》；书写东晋祖逖江中击楫而誓的赋作，如佚名、李慎徽、赵望曾同题《中流击楫赋》；书写与白居易相关的浔阳琵琶的赋作，如宋嗣璟、夏思沺、韩潮、沈丙莹、王再咸、姚济雯、田依渠、陶然、郭道清、周庆贤、朱凤毛、刘巽封同题《浔阳琵琶赋》；等等。

　　三是赋题中或见"江"字，或不见"江"字，长江指向不明确，而以与长江相关的事物为文本中心，这些赋作中的长江凝聚着长江文化的精髓，也属于长江赋范畴。如李堂、柯万源同题《春江花月夜赋》以唐代张若虚《春江花月夜》的诗题为题，原诗题中的"江"是否为长江，历来有争议；在李堂、柯万源同题《春江花月夜赋》中，其"江"为长江，有着明确的长江体认，因此属于长江赋范畴。又如一些赋作以长江相关的绘画作品为题，如张吉《金山图赋》，洪贯《万里江山图赋》,沈莲、沈治泰同题《赤壁图赋》,长江位于绘画作品中构图的核心位置,赋家由图而赋,对图中长江、现实长江均有所展现,因此也属于长江赋范畴。

四、研究现状

目前学界对长江赋的研究还不够重视,尚未有专题研究出现,开拓空间较大。相关研究集中在以下四个方面。

(一)长江赋单篇作品的研究

长江赋中有不少名家名篇,比如郭璞《江赋》、李觐《长江赋》、苏轼前后《赤壁赋》等,其相关研究颇多。甚至个别非名家非名篇的长江赋,也有研究者注意到其独特价值。

现存最早以长江干流为书写对象的赋作——郭璞《江赋》,其相关研究特为充分,体现在多个层面。一是文学层面,对《江赋》的创作手法、篇章结构、艺术特色进行了研究。如陈玲《郭璞〈江赋〉析论》[①]对《江赋》进行了创作背景介绍、文本解读、艺术性解析三个方面的研究;解永芳《简析郭璞〈江赋〉的音韵美》[②]从音韵的角度分析了《江赋》的语言之美。二是文献学层面。如徐梅《郭璞〈江赋〉文献学研究》[③]对《江赋》进行了系统全面的文献学研究。三是历史文化层面。如禹明莲《郭璞〈江赋〉地理文化考论》从意在言外之沿岸风物、虚实相间之江中物产、丰富多彩之民俗商业三个角度

---

　　① 　陈玲:《郭璞〈江赋〉析论》,《思茅师范高等专科学校学报》2009 年第 4 期。

　　② 　解永芳:《简析郭璞〈江赋〉的音韵美》,《山西师大学报》(社会科学版)2013 年第 S3 期。

　　③ 　徐梅:《郭璞〈江赋〉文献学研究》,贵州师范大学 2016 年硕士学位论文。

深入解析了《江赋》这一"东晋初年长江流域人文风土的全景图"①；赵沛霖《中国历史上第一次南北对立与郭璞的〈江赋〉》②探讨了长江成为具有很强现实性的文学题材的时代背景，揭示了《江赋》中寄托的郭璞等"过江诸人"的情志；王德华《述长江之美，寄中兴之望——郭璞〈江赋〉解读》③从朝代中兴的角度论证了《江赋》的创作主旨。郭璞《江赋》的相关研究对本课题的产生具有重要的启发意义，展现了长江赋与长江文化的深厚关联，如赵沛霖《中国历史上第一次南北对立与郭璞的〈江赋〉》，不仅揭示了《江赋》中处于两晋之交中国历史上第一次南北对立的特定背景下长江想象的时代特征，更发掘了《江赋》中"长江独特的精神气质和强大的内在生命力"，这就提示了本课题研究要重视长江赋创作的时代背景、长江赋中蕴含的民族精神，启发了挖掘长江赋文化价值的路径。

　　李觏《长江赋》为宋赋名篇。元人刘埙《隐居通义》序言云"泰伯《长江》、山谷《道院》可以驾六朝而轶班左"。李觏字泰伯，黄庭坚号山谷，刘埙所言将李觏《长江赋》与黄庭坚《江西道院赋》标举为宋代古赋之杰作，认为其足以名世。这就将《长江赋》的艺术成就抬到超越六朝赋篇、班固与左思赋篇的至高位置，可见《长江赋》在宋赋中地位之高。此外，《隐居通义》卷五"古赋二"之末论江淹《别赋》，认为《别赋》不足之处在于"殊欠古气"，唐代李白之赋仍袭其弊，直至李觏《长江赋》与黄庭坚《江西道院赋》一改旧习，令人耳目一新："直至李泰伯《长江赋》、黄山谷《江西道院赋》出，而后以高

---

　　①　禹明莲：《郭璞〈江赋〉地理文化考论》，《扬州教育学院学报》2012 年第 1 期。

　　②　赵沛霖：《中国历史上第一次南北对立与郭璞的〈江赋〉》，《上海师范大学学报》（哲学社会科学版）2014 年第 1 期。

　　③　王德华：《述长江之美，寄中兴之望——郭璞〈江赋〉解读》，《古典文学知识》2010 年第 6 期。

古之文,变艳丽之格。"①对《长江赋》赋作风格十分推崇。张帆《由李觏〈长江赋〉论北宋政治中的"重北轻南"》一文以李觏《长江赋》为线索,在文本分析的基础上进行文史结合研究,对"重北轻南"这一北宋政治特征的具体表现、产生原因、历史渊源进行了揭示。该文对本课题研究的启发之处在于:将长江赋置于南北政治经济文化的冲突交流、兴衰更迭背景下,探究长江这一南北分界处赋体创作的特质。

苏轼前《赤壁赋》之"赤壁"在长江中游北岸。其赋文"水波不兴""白露横江,水光接天""凌万顷之茫然""惟江上之清风,与山间之明月"所写皆为长江实景。该赋乃旷古名篇,深受研究者关注。对其研究的类型在单一的文学研究之外,还包括文图学研究、传播学研究、书法研究等,如许结《"赤壁"赋图的文本书写及其意义》②、郭薇《〈赤壁赋〉的视觉艺术传播研究》③、李倩《古代朝鲜辞赋对苏轼〈赤壁赋〉的接受研究》④、刘驰《〈赤壁赋〉思想考辨新得——兼论中国古代文学文本解读的科学方法》⑤等,展现了长江赋研究的多种可能路径,颇具借鉴意义。

目前的长江赋单篇研究为本课题研究打下了良好的基础,提供了研究范例,提示了研究路径,许多研究成果将会被本课题研究

---

① ［元］刘埙:《隐居通义》,海山仙馆丛书本。

② 许结:《"赤壁"赋图的文本书写及其意义》,《河北大学学报》(哲学社会科学版)2020年第2期。

③ 郭薇:《〈赤壁赋〉的视觉艺术传播研究》,东北师范大学2018年博士学位论文。

④ 李倩:《古代朝鲜辞赋对苏轼〈赤壁赋〉的接受研究》,延边大学2019年硕士学位论文。

⑤ 刘驰:《〈赤壁赋〉思想考辨新得——兼论中国古代文学文本解读的科学方法》,《文学评论》2019年第4期。

承继和深化。目前的长江赋单篇研究的不足之处有两点：一是集中在少数的名家名篇，非名家之非名篇虽然有研究价值但基本上未被研究，即使名家之非名篇与非名家之名篇也未被充分研究。如名家苏轼的《滟滪堆赋》和刘因的名篇《渡江赋》，前者对苏轼研究、宋代文学的研究当有其价值，后者"前人论之者多矣"（全祖望语），孙奇逢有《渡江赋辩》，全祖望有《书刘文靖公渡江赋后》，颇有研究价值而未见于今人的单篇研究中。二是对长江赋创作这一不断发展的连贯整体的全貌未做揭示。如郭璞《江赋》、李觐《长江赋》、刘因《渡江赋》，其创作皆有深厚的政治用意，三者的因革承继有必要进行梳理探究，而目前的研究并未关注到这一点。

（二）山水赋、水赋、江海赋、地理赋等类型赋研究中的长江赋研究

通观赋史，赋的题材范围一直在扩充，题材类型也在不断生成。山水赋、水赋、江海赋、地理赋等类型赋中无不有着长江赋的身影，其相关研究对本课题研究意义重大。

山水赋作为重要的赋作题材类型，是中国山水文学的主要成就之一。山水赋的相关研究十分丰富，其中多涉及长江赋单篇作品，其对山水赋的生成史、山水赋的审美演变、山水赋与山水诗的关系、山水赋的内容与艺术特色等的研究具有典型意义，对本课题研究而言可资借鉴。如孙旭辉《山水赋生成史研究》[①]一书揭示了山水赋生成的复杂系统，启发了本课题研究对长江进入赋体文学领域之后，长江自然审美意识质素的形成对长江赋生成贡献的注意。

水赋研究是山水赋研究的一个细分领域。如李丽香《汉魏六

---

① 　孙旭辉：《山水赋生成史研究》，中国社会科学出版社 2013 年版。

朝水赋研究》、苏珍暖《唐代水赋研究》皆以"水赋"为研究对象。前者有对郭璞《江赋》、庾阐《涉江赋》、谢朓《临楚江赋》等长江赋单篇的评析,其对水赋创作渊源的探究、对长江赋创作渊源的探究很具借鉴意义。后者关注到唐代樊阳源《江汉朝宗赋》,对《江汉朝宗赋》的思想内容与创作手法有所评析,誉之为"百媚横生"。遗憾的是,其将长江赋放置于水赋的范畴中,认为长江是水的一种物质形态,并未对长江赋予以单独且完整的研究,使得长江的独特价值未能体现;水赋的定义过于宽泛,大至海、江河之赋,小至涪沤之赋,长江赋的特殊地位未被注意到。

陈婉纱《汉魏六朝江海赋的文化地理空间研究》一文将以长江、黄河、淮河、海洋四者为题材的赋篇称为江海赋,并将其作为其研究对象。就长江题材的赋篇研究来说,该文认为赋家在长江赋中熔铸的政治文化意义,伴随着对江海景观的描绘铺排而展现。该文的价值在于:初步将"长江赋"作为独立的研究对象,以长江赋为视角探讨了"长江的正统复制与文化再造"等问题。其缺陷在于:研究涉及的长江赋作品仅有郭璞《江赋》、庾阐《涉江赋》、曹毗《涉江赋》等少数几篇,且只对郭璞《江赋》进行了全面分析。这一方面限于现存汉魏六朝长江赋作品数量很少;另一方面,则限于该文研究的着重点。王允亮《汉魏六朝江海赋考论》[①]论及郭璞《江赋》,多次以《江赋》为例,论述江海赋沿袭《山海经》广记神怪的传统、以神怪鬼物为主要描写对象的创作特征,展现江海赋"巨丽雄伟之美"的具体表现,指出江海在文化畛域划分上的意义等。遗憾的是,该文中,"长江"在江海这一范畴内的独立性并未被注意到。

郭玲《汉魏六朝地理赋研究》认为,地理赋是以地理区域内自然环境和人文环境为描述对象,对地理元素加以铺陈表现的赋类。

---

① 　王允亮:《汉魏六朝江海赋考论》,《北方论丛》2012 年第 1 期。

该文认为山水题材是汉魏六朝地理赋题材类型之一,其研究涉及曹毗《涉江赋》、郭璞《江赋》、江淹《江上之山赋》、谢朓《临楚江赋》等,且对郭璞《江赋》、江淹《江上之山赋》、谢朓《临楚江赋》描写的长江景象进行了分析。许结《赋的地理情怀与方志价值》①则指出了地理赋研究的路径:赋与地理的关系应不限于狭义的规定,从历史的角度而言,广义的地理赋还通合于当时的地理方志。这就提示了要重视地理方志与长江赋创作的关联。

从题材类型来说,长江是"不废江河万古流"中的"江",是水的一种特殊物质形态,长江赋研究是江海赋研究、水赋研究,乃至山水赋研究、地理赋研究的一个分支,各题材类型赋的研究思路均对本课题研究具有借鉴价值。类型赋研究中的长江赋研究价值在于:初步将"长江赋"作为整体进行了观照,对长江赋与长江文化、史乘方志的关系进行了初步揭示。不足之处是研究深度不够,多属于长江赋的局部研究,偶尔涉及的整体性观照过于简略,缺乏对长江赋细致入微的研究。

(三)赋史、文学史研究中的长江赋研究

赋史、文学史研究关注到少数长江赋名篇,并将其置于赋学或文学发展脉络中作为材料使用。如刘培《北宋辞赋研究》②在论述文赋的形成时提及李觏《长江赋》,评之为"文辞简古",但未做进一步探析。刘培《两宋辞赋史》③在论述"辞赋中淑世精神的张扬"这一"北宋中期辞赋的新变"时论及了李觏《长江赋》,认为李觏《长江

---

① 许结:《赋的地理情怀与方志价值》,《济南大学学报》(社会科学版) 2005 年第 5 期。

② 刘培:《北宋辞赋研究》,山东人民出版社 2009 年版。

③ 刘培:《两宋辞赋史》,山东人民出版社 2012 年版。

赋》是以赋论天下形势,提出自己的政治主张的代表作之一,分析了《长江赋》论述的长江地区的地理形势。值得注意的是,在分析地理形势时,刘培将李觏《长江赋》与郭璞《江赋》中对长江的书写进行了对比,初步注意到了长江赋创作的因革承继。程章灿《魏晋南北朝赋史》论述的山水赋产生于东晋时期的契机,实际上也是长江赋产生于东晋时期的契机。① 此外,马积高《赋史》②、龚克昌《中国辞赋研究》③、郭维森与许结《中国辞赋发展史》④等赋史著作,以及袁行霈《中国文学史》⑤、孙康宜与宇文所安《剑桥中国文学史 上卷:1375 年之前》⑥均提及长江赋单篇作品,对少数名篇有所论析,长江赋研究在赋史研究中并不显著,历时性的长江赋研究并不存在。

(四)长江文学与文化研究中的长江赋研究

长江赋包含于长江文学,长江文学是长江文化的重要构成。目前的长江文学研究,以诗词研究较为突出,如马文静《苏轼诗词长江意象及其文化蕴涵》⑦、田树萍《李白诗歌中的黄河与长江意

---

① 程章灿:《魏晋南北朝赋史》,江苏古籍出版社 2001 年版。
② 马积高:《赋史》,上海古籍出版社 1987 年版。
③ 龚克昌:《中国辞赋研究》,山东大学出版社 2003 年版。
④ 郭维森、许结:《中国辞赋发展史》,江苏教育出版社 1996 年版。
⑤ 袁行霈主编:《中国文学史》,高等教育出版社 2014 年第 3 版。
⑥ 〔美〕孙康宜、〔美〕宇文所安主编,刘倩等译:《剑桥中国文学史 上卷:1375 年之前》,生活·读书·新知三联书店 2013 年版。
⑦ 马文静:《苏轼诗词长江意象及其文化蕴涵》,《河北北方学院学报》(社会科学版)2018 年第 6 期。

象比较》①、季羡林《长江流域诗词史论》②等。长江赋的独特价值需要在与长江诗歌的对比研究中彰显,因此长江诗歌的研究成果对本课题研究具有借鉴意义。李学勤与徐吉军《长江文化史》③等长江文化研究成果为长江赋与长江文化的关系研究提供了参考。整体而言,长江文学研究是长江文化研究中的薄弱环节,而长江赋研究又是长江文学研究中的薄弱环节;在长江文学与文化研究中,往往仅将长江赋文本作为论证材料,对长江赋的整体性观照微乎其微。

五、研究思路

长江赋篇数众多,对其进行研究的前提是夯实文献基础。这就需要在研究方法上,注重文献学与文学的研究方法的结合,整理历代长江赋的文献,对文献的真伪进行考量,注重文献的可靠性。目前学界对长江赋文献的整理工作尚未深入。本书对长江赋进行研究的同时,对相关文献进行一定的搜辑、辨析、考订,予以整体性、多角度审视,具有一定的文献学价值。

长江赋文本内外有着复杂的面相,从文本出发,探析长江赋文本世界的内与外,是本研究的核心。由于赋家朝代、地域、学识、文采等的差异,不变的长江在变化的赋家笔下呈现的赋学图景、文化意义不同,甚至有可能是相反的。赋家的个人经验表现于赋中铺陈的细节描写之中,再现了可信的基本上属于物质层面的长江景观;长江赋中的生命体验体现了赋家对长江精神层面的追问与求

① 田树萍:《李白诗歌中的黄河与长江意象比较》,《陕西师范大学继续教育学报》2007年第2期。
② 季羡林:《长江流域诗词史论》,湖北教育出版社2005年版。
③ 李学勤、徐吉军主编:《长江文化史》,江西教育出版社2011年第2版。

索。这些都展现了长江赋创作的复杂性与多样性,表明了长江赋具有独特的研究价值。长江赋是长江文学的典型样态,一方面,需要使用文学研究的传统方法,将以意逆志、追源溯流、文史互证等应用于长江赋文本分析中,以文本分析为研究方法的核心,对长江赋名家名篇及此外的大量赋作进行研究,并适当采用统计、归纳等方法,注重纵向与横向、时间与空间多维度结合,将长江赋作为独立整体进行审视,以求深入全面地研究长江赋的渊源流变,在历时的维度上,标示出长江赋经典文本、典范赋家、典型观念的位置,并探析特点的呈现,追根溯源,揭示题材类型的产生与发展,以展现赋学的进步,拓展赋史的内涵,进而推动长江文学研究;另一方面,借鉴文学地理学研究方法,如系地法、现地研究法、空间分析法、区域分析法、区域比较法、地理意象研究法等,以及语言学、民俗学、文化史等学科的研究方法,从共时与历时结合的维度,从地理视角对赋学创作进行研究,揭示长江文学空间的分布与流转、诗意与灵性。

长江赋是一种历史文化资源,是长江文化的精华,研究长江赋具有显著的现实需求。研究成果能够与社会现实生活产生良性关联,成为一个沟通古代人精神世界与现代人日常生活的载体,从宏观来说是服务于长江流域文化经济建设的重大命题。因此,承继"经世致用"的学术传统,从赋学角度对长江文化进行钩沉,多角度考察长江赋的文化意义,展现其中蕴含的深厚长江文化价值,有助于长江文化的发掘与发展,助益于当代文化经济建设。

第一章　长江书写赋体溯源

　　知源方能定流。从历时维度确定长江赋的经典文本、典范赋家、典型观念的位置,并就其特点的呈现追根溯源,揭示题材类型的产生与发展,这种研究的前提是对长江书写进行赋体溯源。一如在中国古代"岷山导江"是人们最为普遍的对长江源头的认知,对于长江赋,研究者普遍将郭璞《江赋》作为其开篇之作,乃至定位为赋写长江的源头。对此,笔者认为郭璞《江赋》作为赋写长江之主脉——长江赋的开篇之作,是符合文献学事实的,而将郭璞《江赋》当作赋写长江源头则乃失实之论。这是因为长江赋出现于东晋,以郭璞《江赋》为其类型开篇之作;而对长江的书写,尤其是赋写长江远在东晋之前,以屈赋、宋玉《高唐赋》、汉赋、三国赋、西晋赋中的长江书写较为显著。

第一节　先秦赋体长江书写

　　中国文学中的长江作为意象,最初出现于《诗经》、屈赋中,可以说长江书写的源头接近于中国文学的源头。宋玉《高唐赋》、汉赋、三国赋、西晋赋发展了长江意象与长江题材,其对长江的书写各具价值,对后代长江赋的产生与发展具有深远影响。

一、《诗经》与屈赋长江书写

先秦文学中的长江意象集中于《诗经》、屈赋中。

最初关于长江的文学书写存在于《诗经》中,共有五处:

> 《国风·周南·汉广》:"汉之广矣,不可泳思。江之永矣,不可方思。"
>
> 《国风·召南·江有汜》:"江有汜……江有渚……江有沱……"
>
> 《小雅·四月》:"滔滔江汉,南国之纪。"
>
> 《大雅·江汉》:"江汉浮浮……江汉汤汤……江汉之浒……"
>
> 《大雅·常武》:"如江如汉。"①

钱锺书言:"窃谓《三百篇》有'物色'而无景色,涉笔所及,止乎一草、一木、一水、一石……"②以钱锺书的这段论述考察《诗经》中的长江意象,可以看出上举五处对长江的书写,可谓"止乎一'江'字",真所谓"《三百篇》言山水,古简无余辞"(恽敬《游罗浮山记》)③。综观《诗经》中关于长江的文字,涉及"江"的内容较为简括,且多为兴喻,反映出《诗经》作者对长江观照角度的单一及审美态度的消极。可以说,长江在《诗经》中作为诗人抒情达意的陪衬

---

① 程俊英、蒋见元:《诗经注析》,中华书局 1991 年版,第 23、51—52、640、910—912、920 页。

② 钱锺书:《管锥编》第 2 册,生活·读书·新知三联书店 2007 年版,第 936 页。

③ [清]恽敬:《大云山房文稿》二集卷 3,世界书局 1937 年版,第 159 页。

之一,尚未具有独立的审美地位。这集中体现在以下几点:一是长江作为结构单一的水意象,用于比兴,以江水之盛状他物之势。如《大雅·江汉》言"江汉浮浮""江汉汤汤","浮浮"为"水流盛长貌","汤汤"为"水势浩大貌",[①]状长江、汉水之广大浩荡、水势之盛;以江汉水之大,状军队阵势之强,这里的长江作为起兴之物,作用是引出后面事物——军队,诗篇对长江形态的渲染,着眼于其自身特征——"盛",并无其他事物的介入,此处的长江属于结构最为简单的意象。二是江汉并举。在书写长江的同时往往也书写了汉江,将长江的最大支流——汉江与长江等而视之。如《小雅·四月》"滔滔江汉"、《大雅·常武》"如江如汉",《诗经》中的长江、汉江两水并无轩轾之分。三是对长江的描写与对其他江河的描写并无区别。《诗经》中形容长江的词,如汤汤、滔滔、浮浮,并非长江专属,也被用来形容其他江河。如汤汤也被用来形容淇水、汶水、沔水、淮水等,见《卫风·氓》"淇水汤汤"、《齐风·载驱》"汶水汤汤"、《小雅·沔水》"沔彼流水,其流汤汤"、《小雅·鼓钟》"淮水汤汤"等。[②]滔滔也被用来形容汶水,见《齐风·载驱》"汶水滔滔"[③]。钱穆《古史地理论丛》中收有《再论楚辞地名答方君》一文,针对方君提出的"《楚辞》地名当在《楚辞》中求本证",指出诗歌与史传行文不同,仅以诗歌为证,别无他据,讨论地名问题,只会是曲解,其举例言:"余观《诗》与《楚辞》于'江汉''江湘'每每连举,此多不得专指长江言。如'江汉浮浮''江汉之浒',以及'滔滔江汉,南国之纪',大率即指汉不指江。故曰:'汉有游女,不可求思。汉之广矣,不可泳思。江之永矣,不可方思。'则诗人之所谓江者,即汉也……昭王南征,诸

---

① 《诗经注析》,第 911 页。
② 《诗经注析》,第 174,284、527、653 页。
③ 《诗经注析》,第 285 页。

书皆谓溺于汉,《史记》独称卒于江。南方水通称江,其于此等处本通用也。"①钱穆所谓《诗经》"江"字"大率即指汉不指江",是其推测之论;其言《国风·周南·汉广》中"江之永矣"的"江"指汉江,并无切实证据,尚存争议,即"疑此当指汉水"②。但是,结合钱穆之论,可以说《诗经》中出现的对长江的书写,即长江意象,地域个性并不突出,长江尚未具有独立的审美地位。

屈原为楚人,即《史记·屈原贾生列传》所言"楚之同姓也"③。一方面,长江不仅是其乡邦的重要地理空间,也是其文学创作的重要场域;屈赋的长江书写凝聚着长江文明的精髓,乃至于中国民间将屈原看作"长江之精魂"④。另一方面,屈原之所以能够写出杰出的赋作,是因为他把长江作为"江山"的重要元素,十分看重其作用。刘勰《文心雕龙·物色》:"然屈平所以能洞监风骚之情者,抑亦江山之助乎。"⑤这里的"江山"显然包括了长江,且长江在屈原的"江山"中地位突出。

综观屈赋中的长江书写,其要点在于以下两个方面:一是长江作为叙事的场景,是赋作中人物活动的主要场所之一。如《哀郢》:"上洞庭而下江。"⑥《悲回风》:"浮江淮而入海兮,从子胥而自适。"⑦言其上到洞庭湖、下到长江的行进路线,或从长江、淮河等

---

①　钱穆:《古史地理论丛》,联经出版事业公司1998年版,第254—255页。

②　刘毓庆:《诗经考评》,商务印书馆2019年版,第45页。

③　[西汉]司马迁撰,[南朝宋]裴骃集解,[唐]司马贞索隐,[唐]张守节正义:《史记》第8册卷84,中华书局1959年版,第2481页。

④　杨义:《屈原诗学的人文地理分析》,《北方论丛》2012年第4期。

⑤　[南朝梁]刘勰著,范文澜注:《文心雕龙注》,人民文学出版社1958年版,第695页。

⑥　[南宋]洪兴祖撰,白化文、许德楠、李如鸾等点校:《楚辞补注》,中华书局1983年版,第134页。

⑦　《楚辞补注》,第161页。

大江大河进入海洋以远离世事纷扰的愿望,这是文本之内长江作为叙事场景的体现。屈赋中有些篇目透露出屈原的江行经历,展现出在文本之外长江作为赋家活动场所的意义。如游国恩言:"《涉江》是顷襄王二十一年以后,屈原溯江而上,入于湖湘时作。……夏浦即今汉口,鄂渚即今武昌。《哀郢》沿江而下,《涉江》溯江而上,都必须经过夏浦、鄂渚。"①屈赋中的长江体认虽看似如《诗经》般"止乎一'江'字",但通过赋文中提及的行踪可以判定其为长江。二是长江景色凸显,且用以烘托人物心境。前引钱锺书说《三百篇》有'物色'而无景色",以此考察屈赋中的长江书写,正可见长江景色的书写是屈赋的一大进步,突破了《诗经》"止乎一'江'字"的狭隘范畴。屈赋中的长江景色是一种多层次的图景,涉及远近、高低、左右,刘勰《文心雕龙·辨骚》言屈赋"论山水,则循声而得貌"②,屈赋的山水书写在中国文学源流中影响深远,如《湘夫人》:"袅袅兮秋风,洞庭波兮木叶下。"③秋风阵阵,拂起浩渺水面层层涟漪,湖边树叶轻轻落下,境界空灵。"盛大而极富动感的水域,是现实政治失意后的主人公主动选择的避世之所。丰赡的笔墨,承载着诗人对水的亲切情感。"④将焦点再次落于长江,可见屈赋中自然长江与想象长江交融。如《悲回风》:"冯昆仑以瞰雾兮,隐岷山以清江。惮涌湍之礚礚兮,听波声之汹汹。纷容容之无经兮,罔芒芒之无纪。轧洋洋之无从兮,驰委移之焉止? 漂翻翻其上

---

① 游国恩:《屈原作品介绍》,载游国恩著《楚辞论文集》,古典文学出版社 1957 年新 1 版,第 300 页。

② 《文心雕龙注》,第 47 页。

③ 《楚辞补注》,第 65 页。

④ 转引自侯文学:《屈宋作品的山水审美取向及其对汉赋的影响》,《华南师范大学学报》(社会科学版)2012 年第 5 期。

下兮,翼遥遥其左右。氾濡濡其前后兮,伴张弛之信期。"①岐山,即岷山。此段写屈原愤懑的情绪随着汹涌的江涛波澜起伏而难以遏制。汤炳正对此解释道:"这是因为楚之黔中与蜀接壤,故有此想象……此盖屈原身居楚之西南国境,故驰骋遐思以抒怀。"②登昆仑而俯瞰源出岷山之长江,登昆仑乃浪漫的想象,长江源出岷山是当时人们对自然长江的一般认知,其中对长江之急流、涛声、水波等的书写有着自然长江的依据。

二、宋玉《高唐赋》长江书写

宋玉《高唐赋》是先秦文学中表现"山水审美"的最重要作品③,这篇赋作的表现主体——巫山高唐山水正是长江边的自然山水④。《高唐赋》有如下一段文字:

> 登巉岩而下望兮,临大阺之稸水。遇天雨之新霁兮,
> 观百谷之俱集。濞汹汹其无声兮,溃淡淡而并入。滂洋
> 洋而四施兮,蓊湛湛而弗止。长风至而波起兮,若丽山之
> 孤亩。势薄岸而相击兮,隘交引而却会。崪中怒而特高
> 兮,若浮海而望碣石。砾磥磥而相摩兮,巆震天之磕磕。
> 巨石溺溺之瀺灂兮,沫潼潼而高厉。水澹澹而盘纡兮,洪

---

① 《楚辞补注》,第 159—160 页。

② 汤炳正:《〈九章〉时地管见》,载汤炳正《屈赋新探》,齐鲁书社 1984 年版,第 79—80 页。

③ 潘啸龙、邹旻:《〈高唐赋〉与先秦的"山水审美"》,《安徽师范大学学报》(人文社会科学版)2010 年第 6 期。

④ 《高唐赋》中的巫山一般被认为是今重庆巫山县境内之巫山。参见程地宇:《关于〈高唐赋〉中巫山地望的再探讨》,《重庆社会科学》2005 年第 3 期。

波淫淫之溶滴。奔扬踊而相击兮,云兴声之霈霈。①

登临巉岩,俯视奔腾于下的"稽水"。雨过之后,百谷溪水之聚集交汇,先是"无声",后则"洋洋""湛湛""弗止"。声势在"长风""薄岸"等的推动下,愈演愈烈,终至于惊天动地。这段对于江水的描写,从无声到有声,再到声势之极,构思之精巧、文笔之瑰奇、气势之宏伟,无不令人惊叹。

关于长江植物的书写,肇始于屈赋。屈赋中的长江植物书写简括,到了宋玉《高唐赋》则有所拓展:

> 中阪遥望,玄木冬荣,煌煌荧荧,夺人目精。烂兮若列星,曾不可弹形。榛林郁盛,葩华覆盖;双椅垂房,纠枝还会。徙靡澹淡,随波暗蔼;东西施翼,猗狔丰沛。绿叶紫里,丹茎白蒂。纤条悲鸣,声似竽籁;清浊相和,五变四会。感心动耳,回肠伤气;孤子寡妇,寒心酸鼻。长吏骥官,贤士失志;愁思无已,叹息垂泪。②

草木丰茂,色彩耀眼,更能在风之鼓动下发出声响,暗合人之心绪。

《高唐赋》中的长江书写值得注意的有三点。一是长江在赋作的景物书写中地位彰显③,在凝聚赋家丰富的山水审美体验的同

---

① 〔南朝梁〕萧统编,〔唐〕李善注:《文选》上册,中华书局 1977 年版,第265 页。

② 《文选》上册,第 265—266 页。

③ 《高唐赋》的主体并非景物书写,而是巫山神女形象。对此,潘啸龙有所辨析。参见上海辞书出版社文学鉴赏辞典编纂中心编:《古文鉴赏辞典》先秦两汉卷,上海辞书出版社 2021 年版,第 179—180 页。

时,展现了赋家高超的铺陈夸饰水准,水势腾涌的着力描摹更是开枚乘《七发》"观涛"先声;从《诗经》中长江水之特征(汤汤、滔滔、浮浮等),到屈赋中长江成为赋作文本内外的场景,再到宋玉《高唐赋》将声势浩大的稽水作为纯粹的观照对象,赋予其独立的审美价值,长江形象的轮廓已经浮现,且凝聚在江水的声势之上。二是在景物之外,将与长江相关的生物、植物纳入赋家审美范畴。三是想象长江凸显而实证不足,赋家更多的是在神奇的想象中展开对长江景色的描绘,雄奇有余而自然长江的特征不足。唐代于濆《巫山高》诗云:"宋玉恃才者,凭虚构高唐。"①道出了《高唐赋》整体的"凭虚"夸饰特征,赋中的长江更多的是想象中的长江,乃至于钱穆认为《高唐赋》中的巫山为今湖北随州大洪山地区。在钱穆之后,多有学者提出彼巫山非今重庆之巫山,也不是长江边巫山的看法。②

第二节　汉至西晋赋体长江书写

一、汉赋长江书写

　　章沧授在《汉赋与山水文学》中认为:"山水文学是直接从赋体文学中产生出来的,它的形成在汉赋。"③长江作为汉代重要的河

---

　　①　[清]彭定求等编:《全唐诗》第 18 册卷 599,中华书局 1960 年版,第6930 页。

　　②　姚守亮、程本兴:《宋赋巫山地理补证》,《湖北社会科学》2012 年第 1 期。

　　③　章沧授:《汉赋与山水文学》,《安庆师范学院学报》(社会科学版)1987 年第 3 期。

流,被称作"四渎"①之一,亦被赋家纳入笔下。千载之后,通过对汉赋中长江书写的研究,可以寻绎早期的长江文学形象,探寻汉代的长江认知及其与赋体特质的交合等。就现存汉赋来说,枚乘《七发》、司马相如《子虚赋》、扬雄《蜀都赋》、王褒《洞箫赋》、冯衍《显志赋》、梁竦《悼骚赋》、蔡邕《汉津赋》等,具有对长江的书写,其中的长江或作为意象,或作为题材,个性愈加凸显。

汉代赋家笔下的长江面貌更为宏大,不再是先秦文学中的"止乎一'江'字",或者赋家实际践履之局部场所。与先秦文学中的长江意象与题材相比,汉代赋家笔下的长江意象与题材具有以下特点:

一是长江地理形势的全景展现。就现存汉赋来看,不仅汉代人认知中"源出岷山""东流入海"的长江的源头、入海口展现于赋家笔端,而且长江与汉江、湘江、洞庭湖等的水系交融也萌生于赋家笔端。一方面,长江源头与入海口被赋家纳入笔端,其中有冯衍《显志赋》言"浮江河而入海兮,溯淮济而上征"②,梁竦《悼骚赋》言"临岷川以怆恨兮,指丹海以为期"③等对长江源流的简括书写,更有以扬雄《蜀都赋》与枚乘《七发》为典型的铺陈夸饰,极尽赋之所能。关于长江源头,《尚书·禹贡》曰:"岷山导江。"④《说文解字·

---

①　《汉书·郊祀志上》颜师古注:"江、河、淮、济为四渎。"参见[东汉]班固撰,[唐]颜师古注:《汉书》第4册卷25上,中华书局1962年版,第1194页。

②　龚克昌等评注:《全汉赋评注》后汉部分上部,花山文艺出版社2003年版,第48页。

③　《全汉赋评注》后汉部分上部,第120页。

④　[清]阮元校刻:《十三经注疏》(清嘉庆刊本),中华书局2009年版,第319页。

水部》言“江”:“水。出蜀湔氐徼外岷山,入海。”[①]钱穆等已经指出“岷山导江”之误,今天的地理研究证实,长江发源于唐古拉山脉各拉丹冬雪山。但是,“岷山导江”代表着汉代人的长江认知。《蜀都赋》对长江源头极尽铺陈,共有三个层次。第一个层次是长江源出昆仑,源头水势细微,汇集成流。赋言:“北属昆仑泰极。涌泉醴,凝水流津,漉集成川。”[②]即蜀都北面的昆仑山脉地下有甘美的泉水涌出,泉水汇集起来逐渐壮大成为河流。第二个层次是众多长江支流的水势浩大,言及“漆水”“都江”等,即赋言:“漆水浡其匈,都江漂其泾。乃溢乎通沟,洪涛溶沈,千溪万谷,合流逆折,泌瀄乎争降。湖潽排碣,反波逆濞。”[③]第三个层次是众多支流在“江州”汇入长江,水势愈大:“历丰隆,潜延,雷抶电击,鸿开康磕,远远乎长喻。驰山下卒。湍降疾流,分川并注,合乎江州。”[④]枚乘《七发》对汉代长江入海口的书写不仅点明“广陵之曲江”[⑤],即长江于广陵入海,更铺陈了长江入海口潮水之势,将长江入海口的壮美景象凝于笔端,千载之后,纵使沧海桑田、山谷陵替,后人以此仍可想见。汉赋第一次将长江源流的形象书写于文学之中,并将长江流域文明的中心城市成都、扬州纳入文学视野。

另一方面,汉赋对长江与其他水系的交融多有铺陈。如司马相如《子虚赋》中的“云梦”书写,赋言云梦:“其南则有平原广泽,登降陁靡,案衍坛曼,缘以大江,限以巫山。”[⑥]即云梦的南边是平原

---

① [东汉]许慎撰、陶生魁点校:《说文解字》,中华书局2020年版,第350页。

② 《全汉赋评注》前汉部分,第280页。

③ 《全汉赋评注》前汉部分,第280页。

④ 《全汉赋评注》前汉部分,第280页。

⑤ 《全汉赋评注》前汉部分,第35页。

⑥ 《全汉赋评注》前汉部分,第124页。

广泽,沿着长江铺展开来,一直到巫山为止。可以说,《子虚赋》中的云梦是由长江与相关湖泊、山林等构成的特异场所,展现了长江的水系交融面貌。再如蔡邕《汉津赋》着力于铺陈汉水流域的自然风貌与人文图景,虽然汉水作为长江之最大支流并不在汉代人的长江认知范畴之内,但是汉水与长江之密切关系展现在了赋家笔端。赋言汉江"与江湘乎通灵""下接江湖"①,即汉江与长江、湘江、洞庭湖水系相通;又言"觊朝宗之形兆,瞰洞庭之交会"②,"朝宗"即《尚书·禹贡》之"江汉朝宗于海"③,这两句是说汉水、长江交汇之后形成"江汉朝宗于海"的初始形态,长江后又与洞庭湖相连。以长江为基点观照《汉津赋》的水系书写,可见长江与汉水、湘江、洞庭湖之交融。

　　二是长江景物书写的"蔚似雕画"与主体凸显。先秦文字中的长江书写主要集中在景物层面,尤其是江水上,这一点在汉赋中有所强化,江水之势及其音响之美、形态之美突出。如王褒《洞箫赋》写"箫干之所生"的环境:"翔风萧萧而径其末兮,回江流川而溉其山。扬素波而挥连珠兮,声磕磕而澍渊。"④吕向注曰:"素,白。挥,动也。磕磕,水漱石声。渊,深也。江水流于山下,飞扬白波而动,浪沫如连珠,声漱石而注深处也。"⑤可见这段对江水的描写具有多个层面,即视觉上颜色之"素"、形状之"连珠"、动作之"回""流""溉""扬""挥""澍",听觉上之"磕磕"。这种对江水在视听上

---

①　《全汉赋评注》后汉部分下部,第 828 页。

②　《全汉赋评注》后汉部分下部,第 828 页。

③　《十三经注疏》(清嘉庆刊本),第 313 页。

④　《全汉赋评注》前汉部分,第 252 页。

⑤　[南朝梁]萧统选编,[唐]吕延济、刘良、张铣、吕向、李周翰、李善注:《日本足利学校藏宋刊明州本六臣注文选》,人民文学出版社 2008 年版,第 259 页。

的细致描摹,展现了赋体"蔚似雕画"的美学特质,是对先秦文学长江景物书写的极大拓展。

作为重要的景物之一,长江在赋作的景物书写中地位愈加凸显,甚至成为书写的主体之一。这一点集中表现在枚乘《七发》中,该赋将此前长江书写中的"江汉并举""江湘并举"转变为对长江的独立描写。《七发》中对广陵潮的书写,是全篇赋的"七事"之一,序列第六。该赋虽非完整独立的以长江为表现主体的赋篇,但其中对广陵潮的书写,也即对长江的书写,是最为令人心折的景象,占全篇的近三分之一,并为历代所称道,是全篇赋作艺术之极致。可以说,《七发》之所以对后世文学产生深远的影响,很大程度上正是因为其中对长江的描写。

三是长江动物、人事与游仙的多重面相。汉赋中的长江书写从景物扩大到地理形势,进一步又扩大到地理空间内相关的动物、人事与游仙,展现出动物长江、人事长江与游仙长江的多重面相。

正所谓"水广者鱼大"(《淮南子·说山训》)①,江水之中自然生长着众多的鱼类。江水经过的高山、丘陵、平原更是各种飞禽走兽的栖息家园。关于长江的动物书写,肇始于宋玉《高唐赋》:"猛兽惊而跳骇兮,妄奔走而驰迈。虎豹豺兕,失气恐喙;雕鹗鹰鹞,飞扬伏窜。股战胁息,安敢妄挚。于是水虫尽暴,乘渚之阳,鼋鼍鳣鲔,交积纵横。振鳞奋翼,蝘蝘蜿蜿。"②陆地之"虎豹豺兕"、天空之"雕鹗鹰鹞"、水中之"鼋鼍鳣鲔",其"失气恐喙""股战胁息""蝘蝘蜿蜿"无不彰显了江水声势之隆,以一种层进铺陈的方式展现了长江的盛大形象。有意思的是,汉大赋的开山之作——枚乘《七

---

① [西汉]刘安编,刘文典集解,冯逸、乔华点校:《淮南鸿烈集解》,中华书局 2013 年第 2 版,第 529 页。

② 《文选》上册,第 265 页。

发》在书写江水(广陵潮)声势时,也通过对长江生物的铺陈来进行烘托:"鸟不及飞,鱼不及回,兽不及走……横暴之极,鱼鳖失势,颠倒偃侧,沈沈湲湲,蒲伏连延。神物怪疑,不可胜言。"①《七发》与《高唐赋》一样选择了三种长江生物——鸟、鱼、兽,但《七发》对鸟、兽一笔带过,止乎一"鸟"字、一"兽"字,偏重于铺陈"鱼"之物态。

　　长江是中国人自古以来重要的生产生活空间,与长江相关的历史、民俗、交通等,即人事长江,也展现在了汉代赋家笔端。如扬雄《蜀都赋》言:"禹治其江,淳皋弥望。郁乎青葱,沃野千里。"②将长江置于大禹治水的范畴之中,展现了长江对农业生产的重要价值。又如张衡《南都赋》言:"秽长沙之无乐,历江湘而北征。"③展现了长江、湘江的航运路线。长江作为宏阔的地理空间,被赋家置于仙人行踪所及之地,即游仙长江。如扬雄《太玄赋》言:"纳僑禄于江淮兮。"④僑、禄乃两位神仙之名;江、淮为长江、淮河,是这两位神仙得道之地。又如班固《西都赋》言:"朝发河海,夕宿江汉。"⑤即言神仙行踪涉及长江。

　　对于诗、赋的文体功能,古人有着清晰的划分。《尚书·舜典》提出"诗言志"说,并为后人祖述,可谓当时人们的共识。诗歌主要表现人们的情志,即使对长江有所书写,但都围绕情志这一中心。汉代及此前言志的诗篇,体制短小,尚不具有铺陈长江这一宏大"景物"的文体空间。此可以说明《诗经》中的长江意象为何没有独立的审美地位。与诗言志相对,赋体尤其是汉赋对自然外物尤为

---

① 《全汉赋评注》前汉部分,第 37 页。
② 《全汉赋评注》前汉部分,第 279 页。
③ 《全汉赋评注》后汉部分下部,第 397—398 页。
④ 《全汉赋评注》前汉部分,第 366 页。
⑤ 《全汉赋评注》后汉部分上部,第 213 页。

重视。一是"赋家之心,苞括宇宙,总览人物"①。司马相如的这句赋论揭示了赋体内涵的广博性特征,长江之自然景象、地理形势、人事动物、民俗神话,无不可涵括。二是"赋者,铺也,铺采摛文,体物写志也……写物图貌,蔚似雕画"②。赋体"铺采摛文""写物图貌"的功能特点,给赋家打开了一扇以景物描写为中心的创作之门,而赋中的长江书写正体现了赋体"具有宏大书写与图物穷相的特征"。三是"登高能赋可以为大夫"(《汉书·艺文志》)。何为"可以为大夫"? 班固对此解释道:"言感物造端,材知深美,可与图事,故可以为列大夫也。"③这里指明了在登高能赋之外,赋家对所接触的外界景物能够进行描摹,并体现出智慧与才华之美。长江书写可以涵括自然、人文、想象等多重面相,给予了赋家展示智慧与才华的意蕴丰富的对象。

可以说,赋中长江意象与题材的特点,与古人对赋体表现特征与功能的认识有关。至于汉赋中长江意象与题材的特点,则与汉赋尤其是汉大赋对赋体的确立有关。一是汉大赋是以空间为主要艺术对象的独立的文学样式,汉大赋的赋体空间与此前的文体空间有了根本性的差异,即"没有空间世界及其结构,便没有了汉大赋,开展着的空间是汉大赋一切表象形式的统率者"④。以长江书写为基点,考察相关的屈赋、宋玉《高唐赋》、汉赋中的空间结构可以看出,屈赋中真实的长江空间局限于赋家足之所履,空间结构呈现散点分布状态;宋玉《高唐赋》中的长江空间,基本上出于赋家想

---

① [东晋]葛洪撰,周天游校注:《西京杂记》,三秦出版社 2006 年版,第93 页。

② 《文心雕龙注》,第 134—136 页。

③ 《汉书》第 6 册卷 30,1755 页。

④ 杨九诠:《论汉大赋的空间世界》,《文学遗产》1997 年第 1 期。

象,与真实的长江难以勾连,空间结构呈现弥散状态;而汉赋中的
长江空间,想象与真实相通,一切想象中的长江景物、人事、动物等
可统合于真实长江之上,空间结构立体而丰富。二是汉赋与国家
形象紧密相连。刘勰言汉赋"体国经野,义尚光大"①,指出了汉赋
与国家形象之间的关捩。"体国经野"源出《周礼·天官冢宰》②,
本义指的是分国和画野。国,城中;野,郊外。体,划分;经,丈量。
刘勰借此概念论述汉大赋的书写对象关涉国家城乡的众多事物。
"义尚光大"是指相关书写展现出光辉宏大的意义。汉赋中的长江
书写,涉及源流水系、形势地貌、物产民俗等,表现了帝国的广阔富
庶及宏大气象。

　　汉赋中的长江书写在文体因素之外,有着显著的地域因素。
前举长江书写的相关汉代赋家有枚乘(楚地扬州)、司马相如(蜀
地)、扬雄(蜀地)、王褒(蜀地)、冯衍(京兆尹)、梁竦(安定郡)、蔡邕
(陈留郡)。其中尤以蜀、楚两地的赋家书写最为显著,体现出汉赋
长江书写与蜀、楚文化的紧密相关,以及乡邦之思、地方文化对赋
家的影响。一是巴蜀与吴楚在自然与人文上是相通的。自然之长
江贯通巴蜀、吴楚,是当地重要的灌溉水源、交通条件,是当地民众
日常生活中频繁接触的地理形象。人文上,赋"拓宇于《楚辞》"(刘
勰《文心雕龙·诠赋》),其原生性的楚地文化色彩显著,而在汉代,
蜀与楚通,蒙文通就曾指出:"辞赋、黄老、天文、灾异之学,在两汉
时巴蜀颇以此见称,这不可能得之于秦。在思想系统上,环境关系
上,只能说是接近于楚。"③在西汉中后期,巴蜀地区接连出现司马

---

① 《文心雕龙注》,第 135 页。
② 《十三经注疏(清嘉庆刊本)》,第 1374 页。
③ 蒙文通:《巴蜀史的问题》,载蒙文通:《巴蜀古史论述》,四川人民出
版社 2019 年版,第 107 页。

相如、王褒、扬雄等赋家。二是赋家的长江书写背后有着深厚的乡邦之思。清代刘熙载《艺概·赋概》言："枚乘《七发》出于宋玉《招魂》。"①这是乡邦文化的承继体现。此外,枚乘《七发》所写七事,第六为"广陵之曲江"的江潮,即广陵潮。汉代扬州为楚地,即楚人枚乘祖述楚之屈赋来写楚物,赓续了《楚辞》"纪楚地,言楚物"(黄伯思《东观余论·校定楚词序》)②等传统。扬雄创作《蜀都赋》的动因就是以乡土意识夸耀本土地理之美。汉之蜀都,即今成都。《汉书·地理志下》言："巴、蜀、广汉本南夷,秦并以为郡,土地肥美,有江水沃野,山林竹木疏食果实之饶。"③长江流经成都地区,是当地重要的灌溉水源、与外界沟通的要道,且风光瑰丽。《礼记·王制》言："广谷大川异制,民生其间者异俗。"④长江更为当地民风人文提供了别样滋养,蜀文化的异彩纷呈与长江息息相关。以这段论述来审视扬雄《蜀都赋》对长江发源地的铺陈,不觉龃龉。刘勰《文心雕龙·比兴》："至于扬班之伦,曹刘以下,图状山川,影写云物,莫不织综比义,以敷其华,惊听回视,资此效绩。"⑤其中,"扬"即扬雄,"川"包括长江。赋家以对长江的书写来展现乡邦之思,以此可见长江对当地文化的滋养。

汉代赋家属于那个时代的典范作家,今存汉赋作品是后代的经典文本。汉赋中的长江形象有着鲜明的时代印记,与汉代长江认知、汉代文学进程息息相关。因此,透过对汉赋中的长江形象与

---

① [清]刘熙载著,袁津琥笺释:《艺概笺释》,中华书局 2019 年版,第 466 页。

② [北宋]黄伯思撰,陈金林整理:《东观余论》,大象出版社 2019 年版,第 273 页。

③ 《汉书》第 6 册卷 28 下,第 1645 页。

④ 《十三经注疏》(清嘉庆刊本),第 2896 页。

⑤ 《文心雕龙注》,第 602 页。

长江事物的理解、分析、总结,可以寻绎长江认知的历史脉络。

二、三国西晋赋长江书写

郭璞创作《江赋》时为东晋初年。在汉代与西晋之间,三国是一个特殊的历史时期。建安十三年(208),赤壁之战爆发,吴、蜀依托长江天堑大胜曹军,奠定了三国基础。三国时期的三次决定性战役,即官渡之战、赤壁之战、猇亭之战,后两次均发生在长江这一重要的军事地理空间。赤壁之战,战火蔓延于长江及其两岸,天下三分的雏形产生。长江在三国时期成为割据政权之间的战略焦点,是十分重要的地理空间。在这样的时代背景下,赋家增加了对长江的关注度。

就题材来看,汉赋主要以都邑、宫殿、苑囿、畋猎、音乐等为描写对象,表现的是帝王贵族的生活。三国赋也有描写传统题材的,但主要的题材类型是描写战争军旅生活、婚姻爱情问题、丧乱中生离死别、感物伤怀的。与汉赋相比,三国赋已从宫廷移至社会。世俗化、社会化是三国赋题材最富有时代性的特征。就现存三国赋来看,具有显著长江书写的赋作有多篇,如曹植《东征赋》《九愁赋》、徐干《序征赋》、繁钦《撰征赋》(又名《征天山赋》)等,均为曹魏阵营赋家所作。从这些赋作的篇名即可看出,三国赋长江书写与战争纪行密切相关。

作为三国重要的地理界限,长江这一独特的地理空间,既有豪杰的身影穿梭,也留下了赋家的书写。可以说,三国赋的长江书写与战争有着深厚的渊源,在展现赋家家国意识的同时,对战争纪行有所彰显。曹植《东征赋》赋序言:"建安十九年,王师东征吴寇,余

典禁兵,卫宫省。然神武一举,东夷必克,想见振旅之盛,故作赋一篇。"①赋作于战斗发生之前,赋家对长江水战进行了遥想:

> 挥朱旗以东指兮,横大江而莫御。循戈橹于清流兮,
> 氾云梯而容与。禽元帅于中舟兮,振灵威于东野。②

这段文字可谓中国文学中最早的水战书写,有三点值得注意。一是"朱旗东指","朱旗"即红色旗帜,象征火德,乃汉王朝旗帜,是曹操挟天子以令诸侯的具体表现。二是"大江莫御",大江即长江,是东吴天然的军事屏障,曾经的赤壁之战即发生于长江之中及其岸边,"大江莫御"即长江天堑无法阻挡曹军的长驱直入,暗喻对过往失败的否定,以及对胜利前景的肯定与祝愿。三是"清流""容与",长江水战被进行了诗意建构。曹植于此以想象手法虚构长江水战之场景,超越了时空局限而激情昂扬,重在表达对豪迈军旅生活的向往及其建功立业的急迫心情。

长江书写融于征战纪行。众多赋家的征战纪行赋中都观照到了长江。长江在赋中成为重要的行进路线、地理界限、军事屏障。徐干《序征赋》言:"沿江浦以左转,涉云梦之无陂……揽循环其万艘,亘千里之长湄。"③长江成为重要的行军路线。繁钦《撰征赋》言:"观六军于三江,浮五湖以曜武。"④以三江五湖的地理空间衬托军队声势的强大。曹植《九愁赋》言:"审江介之旷野,独眇眇而

---

①　[三国魏]曹植著,赵幼文校注:《曹植集校注》,中华书局2016年版,第94页。

②　《曹植集校注》,第94页。

③　龚克昌、周广璜、苏瑞隆评注:《全三国赋评注》,齐鲁书社2013年版,第58页。

④　《全三国赋评注》,第242页。

泛舟……共朋党而妒贤,俾予济乎长江。"①长江乃屈原行吟之所。斯人已逝,江水长流。曹植流露出忧谗畏讥之心态,借着千古相同的长江与屈原产生共鸣。

西晋赋长江书写中值得关注的是左思《三都赋》。《三都赋》由《蜀都赋》《吴都赋》《魏都赋》三部分组成,而当时的蜀都、吴都无不以长江作为形胜关键。《三都赋》中的长江书写与前代相比有三点进步。一是左思虽未实地对蜀都、吴都进行考察,但其作赋有着"征实"追求②,不仅"其山川城邑,则稽之地图"③,而且走访了蜀人张载、吴人陆机等当地人士。因此,其长江书写并非纯属虚笔,而是有着较为充分的现实依据。这种"征实"追求使得《三都赋》长江书写更具有鲜活的生命力,如《蜀都赋》言:"开高轩以临山,列绮窗而瞰江。"④临山瞰江的长江观览生活场面于此浮现。其他如《蜀都赋》"濯色江波""歌江上之飂厉"⑤,对长江在蜀地日常生活中扮演的角色从视觉与听觉两个角度进行了铺陈。二是左思对长江在吴蜀地理环境中的地位进行了更为全面的展示。其《蜀都赋》重在表现江山关联,如"于西则右挟岷山,涌渎发川"⑥言长江源出岷山之状,"带二江之双流,抗峨眉之重阻"⑦言长江与峨眉山之间的碰撞,这种对江山关系的注意,合于"夹江傍山"⑧的蜀地典型的地理

---

① 《曹植集校注》,第 374—375 页。

② 徐昌盛:《赋体"征实论"的源流及其学术动因》,《中国韵文学刊》2018 年第 2 期。

③ 《文选》上册,第 74 页。

④ 《文选》上册,第 78 页。

⑤ 《文选》上册,第 79 页。

⑥ 《文选》上册,第 77 页。

⑦ 《文选》上册,第 75 页。

⑧ 《文选》上册,第 77 页。

特征;其《吴都赋》重在展现长江与汉江、大海、湖泊等的关联,对长江水系有着更为全面的展现,如"或吞江而纳汉"①"幂历江海之流"②"戈船掩乎江湖"③。三是对长江的形上源头有具体展现,如《魏都赋》言:"夫泰极剖判,造化权舆。体兼昼夜,理包清浊。流而为江海,结而为山岳。"④从世界本源,即太极阴阳的角度阐述了江海山岳的形成,长江于此处从属于"江海"⑤,其形而上的意蕴实与郭璞《江赋》"水德之灵长"⑥的书写相通。

---

①　《文选》上册,第 83 页。

②　《文选》上册,第 85 页。

③　《文选》上册,第 89 页。

④　《文选》上册,第 95 页。

⑤　左思《三都赋》中"江"的长江指向有时并不显豁,如"江海"之江无法判定其是长江还是泛指江河,但无论哪种指向,其涵盖长江是无疑的。此外,从岷山、汉江等与长江显著相关的自然景观的书写来看,赋文图景中"江"偏向于长江。

⑥　《文选》上册,第 183 页。

第二章　长江赋赋家的朝代、地域与动因

　　文学是语言的艺术,而历时性是语言的本质特征之一。在这种本质界定之下,文学研究向来注重历时维度,过去、现在、未来是研究者关注的重心。赋作为文学之一体,其创作传统的出现、发展及此过程的低落、高潮无不需要从历时维度去探究。因此,笔者在框定了长江赋文本范畴之后,首先对赋家的朝代分布进行考察,总结其历时维度的特征,并对特征成因进行分析。其次,“空间转向”作为 20 世纪学术史中引人注目的思潮,自 20 世纪 70 年代于西方兴起后,深刻影响着人文学科研究的路径、策略和态度,推动了当前文学研究范式转型。① “空间转向”影响到古代文学研究,并由此产出了典范研究成果。② 就赋学而言,空间问题受到更多关注,研究者从空间、地理、地域、都邑、山水、江河、海洋等或宏观或微观

---

　　① 李长中:《空间转向与文学研究范式转型》,《北方论丛》2010 年第 6 期。

　　② 梅新林:《古代小说研究的“空间转向”与范式重构》,《文学遗产》2022 年第 4 期;黄奕珍:《论陆游南郑诗作中的空间书写》,《文学遗产》2014 年第 2 期;王德华:《屈原〈远游〉的空间书写与精神指向》,《文学遗产》2014 年第 2 期;龙迪勇:《叙述空间与中国小说叙事传统》,《中国文学批评》2021 年第 4 期;张晶:《中国古典诗词中的审美空间》,《文学评论》2008 年第 4 期;等等。以上胪列数例,仅为笔者关注到并有所借鉴的,并无轩轾。

的角度产出了诸多成果①,拓展并深化了赋体文学空间研究的路径。因此,长江赋研究作为赋体文学空间研究中相对微观的层面,赋家与其生活的地域有着千丝万缕的联系,对赋家地域分布的考察是其应有之义。最后,长江赋题材类型的成立取决于其显著的题材特殊性,据此对赋家创作动因进行考察,在一般的逞才、咏怀等之外,会发现由于题材特殊性而产生的独特动因轨迹。

第一节　赋家的朝代、地域分布

本书所辑 264 篇长江赋(见附录),涉及赋家共有 226 位(含佚名 5 位)。按赋家朝代、地域(今之省级区划)列表,如表 2-1 所示。

表 2-1　长江赋赋家朝代、地域分布

	唐　前	唐	宋	元	明	清	总　计
江　苏			2		3	55	60
安　徽					5	20	25
浙　江			1		4	13	18

① 蔡丹君:《"腴辞云构":西汉大赋虚拟空间的语言艺术》,《文学评论》2020 年第 6 期;王准:《地理赋中的地理空间建构与文化景观塑造》,《文化研究》2021 年第 1 期;赵金平:《豫雍之辨与汉赋地理铺写的转捩》,《四川师范大学学报》(社会科学版)2020 年第 2 期;刘伟生:《五代赋家赋作的时代性与地域性》,《长江大学学报》(社会科学版)2017 年第 3 期;王树森:《都邑赋史论》,安徽文艺出版社 2018 年版;叶晔:《游与居:地理观看与山岳赋书写体制的近世转变》,《复旦大学学报》(社会科学版)2018 年第 2 期;陈婉纱:《魏晋辞赋"江河书写"的地理正统与文化正统之辨》,《淮南师范学院学报》2019 年第 1 期;潘静如:《论历代海赋的海洋书写及其知识、观念图景》,《文学评论》2021 年第 5 期。

续　表

	唐 前	唐	宋	元	明	清	总　计
江　西			1		1	10	12
湖　南			1	1	1	8	11
湖　北					1	8	9
四　川			4			3	7
上　海					1	6	7
河　南	3	1				1	5
河　北		1		1	1	2	5
山　西	1	1	1			2	5
福　建						5	5
山　东						2	2
广　东					1	3	4
北　京						4	4
不　详		2		3	1	41	47
总　计	4	5	10	5	19	183	226

一、朝代、地域分布数据概析

长江赋产生于东晋。东晋之前,中原地区一直是中国的文化中心,黄河是这一地区最为重要的河流。西晋成公绥《大河赋》曰:"览百川之宏壮兮,莫尚美于黄河! ……何水德之难量!"[①]认为黄河是所有河流中最为壮美的,且是水德的象征,表明黄河是此时中国河流的最高代表。永嘉南渡,东晋建都建康(今南京),长江成为守卫都城的天堑,其价值逐渐受到更多的重视,这是郭璞创作《江

---

① 《全魏晋赋校注》,第 209 页。

赋》的时代背景。但是,东晋到隋(唐前)长江赋创作的态势并不兴盛,现存除了郭璞《江赋》,仅有庾阐《涉江赋》、谢朓《临楚江赋》、江淹《江上之山赋》,赋家籍贯均可考。此时赋家籍贯属于今河南、山西两省,均非长江干流所经省份,赋家之所以创作长江赋与其南渡经历或生活于江南不无关系,在时代潮流裹挟之下,赋家由北而南,渡江而居于长江沿岸;或因父祖辈南渡而侨居江南。如郭璞籍贯为河东郡闻喜县(今山西运城闻喜),渡江之后居于宣城(今安徽宣城)、建康(今江苏南京)等地,其中宣城距离长江不远,长江是此地交通要道;建康临江,长江天堑是其形胜,实为江城。庾阐籍贯为颍川鄢陵(今河南许昌鄢陵),渡江之后,在朝中为官多年,居于建康。谢朓籍贯为陈郡阳夏县(今河南周口太康),实际出生于建康,曾任宣城太守。江淹籍贯为宋州济阳考城(今河南商丘民权),实际出生于江南,在朝为官多年,居于建康。可见,唐前赋家创作长江赋时所在地域均为长江流域,甚至即为江城(建康),建康是此时长江赋创作的地域中心。赋家在创作长江赋之前有着充分的长江践履,长江是其生活、仕宦、行旅、游览的重要地理空间与自然景观。

　　唐代长江赋今可见 5 篇,籍贯可考赋家 3 位。长江赋在唐代河流赋中并不显著,创作态势与赋学之兴盛并不一致(唐代以诗赋取士)。探究其因,唐朝定都长安,北方再次成为政治文化中心,此时赋学虽盛,但赋写江河专注于北方河流,以黄河及长安附近的泾、渭等河流最为突出,如赵冬曦《三门赋》,樊阳源《襄华贯洪河赋》,刘珣《渭水象天河赋》,许尧佐、李君房同题《清济贯浊河赋》,卫次公《渭水贯都赋》,独孤授《泾渭合流赋》,等等。此时赋家籍贯属于今河北、山西、河南。张说(今河南洛阳人)《江上愁心赋》与赵冬曦(今河北石家庄晋州人)《谢燕公江上愁心赋》源于张说本人的江行经历,张说曾被贬岳州(今湖南岳阳),其来往岳州正是通过舟

行长江。王起籍贯虽属于今山西太原,但后迁居今江苏扬州,其
《鼋鼍为梁赋》与籍贯不详的独孤授的《汉武帝射蛟赋》、樊阳源的
《江汉朝宗赋》均非直接以自然长江为书写对象,鼋鼍为梁、汉武射
蛟属于长江神话传说,江汉朝宗为《尚书》中关于长江的典故。

　　宋代长江赋今可见 12 篇,籍贯可考赋家 10 位。宋代长江赋
创作较唐代为盛。北宋定都汴梁,长江远离政治中心,但此时长江
流域赋家活跃,如吴淑(今江苏镇江丹阳人)、李觏(今江西抚州南
城人)、狄遵度(今湖南长沙人)、苏轼(今四川眉山人)、苏辙(今四
川眉山人)籍贯均属于长江流域,吴淑、苏轼、苏辙更是日与江居的
"江城赋家",米芾籍贯虽为太原,但迁居襄阳(今湖北襄阳),后又
谪居润州(今江苏镇江),实际也属于"江城赋家"。南宋苟安南方,
其时长江为生存屏障,势必受到赋体文学创作更多的关注。

　　元代长江赋今可见 5 篇,籍贯可考赋家 2 位。今存元代 5 篇
长江赋,除了刘因《渡江赋》乃有感之作,个性突出而值得重视,其
他 4 篇为黄师郯、陈正宗、李原同、施礼同题《江汉朝宗赋》,题出
《尚书·禹贡》之"江汉朝宗于海"[1],属于"经义题",赋家普遍着力
于经义的发挥,颂美色彩突出,而实际的自然长江书写并不显著。
此时长江赋创作态势低落,原因大致有两点。一是元代赋体创作
的整体低落。虽然元代赋学从特定角度来看,有其兴盛的一面,如
"元人复开赋创作盛况(今存元人别集近百家有赋传世,又有赋总
集《青云梯》、专集《铁崖赋稿》等)"[2],但是就赋作留存篇数来看,
元代赋体创作态势低落。《历代辞赋总汇》辑辽金元赋家 248 人,
赋作 671 篇,远逊于宋代的 347 人、1445 篇[3]。二是元朝定都大都

　①　《十三经注疏》(清嘉庆刊本),第 313 页。
　②　许结:《元赋风格论》,《文学遗产》1993 年第 1 期。
　③　《历代辞赋总汇》第 1 册,前言第 7 页。

(今北京),"内北国而外中国"①,从族群生态、族群政策、族群关系等来看,江南的方方面面备受压抑,这种时代氛围抑制了长江赋的创作。

明代长江赋今可见 26 篇,籍贯可考赋家 18 位。明朝的建立者朱元璋在江淮流域起家,明初又曾建都应天府(今南京),长江沿岸的经济文化在明代愈加繁荣。南京作为明初帝都,其地理上的最大凭借莫过于长江天堑。明初赋家创作长江赋,便是从长江与帝都关系的角度进行的。如章敞《大江绕金陵赋》,强调了长江天堑对帝都的军事防御价值。建文四年(1402),明成祖朱棣率军攻入南京,使得世人再次发现,长江天堑不足恃。明代郑棠《长江天堑赋》开篇言:"惟淮海之东南,设长江之天堑。"继之以历史视域中长江天堑的形胜,但赋末则结以"览形势之恒在,慨风景之屡移。岂非得士者善守,恃险者丧谋。金汤之固,廊庙之筹,长城之御,才略之求,夫何大风霸心之存兮,安而不忘忧也"②,指出长江天堑之险不可恃,安不忘危才能成就大业。

清代长江赋今可见 212 篇,籍贯可考赋家 142 位。长江赋创作鼎盛于清。清代长江赋的篇数是其前代总和的 4.08 倍,赋家数量是其前代总和的 4.26 倍。清代长江赋之鼎盛原因须做专门探析。

将唐前、唐、宋、元、明、清各代长江赋赋家地域分布的面积、"密度"等情况进行历时维度的比较,可以清楚地看到赋家籍贯演化的轨迹。一是由中原(尤其是今河南)数点弥散大江南北,涉及广阔的长江流域,以及流域外的华南、华北等地,不仅与长江水系

①　萧启庆:《内北国而外中国:元朝的族群政策与族群关系》,载萧启庆:《内北国而外中国:蒙元史研究》下册,中华书局 2007 年版,第 463—475 页。
②　《历代辞赋总汇》第 6 册,第 5041 页。

的分布相符,更与长江、大运河"十字黄金水道"的分布暗合。二是重心从北到南、从西向东,最终聚集于江南(尤其是今江苏、安徽、浙江),江南是其高密度聚集的地域核心。三是朝代与地域下游的重合,清为朝代下游,江南为地域下游,二者的赋家分布密度均最为集中,背后原因值得关注。

二、清代长江赋创作鼎盛探因

对于清代长江赋创作鼎盛的原因,可从清赋整体兴盛、题材拓展与地域性凸显、模拟习气等方面来探析。

首先,长江赋鼎盛于清,其原因在于清赋之兴盛。"清代辞赋创作的数量与题材,都堪称集大成。"①清代赋家之多,赋作之众,超迈前代。对这种赋体创作的兴盛态势,在清代即有学者做出明确指认,如乾隆朝汤稼堂《律赋衡裁·凡例》言:"国朝昌明古学,作者嗣兴,钜制鸿篇,包唐轹宋,律赋于是乎称绝盛矣。"②认为清代律赋创作堪称"绝盛",超越了唐宋。马积高主编《历代辞赋总汇》收录先秦至清的辞赋作家 7400 余人,辞赋作品 3 万余篇,而其中清代辞赋作家 4810 人,辞赋作品 19499 篇。③ 就《历代辞赋总汇》而言,清代辞赋作品占历代辞赋作品总数的近三分之二。④

其次,清赋题材拓展与地域性凸显也是清代赋学发展的特征,并推动了长江赋的创作。题材拓展与地域性凸显对于长江赋创作

---

①　许结:《论清代书院与辞赋创作》,《湖北大学学报》(哲学社会科学版)2009 年第 5 期。

②　转引自许结:《论清代书院与辞赋创作》,《湖北大学学报》(哲学社会科学版)2009 年第 5 期。

③　《历代辞赋总汇》第 1 册,前言第 7 页。

④　《历代辞赋总汇》所收并非清代赋作的全部,尤其是清代律赋的遗漏甚多,该书前言已指出这点。参见《历代辞赋总汇》第 1 册,前言第 8 页。

而言,往往是一体两面、相互促动的。一方面,题材拓展发展了长江的内涵,增强了赋作题材的地域性。清末题材拓展尤其显著,在鸦片战争之后,一批学者领风气之先,开眼看世界,这种社会思潮的巨大转变表现于赋,出现了相当多的新题材。[①] 此可见于清代长江赋中战争与军事内涵的增加,如丁寿昌《哀京江赋》书写第一次鸦片战争,袁一清《长江赋》书写列强对长江沿岸的侵略。此外,长江航运在清末民初更为繁荣,也成为长江赋题材拓展的条件,如李联琇《太子矶出险赋》、刘师培《出峡赋》等书写个人长江航运的经历,尤其突出了航运中的险情。另一方面,地域性凸显提升了长江地位,长江题材受到赋家更多的关注。本书所言长江为长江干流,是长江水系的主干,更是长江流域人们交流交往、生产生活的重要地理空间。清代经济重心由内地向沿海地区尤其是东南沿海地区转移[②],这种转移的完成与否实际上均未减损长江下游地区的经济文化地位。长江作为长江下游地区典型的自然景观,也是该地区核心的交通运输、生产生活条件。伴随着清赋地域性的凸显,长江流域尤其是长江下游地区赋家逐渐占据赋坛主体地位,长江题材受到更多的关注,这推动了长江赋创作的发展。

最后,清赋模拟习气对长江赋创作而言也是助力。"清代赋学显著之处在于馆阁试赋"[③],受馆阁试赋的鼓动,大量书院课艺之作出现,这些课艺赋中比例最大的是"拟古"题的赋作。[④] "拟古"指拟写古人赋作,选择的往往是赋史中的经典文本,是清赋模拟风

---

① 许结:《制度下的赋学视域——论赋体文学古今演变的一条线索》,《南京大学学报》(哲学·人文科学·社会科学版)2006 年第 4 期。

② 倪玉平:《清代经济重心的东移》,《南国学术》2022 年第 3 期。

③ 潘务正:《清代赋学论稿》,中华书局 2020 年版,第 12 页。

④ 许结:《论清代书院与辞赋创作》,《湖北大学学报》(哲学社会科学版)2009 年第 5 期。

气的典型表现。长江赋中,郭璞《江赋》、苏轼前后《赤壁赋》历来被誉为名篇,清代赋家"拟古"之时特别关注此三赋。清代赋家拟郭璞《江赋》之作,可见汪士铎、吴大澂、倪文蔚、杨锐、姚福均、汪芑、孙士峨同题《拟郭景纯江赋》等;拟苏轼前后《赤壁赋》之作,可见夏思泗《拟苏东坡前赤壁赋》《拟苏东坡后赤壁赋》,邓方《拟苏子瞻前赤壁赋》,宋鸿卿《拟苏子瞻赤壁赋》,李周南、陈志喆同题《拟后赤壁赋》等[①],这些赋作壮大了长江赋创作传统,是长江赋鼎盛的具体面相。清赋模拟习气对长江赋的助力作用,由此可见一斑。

三、江南与江城赋家轮廓

人是环境的产物,即人们常说的"一方水土养一方人",地域与人息息相关;而文学即人学,地域性可谓与文学相伴而生。上文统计出长江赋创作的朝代集中于明清,而明清文学"一个最大特征就是地域性特别显豁起来"[②];长江赋创作鼎盛于清,潘务正《清代赋学特征三论》指出,地域性属于"清代赋学有别于前代的显著之处"[③]。因此,有必要对长江赋的地域分布情况进行深入探究。

长江赋赋家的地域分布范围较广,但极不平衡。赋家分布涉及 15 个省级行政区,占全国 34 个省级行政区的 44.12%。赋家集中在今江苏、安徽、浙江、江西、湖南、湖北、四川、上海这些均属于长江干流所经区域的省级行政区(赋家数量大于 5 人),总计 149人,占比为 65.9%,籍贯不详的赋家 47 人,占比 20.8%,而非长江

---

① 关于郭璞《江赋》、苏轼前后《赤壁赋》的拟作,本书第六、七章有更为深入的探讨。

② 蒋寅主编:《中国古代文学通论·清代卷》,辽宁人民出版社 2016 年第 2 版,第 290 页。

③ 潘务正:《清代赋学特征三论》,《天中学刊》2019 年第 34 卷第 5 期。

干流所经省级行政区的赋家 30 人,占比 13.3％。江苏(60 人)赋家最多,安徽(25 人)、浙江(18 人)、江西(12 人)次之。可以说,长江流域赋家占据长江赋创作版图的绝大部分,再具体观之,江南是长江赋赋家地域分布的主体。

江南"乃古名胜之区,其分野则上映乎斗牛,其疆域则旁接乎闽越,又襟长江而带大河,挺奇峰而出秀巘,故其灵异之气往往钟于人而发于文章"①。明清时期,江南不仅是经济中心,也是学术文化的核心地域,成为今天学术研究极为重视的区域。关于江南的研究,在文化、政治、经济各个方面取得了丰硕成果,此毋庸赘述。就学界关于江南地域的界定来看,主要有广义、中义、狭义三种路径。一般而言,广义江南指的是长江以南的地域,径直以长江作为划分依据;中义江南主要包括今江苏、浙江、上海,以及安徽长江以南地区,与今天经济领域的"长三角"概念大致重合;狭义江南指的是太湖流域。中义江南的接受最为普遍,以中义长江观长江赋赋家地域分布,可以看出,赋家分布密度最为集中的地域,正是江南。如果把郭璞、谢朓等迁居江南的赋家考虑进去,则江南赋家密度更为集中。

这种压倒性、占绝对优势的地域偏向,单单以江南自古是人文荟萃之所来解释显然是不够的。笔者认为,更为重要的因素就是长江赋题材的特殊性,在赋体内外双重因素的影响下,江南成为赋家分布的地域主体。这种题材的特殊性是指,长江作为宏阔的地理景观,如无身临其境的经历,是难以对其进行具体书写的;而长江作为江南赋家乡邦之宏大景观,对这些赋家具有潜移默化的影响。相对于江南之外的赋家,江南赋家具有地理优势,更容易拥有

---

① 穆彰阿:《潘氏科名草序》,潘世恩辑:《潘氏科名草》卷首,光绪三年吴县潘氏燕翼堂刻本。

长江践履的体验,接触到鲜活的现实长江,这就推动了其长江赋的创作。

这种题材的特殊性影响赋家地域分布的极端表现,是江城赋家轮廓的凸显,即江城赋家是长江赋赋家的核心。如江苏 60 位长江赋赋家,分布在今 10 个地级市:苏州 14 位,常州 9 位,扬州 7 位,南京 7 位,镇江 7 位,南通 5 位,无锡 6 位,泰州 3 位,淮安 1 位,徐州 1 位。除了仅有 1 人的淮安、徐州,其他地级市无不沿江。

"当一条河伴随着你成长时,或许它的水声会陪伴你一生。"[①]江城赋家身份、才识、品行各异,但都具有"长江记忆",这种记忆潜移默化,影响深刻,暗流于赋家意识之中。长江——作为江城的地理标志——在赋家的现实践履和文本书写中,完成了从自然景观到人文景观、从现实地理到想象空间、从直观视听到文字符号等的塑形。江城赋家籍贯的地域性前置了其长江书写的地域性。

第二节　赋家的创作动因

长江赋创作动因是多样的。长江赋鼎盛于清,"清代赋学显著之处在于馆阁试赋"[②]。因此,清代长江赋的创作动因与馆阁试赋,以及受馆阁试赋鼓动而大量出现的书院课艺赋相关。这些赋作的动因集中于体物逞才,模拟风气显著。清代曹汝金《天下第一

---

① 〔美〕安·兹温格:《奔腾的河流》,转引自程虹:《自然之声与人类心声的共鸣——论自然文学中的声景》,载中国作家协会理论批评委员会编:《中国文学理论批评文选(2013)》,文化艺术出版社 2014 年版,第 115 页。

② 潘务正:《清代赋学论稿》,第 12 页。

江山赋》言:"看日射黄金之榜。"①"黄金之榜"即黄榜,是古代科举考试殿试后发布的考中者名单,科举往往决定着古代学子的命运。创作长江赋用于课艺,为馆阁试赋等训练赋才,即体物逞才,正是这类赋家创作心态的体现。此外,临江抒怀,以寄胸襟,也是赋家创作长江赋的动因。如清代冷士嵋《登金山赋》序言:"予登而壮之,爰著斯赋。"登金山而见壮美江景,触动胸怀。赋末言:"抚大块之悠悠,念人事之已非。仰思古人登凭,千万载而一尽。余独何心,能不临风长睇而兴悲?"②对于赋家而言,登山临江而念往兴怀,古今同之。需要指出的是,无论是体物逞才还是临江抒怀,这些创作动因与其他题材类型并无实质区别。真正能够代表长江赋题材类型特征的创作动因,在于南北与东西的游移,即江分南北与江之东西对于赋家的触动,这种动因轨迹在其他题材类型中难以寻觅。

一、南北对立与差异对长江赋创作的促动

天设长江,以限南北。一方面,江南江北,交往受阻,风土相异,具有显著的地域差异;另一方面,中国历史上出现过多次南北对立,其对立双方的界限即为长江。此外,赋家因其籍贯、仕宦,有着不同的南人或北人立场。因此,赋写长江天然地受到南北方位的深刻影响,方位这种自然区分通过人类社会的多种活动在赋家身上产生了多种创作动因。考察长江赋的创作动因,与其他题材类型赋作迥异的,首先是受南北对立、差异的影响。

---

① 《历代辞赋总汇》第 21 册,第 21571 页。
② 《历代辞赋总汇》第 10 册,第 8820 页。

(一)南北对立

南北对立的终极形态是战争,长江在此时更多的是一种天然的防御屏障,对于江北政权而言往往是征伐的阻碍;对于江南政权而言,是自身生存与发展的基础。对于南北政权而言,长江都是极为重要的地理空间,是其达成军事目的的必要条件。长江赋的开篇之作郭璞《江赋》产生于永嘉南渡后,东晋建都建康(今南京),凭借长江天堑进行防御,长江成为"生命线"的特殊时代。赵沛霖言:"两晋之交中国历史上第一次南北对立的特定背景,使本来属于自然地理范畴的长江,不但一跃成为关系到东晋王朝前途和命运的生命线,而且成为现实性很强的文学题材,寄托着包括作者在内的'过江诸人'的诸多情志和愿望。"[1]南北对立局面的形成,使长江题材的意义凸显。郭璞作为过江之人,在南渡之前,长江对他而言更多的是以文献的形式存在于其学术与文学生活之中。由北而南,居于长江边的城市,日与江居,郭璞才获得了鲜活的长江素材。李善注《江赋》引何法盛《晋中兴书》言:"璞以中兴,王宅江外,乃著《江赋》,述川渎之美。"[2]郭璞书写长江,极力赞美,其部分动因在于肯定江南地域的价值,以此安定过江之人的心。这是由于晋室南渡,社会中心南移,东晋建都建康(今南京),其地紧靠长江,长江在南北对立的当下形势中意义极为突出。如《晋书·王导传》言:"俄而洛京倾覆,中州士女避乱江左者十六七。"[3]建都建康,中州

---

① 赵沛霖:《中国历史上第一次南北对立与郭璞的〈江赋〉》,《上海师范大学学报》(哲学社会科学版)2014 年第 1 期。

② 《文选》上册,第 183 页。

③ [唐]房玄龄等撰,中华书局编辑部点校:《晋书》第 6 册卷 65,中华书局 1974 年版,第 1746 页。

士女南渡,表明社会政治文化中心转移到江城建康。又如孙绰《谏移都洛阳疏》:"以为帝王之兴,莫不藉地利人和以建功业……天祚未革,中宗龙飞……实赖万里长江画而守之耳。"①直言若无长江,建康早已被攻下,东晋政权何谈中兴。郭璞从长江发源之地写起,写到洛、沫、汉、泗、淮、湘、沅、澧、沮、漳等水汇入长江,展现了长江细大不捐、有容乃大的磅礴气势。长江作为天然的军事屏障,赋言"所以作限于华裔,壮天地之崄介"②,正是其时以江自守的时代反映,如王羲之曾劝谏殷浩言:"保淮之志非复所及,莫过还保长江。"(《晋书·王羲之传》)③《江赋》作于郭璞南渡以后,此时东晋王朝已经正式建立。然而面对入侵的力量,东晋王朝仍然毫无抵抗之力,只能依托江南的地理环境偏居一隅。从这个意义上,可以说东晋王朝得以延续,避地江南的士人得以生存已经完全系于长江一线——历史就这样决定了长江真正成为东晋王朝的生命线。④

元代刘因站在江北政权的立场创作的《渡江赋》,仿汉大赋,虚设主客,抑客扬主。其序点明了创作动因。刘因(1249—1293),字梦吉,保定容城(今属河北)人。刘因之友郝经奉命出使南宋,九年而不得北还。至元六年(1269),蒙古军队攻打南宋。此时刘因方二十一岁,虚构"北燕处士"与"淮南剑客"互为问答,创作了《渡江赋》。关于《渡江赋》的南北立场,历来聚讼纷纭。如清代万斯同《书元史刘因传后》:"甚哉!刘因之盗名欺世也。因本汉人,非生于蒙古。乃伯颜之南侵也,特作《渡江赋》献之。若幸宋之速亡,惟恐江南之不速下者,其设心何若是也?……则其献《渡江赋》,亦不

---

① 《晋书》第 5 册卷 56,第 1545 页。

② 《文选》上册,第 184 页。

③ 《晋书》第 7 册卷 80,第 2095 页。

④ 赵沛霖:《郭璞诗赋研究》,中国社会科学出版社 2015 年版,第 240 页。

得已耶？亦迫于朝命而然耶？"①讥刺刘因身为汉人却为鼓吹北方
政权南渡灭宋而作赋。清代李鸿章看到了刘因身份的特殊性，认
同明代孙奇逢对刘因《渡江赋》的评价，持论更为公允，其《刘因请
从祀文庙折》（同治九年十一月二十二日）言："论者谓因《渡江赋》
幸宋之亡，不知因祖父以来世为金元人，于宋实无故主、故土之谊。
《渡江赋》深心隐痛，盖王景略不欲灭晋之意，孙奇逢尝著文辩之，
公论已明，无可疑议。"②关于刘因《渡江赋》创作动因的公案，商聚
德著《刘因评传》列"拥护国家统一"一小节专门讨论，分析细致而
精确，认为《渡江赋》是最能反映刘因拥护元朝态度的作品，前人的
各种说法，如"欲存宋""幸宋之亡""哀宋"均出于各种现实考虑而
有失客观。③　明清及今人对此公案的评说，实际上都围绕着刘因
对南北政权的态度，充分证明了刘因《渡江赋》的创作动因源于南
北对立。

（二）南北差异

南北差异对江南文化的产生与发展有着潜移默化的影响，此
时的长江更多的是江南文化的象征。北宋李觏《长江赋》的创作与
当时政治上的"重北轻南"有关。该赋关注社会现实，有着显著的
经世致用特色，以长江自然景观起笔，突出"江之为水"的气势浩
大，以"风师""水伯""操舟之老""行客""龙螭蛇鼋""虾蟹"面对长
江时表现出来的惊恐、慑服等衬托长江磅礴之势。接着，赋写长江

---

① ［清］万斯同原著，方祖猷主编：《万斯同全集》第 8 册，宁波出版社
2013 年版，第 402 页。
② 顾廷龙、戴逸主编：《李鸿章全集》第 4 册奏议四，安徽教育出版社
2008 年版，第 192 页。
③ 商聚德：《刘因评传》，南京大学出版社 1996 年版，第 50—72 页。

"足于财用""利于守御",以春秋战国时之吴楚,汉末三国之孙策、孙权,南朝刘裕、萧道成之以长江而兴盛成功,以及赤壁之战、淝水之战中曹操、苻坚之败,融古今兴亡于长江。赋中对江淮地区"山川之阻,土地之富"的价值进行了深入分析,凸显了长江在社稷治乱中的重要性,试图对"国家重西北而轻东南"予以讽谏。①

　　清代纳兰性德(1655—1685)生活于北京,在康熙二十三年(1684)随驾南巡前,并未到过江南、见过长江。纳兰性德生于北方京城,却渴慕江南文化,其对顾贞观言"平生师友,尽在兹邦"(《与顾梁汾书》)②。康熙十二年(1673),纳兰性德拜徐乾学(今江苏苏州昆山人)为师。明珠府来往的文人多来自江南,如陈维崧(今江苏无锡宜兴人)、顾贞观(今江苏无锡人)、朱彝尊(今浙江嘉兴人)等。康熙二十三年(1684)九月末,纳兰性德随康熙南巡,游览了金山,创作了《金山赋》,赋中饱含对立足金山所见长江图景、所念人物风流的颂美。其长江图景书写如:

　　　　时而烟霏雾凝,则水天杳冥,不辨灵仙之宅,惟闻钟磬之声;时而云开日霁,则景色澄丽。两岸之间,可晰鳌峰之毫发;百里之外,能窥贝阙之参差。或当秋月如练,金波潋滟,则山阁晶莹,若冰壶之濯桂殿也;或当雪密寒江,林峦玉装,则浮图倒景,若玻璃之涌宝幢也。③

---

　　①　〔北宋〕李觏撰,王国轩点校:《李觏集》,中华书局 2011 年第 2 版,第 1—2 页。

　　②　〔清〕纳兰性德著,黄曙辉、印晓峰点校:《通志堂集》卷 13,华东师范大学出版社 2019 年版,第 265 页。

　　③　《通志堂集》卷 1,第 5—6 页。

九月随驾登山观江，想必不在月夜，其"秋月如练"当为想象，至于冬日"雪密寒江"更非实景。久居北京的纳兰性德虽然与江南文人师友相交密切，通过诗词歌赋、史书地志、图画等各种文本对长江知识有所接受，但现实中对长江的接受不足，造成了其赋作中欠缺关于长江图景鲜活的个人体验。其赋中饱含对长江图景热情的颂美，是该赋一大亮点，这种颂美的动因除了随驾登山、赋以御览，需要通过对山川的颂美，营造盛世气象，进而颂美康熙这种外部要素外，赋家自身对长江的情感不无影响。这篇《金山赋》可以看作一位对江南充满向往的北方文人，在第一次接触到现实长江空间后，自身长江知识与初次长江践履交融，情感洋溢，想象空灵，于身份、知识等巨大的南北差异中折服于江南的产物。

二、东西碰撞对长江赋创作的影响

从岷山算起，长江贯通着巴蜀、荆楚、吴越等地。赋家求学、赶考、赴任等，通过长江水路东西往来，异地景观的触动无疑是长江赋创作的潜层动力，这种动力或强或弱，但在赋中均未有显著表现。东西差异并未如南北差异般成为长江赋创作的显层动因，这种情况的产生与长江对南北、东西的意义不无关系。前引蒙文通所言："辞赋、黄老、天文、灾异之学，在两汉时巴蜀颇以此见称，这不可能得之于秦。在思想系统上、环境关系上，只能说是接近于楚。"巴蜀与吴楚在环境系统上的相通很大程度上是凭借长江的贯通作用。也就是说，长江对于流经的东西各地而言，贯通作用明显，东西在具有差异的同时更多的是相通，即东西差异的程度远低于南北差异。

时至清末，赋家创作长江赋的动因出现了显著的转折，即从南北对立、差异，乃至东西往来转换到东西碰撞。此时长江沿岸多个城市被列为通商口岸,列强长驱直取,长江成为东方古国直面西方列强的前沿,东西碰撞于此。清代丁寿昌《哀京江赋》题注"壬寅",当指壬寅年,限以丁寿昌生卒,则为道光二十二年(1842);该赋开篇言:"粤以摄提之年,建未之月,番酋构衅,江左罹菑。"①"建未之月"为农历六月,道光二十二年六月,约为1842年7月初至8月初,其时为第一次鸦片战争末期,英军在击败镇江守军、焚掠镇江后,进逼南京下关江面,扬言攻打南京。此时,长江不再是南北之间防守或进攻的空间,而是东方古国面对西方列强时的军事屏障。赋家站在东方古国立场上,面对西方列强自西而东的侵凌,哀痛之情诉于笔端,作《哀京江赋》。镇江旧称京口,故长江流经镇江的一段称京江。赋题"哀京江赋",并非仅仅哀痛于镇江失守并被焚掠,而是拟仿庾信《哀江南赋》②,对江南乃至整个国家的形势表达了哀痛之情、忧患之意。

清代袁一清《长江赋》作为"崇正书院季课"之作能够留存,与其关心国计的用世精神不无关系。该赋创作的时代背景如其序言:"第自中西互市,西洋轮舶入口,溯江而上,直至重庆。中间如京口、芜湖、九江、汉口、宜昌,皆设市通商。沿江六千里,险与敌共,昔之天堑皆化为夷涂。"③其时,西方列强对中国的侵略不断加深,长江沿线众多重要城市被设为通商口岸,列强船舶在长江数千里的交通线上来往自如,昔日的天堑长江已经无法阻挡列强的入侵,而成为列强的"夷涂"(夷途)。有感于此,赋家认为"今幸四裔无事,诚于此时整防固圉,为桑土之谋,岂不奠炎景之金汤,固六州

---

① 《历代辞赋总汇》第16册,第16139页。
② 赵俊波:《近现代拟〈哀江南赋〉浅论》,《中国韵文学刊》2020年第1期。
③ 《历代辞赋总汇》第20册,第20110页。

之锁钥哉。杞人忧天,何知大局? 然述势鸣愤,不能自已"①。赋家有着强烈的救亡图存精神,其对长江的书写,呼唤着对长江防御作用的重视,以防范列强入侵。因此,赋家一改长江书写的传统,用世精神强烈,使得该赋近似一篇加强长江防御的奏章。这是在时代精神感召下对长江书写的创新,是其价值所在。赋家自觉地跳出长江赋书写传统的尝试,有意突出"国计"等现实功用,而排斥"注疏""铺张"等长江赋书写的知识性、夸饰性等特点,如赋言:"郦道元之所注疏,郭景纯之所铺张,皆略而不陈者,以其无关乎国计,而徒昭水德之灵长。"②其拒斥长江赋传统作法的尝试彰显着东西碰撞下的赋学新风。

---

① 《历代辞赋总汇》第 20 册,第 20110 页。
② 《历代辞赋总汇》第 20 册,第 20111 页。

第三章　长江赋中的长江图景

　　长江作为自然景观,是物质层面的水之本体及其在空间层面与土地、城市、建筑等构成的地域整体,对地域文化产生了深刻影响。面对这条河流,赋家往往超越了孤立的水之本体,从位置来看,或置身江中、漫步江岸,或登临江上之山、望江之楼,或于案前伴青灯古卷,阅读关于长江的记载,或览堂中江山画卷,以画观壮丽的江山。从其焦点来看,或注意于江月、江日、江风、江火、江水映照、鼓动之色形声,或船头迎风近看水流激荡而远望江南江北青山多,或穿越时间的迷雾而观赏浔阳渡口、赤壁江中。

　　在长江赋文本世界内,耀眼的正是长江图景。江水、江山、江物、江楼、江事,远近高低,虚实古今,是长江赋异于其他题材之处。

第一节　江水

　　长江是一条河流,河流的本体是水。长江赋中的江水书写,无疑是赋中图景的核心。对于长江赋中的江水,可以从名称、源流、色形声及江潮四个方面观之。

一、名称

长江这条河流的名称并非唯一的,人们从不同角度对长江进行了命名,这些名称是人们对长江认知的最直接的表现,体现出长江与人们生活关系之密切,以及人们对其体认之深刻。

长江名称的丰富也展现于长江赋中。长江得名于其形态特征、水流色彩、地域流段、源头,以及时节、附近植物等。就其形态特征而言,有长江、大江、横江、天堑、遥江之称。长、大、横、堑、遥均表征形态。长江如明代章敞《大江绕金陵赋》言:"览长江兮天堑。"①大江如清代孔庆瑚《江心镜赋》言:"唱击楫于大江。"②横江如清代王钺《谢镇西泛江闻咏诗声赋》言:"闻清韵于横江。"③天堑如清代帅方蔚《江到浔阳九派分赋》言:"雄称天堑。"④遥江如清代何冠英《江心镜赋》言:"星落遥江。"⑤就水流色彩而言,有澄江等名称,清代程烈光《云中辨江树赋》言:"对浩瀚之澄江。"⑥就其地域流段而言,有蜀江、浔阳江(浔江)、楚江、吴江、扬子江之称。南宋薛绂《滟滪堆赋》言:"蜀江汇而赴峡。"⑦清代韩潮《浔阳琵琶赋》言:"客送浔江。"⑧南朝齐谢朓有《临楚江赋》,南朝梁江淹《江上之

① 《历代辞赋总汇》第 6 册,第 5006 页。
② 《历代辞赋总汇》第 17 册,第 16965 页。
③ 《历代辞赋总汇》第 10 册,第 9255 页。
④ 《历代辞赋总汇》第 16 册,第 15808 页。
⑤ 《历代辞赋总汇》第 17 册,第 16976 页。
⑥ 《历代辞赋总汇》第 17 册,第 17001 页。
⑦ 《历代辞赋总汇》第 4 册,第 3746 页。
⑧ 《历代辞赋总汇》第 17 册,第 17072 页。

山赋》言："楚水而吴江。"①清代毕子卿《江南江北青山多赋》言：
"危撑扬子江边。"②就其源头而言,有岷江、岷川之称。明代张吉
《金山图赋》言："何岷川之东注兮。"③就时节而言,有寒江、春江之
称,如清代夏思沺《浔阳琵琶赋》言："浔阳司马,送别寒江。"④清代
朱书有《春江赋》。就其附近植物而言,有"兰江"之称。如清代梁
恩霖《江心铸镜赋》言："宝焰耀于兰江。"⑤

　　将长江赋中的长江名称置于整体文学语境中来看,其有特指、
泛指之分。特指,即其语义范围内一般仅有长江一条河流,此名称
独属长江。泛指,即其语义范围内有多条河流,甚至包含所有河
流,只在特定文本范围内指向长江。特指之名称主要是岷江、岷
川、浔江、扬子江、长江、楚江等,这些名称中的岷、浔、扬子、楚等本
身具有地名含义,岷为岷山,浔为浔阳,扬子为扬州,楚为楚地,均
是对长江而言重要的山、都邑、地域,而"长江"正是这条河流最为
普遍的名称。因此,这些特指名称一般不指长江之外的其他河流,
例外情况较少,如北宋曾巩《道山亭记》言："福州治侯官,于闽为土
中,所谓闽中也。其地于闽为最平以广,四出之山皆远,而长江在
其南,大海在其东。"⑥所言福州南边之"长江",实为闽江。泛指之
名称更多,主要是大江、横江、天堑、遥江、吴江、寒江、春江、兰江,
在长江赋文本中指长江,而在其他文本中并不一定指长江。如唐

　　① ［南朝梁］江淹著,［明］胡之骥注,李长路、赵威点校:《江文通集汇
注》卷2,中华书局2006年版,第83页。

　　② 《历代辞赋总汇》第19册,第19054页。

　　③ 《历代辞赋总汇》第6册,第5369页。

　　④ 《历代辞赋总汇》第17册,第16820页。

　　⑤ 《历代辞赋总汇》第18册,第17597页。

　　⑥ ［北宋］曾巩撰,陈杏珍、晁继周点校:《曾巩集》上册,中华书局1984
年版,第315页。

代崔珏《道林寺》诗言"遥江大船小于叶"①,此"遥江"指湘江。

正是因为长江赋中的长江名称丰富多样,且有显著的特指与泛指区分,所以赋作文本的整体性愈加重要,即赋中长江图景的建构,不仅需要长江水之本体的参与,更需要其在空间层面与广阔的地域产生联系,在时间层面有所展现。名称的选择实际上透露了赋家对长江的体认,并决定了其图景铺陈的路径。

二、源流

赋家对长江源流的书写,集中于三个方面:

其一,长江源头。赋家对长江源头的书写集中于"岷山导江",即认为岷山为长江源头,并贯穿长江赋创作始终。东晋郭璞《江赋》言:"惟岷山之导江,初发源乎滥觞。"②明代赵东曦《涉江赋》言:"溯发源于岷山。"③清代黄隽《长江赋》开篇言:"岷山之阳,江源滥觞。"④清代石振金《荆门望江赋》言:"发脉自岷,其源甚远。"⑤清代曹汝金《天下第一江山赋》言:"导岷山而直下。"⑥这些均是对传统的"岷山导江"认知的再现。也有赋家对"岷山导江"做过修正,如明代祝允明《一江赋》言:"西起岷峨。"⑦明代薛章宪《大江赋》言:"源发于峨眉。"⑧峨、峨眉即今峨眉山,其与岷山均位于今四川西南,山脉相连,乃至有"岷峨"一说。但峨眉山与岷山为两座

---

① 《全唐诗》第 18 册卷 591,第 6857 页。
② 《文选》上册,第 183 页。
③ 《历代辞赋总汇》第 6 册,第 5451 页。
④ 《历代辞赋总汇》第 21 册,第 20927 页。
⑤ 《历代辞赋总汇》第 21 册,第 21188 页。
⑥ 《历代辞赋总汇》第 21 册,第 21571 页。
⑦ 《历代辞赋总汇》第 6 册,第 5495 页。
⑧ 《历代辞赋总汇》第 6 册,第 5266 页。

山是毋庸置疑的。言长江源于峨眉山或岷峨,与"岷山导江"实际
并无根本区别。至于清代周祥骏《长江赋》言:"尔其滥觞也,脉连
葱岭,壤接昆仑。赤宾淦其北,盐泽荡其西。或潆潆兮曲折,或缅
续而旁分。荧荧一线,仰摄虹云。起阿克达母必拉,乃暂息乎羊膊
之垠。淘山灵之秘钥,阐天地兮絪缊。溯神湫而穷探,放翁偏其未
闻。"①其对长江源头的描述与前人不同,更接近于今天的认知。

清末民初徐荆船《江源赋》固守"岷山导江"之说,以《尚书・禹
贡》、郭璞《江赋》、郦道元《水经注》为依据,对历代关于江源的其他
观点进行了批驳,根据当时绘制的最新地图,确定江源,并对江源
进行铺写,如其言:"郭景纯第为扬榷,郦道元详为折冲……是以粗
按之新图,而详为之拟赋。"②徐荆船在赋中批驳了忽必烈(元可
汗)、乾隆(清仁皇)、徐霞客(徐宏祖)相关的江源之说:

> 彼有徒以水流长短,遂定江源趋附。不明禹贡经文,
> 又昧水经疏注。以鸦砻江由外徼,认打冲河为正路。乃
> 妄尊夫金沙,且杂混夫大渡。元可汗已失钩稽,清仁皇更
> 滋谬误。徐宏祖虽袭其说,张邦伸特明其故。③

"以水流长短"确定长江源头在今天看来是一种科学的方法,
但在徐荆船看来有违《尚书・禹贡》《水经注》的记载。实际上这是
出于对岷江为"长江文化源头"的坚守。鸦砻江、打冲河为雅砻江
之别称,为长江上游金沙江的支流。明代徐霞客在对云南地方进
行实地考察的前提下,著成《江源考》,并提出"金沙江导江"之说:

---

① 《历代辞赋总汇》第 21 册,第 20905 页。
② 《历代辞赋总汇》第 21 册,第 20859 页。
③ 《历代辞赋总汇》第 21 册,第 20859 页。

"故推江源者,必当以金沙为首。"①认为长江的正源乃是金沙江,一改"岷山导江"之说。在今天看来,徐霞客的江源观点更接近事实。而清代张邦伸作《江源考》言:"金沙盘曲于万山中,细流断续,巨石横亘,从古不通。"张邦伸肯定了金沙江比岷江长,但认为这种长并无意义,金沙江流域在古代是蛮荒不毛之地,"终不可改为江之正源也"②。徐荆船的观点显然与张邦伸一致。

其二,长江源流的塑形。江水流动无形,而随物赋形。因此赋家在对江水源流的书写中,往往自上游到下游,借名山大湖以定其位,在江水与名山、大湖的互动之中,彰显江水的存在,突出江水源流之长、景色之胜,其中往往饱含欣赏、赞美、惊叹等情感。在东晋郭璞《江赋》中,长江发源于岷山,最初有洛沫之水汇入,后有巴山梁山间的万川汇入,经过巫峡而水流迅速激烈,到江津而水势更大。后写汉、泗、淮、湘、沅、澧、沮、漳众水汇入,过嶓崃山而江水二分,至浔阳而江水九分。兼及赤岸、柴桑、江都、五湖、三江、峨嵋、玉垒、衡霍、巫庐、信阳、大壑、沃焦、巴东之峡、荆门等广阔的地域。清代朱书《春江赋》言:"尔其起自岷山,险于瞿塘。吞吐云梦,旋绕高唐。乘以七泽,束以三湘。敲双钟之白月,落五老之青霜。惟海门之一柱,乃屹立于中央。"③在书写长江源流时,主要从山、湖两个方面进行定位,自上游到下游,依次写岷山、瞿塘峡(两岸之山)、巫山(高唐观)、石钟山(双钟)、庐山(五老峰)、小孤山(海门之一柱),以及云梦泽、七泽、三湘。

江水行经数千里,源于岷山,而汇入众流,其行进过程是水势

---

① 〔明〕徐弘祖著,恽波、刘刚强校点:《徐霞客游记》,岳麓书社1998年版,第863页。

② 龚静染:《河山有灵:岷峨记》,商务印书馆2020年版,第25—26页。

③ 《历代辞赋总汇》第11册,第9921页。

增加的过程。明代章敞《大江绕金陵赋》书写了长江从其源头而达金陵(今南京)的水系概况,赋言:"是江也,滥觞岷山,经始雏沫。触江津而澎湃,出巫峡而喷薄。囊括沮漳,并吞沅澧。晶淼弥漫,而不知其几千万里。尔乃网络百川,合流东会。奔流激湍,既洪既驶。劝朝宗于畿甸,势迤逦而盘委。回天阙以右驰,挟秦淮而北汇。绕宫城之万雉,莫閬阖于中央。激虎踞而走龙盘,作神州之保障。"①在赋家笔下,长江发源于岷山,雏水、沫水汇入其中,到江津(今属重庆)而水势澎湃,流出巫峡而喷薄;后沮、漳、沅、澧等水流又汇入,愈加浩大,后经过天门山(天阙),秦淮河水汇入,而绕行金陵城。

明代赵东曦《涉江赋》对长江源流有着自上而下两次书写,均是对长江上中游的展现。一是"溯发源于岷山,环蜀都而潆旋。泻万里而东下,惊雪卷而云连。流浔阳之九派,络淮汉而经百川"。长江源出岷山,环绕蜀都(今成都)而过,奔流向东而下,而后汉江汇入,流经浔阳(今九江)。二是"尔乃探巫峡,下瞿塘。越巴陵,钓沧浪。浮彭蠡,泛鄱阳"②,重点写长江经过的三峡与大湖。清代戴翼予《燕子矶望江赋》言:"于是近通洲港,远带沅湘;襟吴裣越,自梁及扬。嘘吸万汇,吐纳三光。非眺望之所及,想元气于混茫。"③赋家登临燕子矶,眺望江景,而远想长江所经港口、地域。洲港、沅湘、吴越、梁扬均是长江流经之地。

其三,长江与其他河流、湖泊的关系。在江水的源流书写中,赋家注意到长江(干流)与其他河流(一般为长江支流),以及长江与湖泊的关系。万里长江入海,沿途众多的江河汇入,而其中最大

---

① 《历代辞赋总汇》第 6 册,第 5006 页。

② 《历代辞赋总汇》第 6 册,第 5451—5452 页。

③ 《历代辞赋总汇》第 23 册,第 24156 页。

的支流是汉江。长江与汉江的合流,这种水系的特征展现于历代赋作,即江汉朝宗(江汉合流)赋的创作。在古代人的认知中,汉江从一开始的与长江相提并论,到后来的成为长江之佐,其与长江的关系存在明显的变化。元代陈正宗《江汉朝宗赋》言:"维江汉之二水……见二水之所指……等江汉而一理。"①赋中写长江、汉江的篇幅大致对等,透露出二水并列的意味。清代金德嘉《江汉合流赋》言:"江淮河济古四渎并纪兮,惟楚有江而佐之以滔滔之汉。"②长江位于四渎序列中,正是由于汉江汇入,即汉江之"佐",而成四渎之第一;汉江不入四渎之列,仅为长江之佐。清代朱书《春江赋》序言曰"宿处中江之北,彭蠡倒泻,雷泽平吞,山国泽国,兼而有之,皆江之润也"③,指出彭蠡、雷泽等山国、泽国形成的原因在于长江的浸润,表明了在与湖泊的关系中,长江地位的重要性,长江对湖泊的形成有着决定性作用。

三、色形声

(一)色彩

刘勰《文心雕龙·原道》言:"山川焕绮,以铺地理之形……云霞雕色,有逾画工之妙;草木贲华,无待锦匠之奇。"④色彩是山川、云霞、草木等自然空间中人们信息接收与意识关注的核心内容。人们眼观江水,所得的视觉信息中,最直接与显著的莫过于水之色彩。赋家在对江水进行书写时,也无不突出展现江水色彩的特点。

---

① 《历代辞赋总汇》第 5 册,第 4506 页。
② 《历代辞赋总汇》第 11 册,第 9886 页。
③ 《历代辞赋总汇》第 11 册,第 9921 页。
④ 《文心雕龙注》,第 1 页。

长江水面的色彩可谓五彩斑斓,这是因为在江水与江岸之山的互动中,在赋家的远望近观江水的不同距离中,在月夜傍晚不同的天色映照下,以及在人事活动的参与下,江水有着不同的色彩表现。

　　长江赋中的江水色彩描写十分丰富,但主要集中于白、青、蓝、黄、红五种。五色之中,白色最为突出。白色是白天江水激荡呈现的颜色,也是夜晚明月照耀下的江水颜色。一动一静,前者如清代许惠《采石矶怀古赋》言:"雪浪银涛。"①后者如北宋米芾《黄鹤台下临金山赋》言:"有时江练夜白,秋清月高。"②清代沈溁泰《曹孟德横槊赋诗赋》言:"时则江平浪白。"③赋家往往以练(白绢)、雪、银等白色的代表之物喻指江水。其中,"练"最为常见,显然受到南朝齐谢朓《晚登三山还望京邑》中"澄江静如练"④的深刻影响,如明代陈勋《江月轩赋》言:"露横波兮如练。"⑤白露横江,明月高悬,均可使江水色如白绢。与谢朓诗相比,谢朓《临楚江赋》"驰波郁素"⑥中的"素"字对后代长江赋创作的影响远逊于"练"字。仅次于"练"的是以雪、银指代江水之白,如明代赵东曦《涉江赋》言:"惊雪卷而云连。"⑦清代袁一清《虞允文败金军于采石赋》言:"雪涌戈船。"⑧清代赵克宜《画江成路赋》言:"偏际银涛之势猛。"⑨清代佚

---

① 《历代辞赋总汇》第 19 册,第 19476 页。
② 《历代辞赋总汇》第 4 册,第 3200 页。
③ 《历代辞赋总汇》第 22 册,第 22543 页。
④ [南朝齐]谢朓撰,曹融南校注:《谢朓集校注》,中华书局 2019 年版,第 276—277 页。
⑤ 《历代辞赋总汇》第 7 册,第 6072 页。
⑥ 《谢朓集校注》,第 40 页。
⑦ 《历代辞赋总汇》第 6 册,第 5451 页。
⑧ 《历代辞赋总汇》第 20 册,第 20120 页。
⑨ 《历代辞赋总汇》第 18 册,第 17870 页。

名《江南江北青山多赋》言："冲起一条匹练,滚飞雪于晴江。"①此均径直以"雪"代指雪白的江之波浪。如明代祝允明《一江赋》言："翻银海以滔滔。"②此以银海指代白浪。

青色也较为显著,青色本为江岸或江中青山之色,江水倒映青山而着山之青色,山青而水碧,如清代李恩绶《采石矶怀古赋》言:"山气拥青,水光泻碧。"③清代方履篯《拟江文通江上之山赋》言:"尔其碧浔东下,晴江万里。"④清代沈仲旸《狼山萃景楼赋》言:"南望长江,千里一碧。"⑤青出于蓝而胜于蓝,蓝与青较为接近。清代陆兆馨《江南江北青山多赋》言:"但看楚尾吴头,青横峭岫;惟任朝潮夕汐,翠浸长江。天非晴而亦碧,水未涨而偏蓝。"在长江南北青山的映照下,即使并非春来水涨之时,江水亦偏蓝,这是因为"翠浸长江",翠绿山色浸入长江水中。如清代钱元辉《江涵秋影雁初飞赋》言:"素月铺来,一片蔚蓝之色。"⑥清代戴翼予《燕子矶望江赋》言:"浴扶桑兮暾将出,照万顷兮光蔚蓝。"⑦

黄色为日出日落时,朝阳、夕阳所染江水之色,如明代薛章宪《大江赋》言:"日五彩兮镕金。"⑧红色则为人血所染江水之色,如清代禹星《赤壁纵火烧兵赋》言:"天堑横兮血流红。"⑨江水之上战斗惨烈,士卒鲜血流注江水之中,使得江波之色变红。

---

① 《历代辞赋总汇》第 23 册,第 23293 页。
② 《历代辞赋总汇》第 6 册,第 5494 页。
③ 《历代辞赋总汇》第 18 册,第 18173 页。
④ 《历代辞赋总汇》第 15 册,第 14467 页。
⑤ 《历代辞赋总汇》第 22 册,第 22517 页。
⑥ 《历代辞赋总汇》第 23 册,第 24066 页。
⑦ 《历代辞赋总汇》第 23 册,第 24156 页。
⑧ 《历代辞赋总汇》第 6 册,第 5266 页。
⑨ 《历代辞赋总汇》第 14 册,第 13116 页。

　　江水之色的不同,一方面是因为赋家远望近观等视觉距离的不同,如明代章敞《大江绕金陵赋》言:"观其鼓洪涛于卢龙,扬雪浪于石城。光涵幕府之翠,影倒三山之青。"①对江水之色从远近两个角度进行了书写,近可见江波雪白,即"雪浪";远可见江面之色青翠,即映照幕府山、三山的青翠之色。另一方面,是因为赋家在早中晚等不同时间观看江水,正如明代洪贯《万里江山图赋》言:"浮金沈璧,变幻惟时。"②江水色彩因时而变化。再如明代薛章宪《大江赋》言:"日五彩兮镕金,月一色兮如练。"③朝阳与夕阳,可使得江水如同熔化着的黄金,璀璨鲜艳;明月则可使得江水色如白绢。清代李周南《拟后赤壁赋》言:"见夫日丽春深,江流锦耀。"④春深花繁,春光明艳,映照繁花之江水,其色华丽。

　　江水之色并不仅仅从属于赋家营造的长江空间,受到江月、江山、江风等的影响,还融入赋家情感,与长江空间的其他景物、人物之色交相辉映,勾连人物与事物,即江水之色有其个性,在长江图景中作用凸显。如清代王再咸《浔阳琵琶赋》言"波心月白"⑤,书写的江水之色是夜月照映下的"白",这种白色呼应着此前赋文"白舒银腕"的琵琶女、姓"白"的"白傅"、"雪聚"之瑟瑟荻花、江水边"白沙",以及此后赋文"白璧受诼"等。这种对江水色彩的描摹,源于赋家对白居易《琵琶行》"唯见江心秋月白"核心意象的认同,在赋中勾连上下,使得整个长江图景"白"意氤氲。

---

①　《历代辞赋总汇》第 6 册,第 5007 页。
②　《历代辞赋总汇》第 6 册,第 5438 页。
③　《历代辞赋总汇》第 6 册,第 5266 页。
④　《历代辞赋总汇》第 15 册,第 14864 页。
⑤　《历代辞赋总汇》第 18 册,第 17678 页。

（二）形状

形状属于视觉范畴，是赋家易于把握的内容。关于江水的形状，赋家展现了由小到大、由静到动的动态变化。如南宋刘望之《八阵台赋》言："水虽波而不扬。"①江水有波，而不扬起，为江水小之形态。清代陈宝箴《淮海南来第一楼赋》言："江天一览，波镜如揩。"②波面如镜，为江水静之形态。清代赵望曾《中流击楫赋》言："对滚滚长江。"③滚滚浪大，为江水大之形态。清代饶际石《白司马江上琵琶赋》言："江波弥弥。"④弥弥而动，为江水动之形态。

在大小动静之外，赋家还以其他实像拟写江水形状。如清代王钺《谢镇西泛江闻咏诗声赋》言："江飙徐扇，江流生纹。"⑤江风徐徐吹来，江水因此产生纹路，是为平静江波。清代钱元辉《江涵秋影雁初飞赋》言"但见万里之波纹瑟瑟""临风而密密疏疏"⑥，也是以"纹"描摹江水形状。清代李周南《拟后赤壁赋》言："浪皱如鳞。"⑦春光照耀之下，江间水浪密集如鱼鳞。清代黄钺《采石矶赋》言"水鳞鳞兮起波"⑧也是以鱼鳞写形状。刘源汇《横槊赋诗赋》言"翕银涛于天堑，镜面波平"⑨，是以镜喻江水平面之形。⑩清

---

① 《历代辞赋总汇》第 4 册，第 3557 页。
② 《历代辞赋总汇》第 23 册，第 23488 页。
③ 《历代辞赋总汇》第 23 册，第 23820 页。
④ 《历代辞赋总汇》第 23 册，第 23796 页。
⑤ 《历代辞赋总汇》第 10 册，第 9256 页。
⑥ 《历代辞赋总汇》第 23 册，第 24066—24067 页。
⑦ 《历代辞赋总汇》第 15 册，第 14864 页。
⑧ 《历代辞赋总汇》第 12 册，第 11745 页。
⑨ 《历代辞赋总汇》第 23 册，第 23925 页。
⑩ 《历代辞赋总汇》第 23 册，第 23796 页。

代赵新《江心镜赋》言"鲸翻跋浪,马逸奔泷"[1],以鲸鱼翻动、快马奔逸写江水形状。

(三)声音

江水之声,诉诸听觉,并无实像,不易把握,因此在长江图景中并不显著,但并不意味着其无足轻重。江水之声难以言说,赋家一方面借助拟声词对其进行形容,如清代宋嗣璟《浔阳琵琶赋》言:"秋水鸣兮淙淙。"[2]另一方面则化虚为实,借助实像的建构来展现江水之声的悦耳或澎湃。清代李周南《拟后赤壁赋》言:"投卷石于骇浪,听余音之訇铿。"[3]以大浪卷石拟写浪之声势。清代戴翼予《燕子矶望江赋》言:"蹴巨浪而玲玒。"[4]"玲玒"乃金属撞击的声音,以雷、金石撞击的实像呈现江水之声。清代赵熊诏《江天一览赋》言:"洪涛澎湃。"[5]巨浪相击,声势浩大,借此实像展现江水之声的巨大。

四、江潮

今天提及江潮,莫不以钱塘江潮为盛,并无长江观潮之事。而在赋史之中,最早出现的壮阔雄奇的江潮,却是长江之潮。西汉枚乘《七发》铺陈了当时长江入海口"广陵之曲江"的潮水之势,第一次将江潮的壮美景象凝于笔端,千载之后,纵使沧海桑田、山谷陵替,后人以此仍可想见。广陵即今江苏扬州,广陵江潮在西汉时为

---

① 《历代辞赋总汇》第 18 册,第 18541 页。

② 《历代辞赋总汇》第 16 册,第 16060 页。

③ 《历代辞赋总汇》第 15 册,第 14864 页。

④ 《历代辞赋总汇》第 23 册,第 24156 页。

⑤ 《历代辞赋总汇》第 10 册,第 9516 页。

盛观,但因为长江入海口的不断东移等地理变迁而烟消云散。王建国指出,广陵观潮盛行的时间在汉至六朝,约在唐大历年间消失。① 因此,广陵观潮在清代已经属于一种文化记忆,存在于《七发》等经典文本中,而非现实景观。但是,在长江赋创作中,以广陵江潮为题的清代赋作数量非少,如饶学曙、玉保同题《广陵涛赋》,王芑孙、詹应甲同题《文宗阁观涛赋》,张九镡、陈文瑞、董醇、吴鸿纶同题《曲江观涛赋》,其中不乏名家之佳作,有三点颇为值得注意:

一是赋家在书写江潮之时,普遍对枚乘《七发》有所追慕,《七发》正是赋家构像的文本依据。如陈文瑞赋言"楚太子方倦倚交床,闷对银釭。剥啄兮客来吴苑,高谈乎涛满曲江"②,乃是对《七发》"楚太子有疾,而吴客往问之""将以八月之望,与诸侯远方交游兄弟,并往观涛乎广陵之曲江"③的直接化用。赋家于此标明,所书写的正是汉代枚乘《七发》文本中的江潮,是一种对文本的接受与再造。又如董醇赋言"昔枚叔之赋曲江也,雄才海若,大笔橡如。假吴客为问答,写灵潮之卷舒"④,给予枚乘《七发》高度评价。二是由小及大的结构。江潮初起,仅有一线微弱之势,慢慢变大,令鸥鹭等鸟惊吓,最终,乃至令山岳惊骇,似欲冲决江堤,荡平江岸。三是以军队喻潮。董醇《曲江观涛赋》从军队战斗、行进等角度,对江潮的声势形态进行了摹写。如"金戈铁马,兵交大泽之间""鸣钲泉咽,疑飞百万沙虫;怒镝星寒,任射三千军马"⑤。以军队行进、

---

① 王建国:《广陵观潮:中古一种文学意象的地理考察》,《郑州大学学报》(哲学社会科学版)2014 年第 4 期。

② 《历代辞赋总汇》第 14 册,第 13352 页。

③ 《全汉赋评注》前汉部分,第 31—35 页。

④ 《历代辞赋总汇》第 17 册,17107 页

⑤ 《历代辞赋总汇》第 17 册,第 17107—17108 页。

战斗之声势状写江潮,源于水势与军势的互通。如《三国演义》中,就多以水势,尤其是长江水势,描摹军队。

在曲江潮之外,赋家对长江夜潮等也进行了书写。如清代戴翼予曾对长江夜晚起潮之声势进行了书写,其《燕子矶望江赋》言:"至若夜潮初起,始如一线。忽焉澎湃,山骇岳眩。声振周京之钟,势激钱王之箭。"①夜晚,江潮初起仅有"一线"之势,相对平静,突然之间,江潮澎湃,山岳之间回响其轰鸣之声音,令山岳(暗指燕子矶上观潮之人)惊骇、眩晕;江潮之声堪比马寺钟声("周京"即洛阳,其地白马寺钟声远闻数里,形成"马寺钟声"这一洛阳八大景之一),势比钱塘江潮("钱王之箭"指钱王射潮,借指钱塘江潮)。

第二节　江山

"山川之美,古来共谈。"(陶弘景《答谢中书书》)②山川指山与河流,也即江山。江山可看作江与山的并称,山因江胜,江因山形,如长江三峡,正是江水两岸群山夹峙,形成了中出大江的胜景。将此概念置于长江赋中,可见一种具体的江山形态,在江与山构建的特殊空间中,长江作为空间元素地位凸显,山是长江两岸、长江之中的山。因此,江上之山与江水共同构成的江山胜景是长江赋中图景的重要组成部分。

一、江山与江山赋

长江沿岸之山数量众多,如清代金长福《江上之山赋》言:"凌

① 《历代辞赋总汇》第23册,第24156页。
② 《全上古三代秦汉三国六朝文·全梁文》卷46,第3215b页。

江之上,万山环焉。"①数以万计的山矗立在江中及长江两岸。李恩授《江南江北青山多赋》言:"其山之多也,远近如攒,高低相逐。"②这些山远近高低而形态各异,与长江一起形成特殊存在空间——江山。江山作为自然审美空间独具价值,如清代佚名《江南江北青山多赋》言:"千山隐隐,一水淙淙。如此江山,天下奇观不两;谁分南北,座中列岫皆双。"③江山相间,为天下奇观。在这一空间中,江与山形成了以下三种关系:

一是互为主客。江与山相互彰显,如清代姚福均《拟郭景纯江赋》言:"峨峨哉峡,壁立千丈。水行山中,山立江上。"④江水行走于众山之间,众山矗立于江水之中,一动一静,动因静显,静因动彰。

二是江主山客。江上之山不仅可以登临以观大江,其本身也参与了江水形态的构建,如清代方履籛《拟江文通江上之山赋》言:"千步一曲兮,走断山以为骨。"⑤江水曲折流动于众山之间,山为江水流动之骨架。

三是山主江客。这种关系最为常见,如清代刘源汇《江上青山送六朝赋》将青山拟人化,言:"剩有青山作主,横枕长江。"⑥青山作为主人,横着枕在长江岸边,岿然不动。清代胡念修《拟江文通江上之山赋》开篇言:"平江浩瀚兮,滥觞于岷泉。横江巉岩兮,倒影于沧渊。"⑦大江浩瀚广博,但其源乃是岷山细泉。横亘江岸的巉岩,其影子倒映在江面。清代戴翼予《燕子矶望江赋》言:"睇海

---

① 《历代辞赋总汇》第 22 册,第 22655 页。
② 《历代辞赋总汇》第 22 册,第 22093 页。
③ 《历代辞赋总汇》第 23 册,第 23293 页。
④ 《历代辞赋总汇》第 21 册,第 21431 页。
⑤ 《历代辞赋总汇》第 15 册,第 14467 页。
⑥ 《历代辞赋总汇》第 23 册,第 23914 页。
⑦ 《历代辞赋总汇》第 21 册,第 20866 页。

门于东北,互天堑于西南。叹金焦之奇绝,得兹矶而为三。"①长江
如线,众山如珠,众山因长江而串联。

以长江赋为考察文本,对其中以江上之山为题的赋作进行搜
罗,并以山所处长江上、中、下游的方位为序,可将 105 篇江山赋整
理罗列。(见表 3-1)

表 3-1　江山赋

序　号	山　名	赋　家	赋　作
1	岷　山	陈允豫	扬雄作书自岷山投诸江流以吊屈原赋
2	巫　山	苏　辙	巫山赋
3		张若采	巫山十二峰赋
4	滟滪堆②	苏　轼	滟滪堆赋
5		薛　绂	滟滪堆赋
6		程　诰	经滟滪堆赋
7		郭　棐	滟滪堆赋
8	西陵峡	刘师培	出峡赋
9	君　山	侯凤苞	君山望江赋
10	西　山	陈沆	武昌西山赋
11	赤　壁③	苏　轼	赤壁赋
12			后赤壁赋
13		上官铉	续赤壁赋
14		禹　星	赤壁纵火烧兵赋

————————

　　① 《历代辞赋总汇》第 23 册,第 24156 页。
　　② 滟滪堆为水中巨石,处于瞿塘峡口。广义而言,可将滟滪堆赋作为
江山赋之一种。
　　③ 赋家往往将三国赤壁之战的赤壁与苏轼赤壁之游的赤壁等同,少有
赋家能区分。

续　表

序　号	山　名	赋　家	赋　作
15		阮　元	赤壁赋
16		吴廷琛	泛舟赤壁赋
17		陈　沆	东坡赤壁赋
18		李周南	拟后赤壁赋
19		杨廷撰	苏长公后游赤壁赋
20		蔡锦泉	东坡后游赤壁赋
21		夏思泃	拟苏东坡前赤壁赋
22			拟苏东坡后赤壁赋
23		艾作模	七月既望游赤壁赋
24		顾　瓒	赤壁吹箫赋
25	赤　壁	梁恩霖	苏东坡游赤壁赋
26			东坡赤壁后游赋
27		王再咸	苏东坡游赤壁赋
28		魏兰汀	周瑜纵火烧曹兵赤壁下赋
29		李寿蓉	赤壁烧兵赋
30		毕子卿	赤壁后游赋
31		叶长龄	周瑜火烧曹兵赤壁下赋
32		沈　莲	赤壁图赋
33		方燕昭	赤壁后游赋
34		秦绶章	赤壁后游赋
35		陈志喆	拟后赤壁赋
36		邓　方	拟苏子瞻前赤壁赋
37		李　琪	赤壁箫声赋
38		宋鸿卿	拟苏子瞻赤壁赋

序 号	山 名	赋 家	赋 作
39	赤 壁	沈治泰	赤壁图赋
40		徐 钸	东坡赤壁后游赋
41		黄玉仑	赤壁箫声赋
42		叶 兰	赤壁纵火破曹赋
43	大孤山	魏允迪	大孤山赋
44	小孤山	刘 黻	小孤山赋
45		朱梦浣	小孤山赋
46		石颂功	小孤山赋
47		孙日瑞	小孤山赋
48	太子矶	李联琇	太子矶出险赋
49	芜湖繁昌三山	张 慧	登三山赋
50	采石矶	黄 钺	采石矶赋
51		赵 霖	虞允文大破金人于采石赋
52		李恩绶	访采石矶太白酒楼赋
53			采石矶怀古赋
54		陈作霖	采石矶访太白楼赋
55		秦际唐	访采石矶太白楼赋
56		许 惠	采石矶怀古赋
57		冯 煦	访采石矶太白楼赋
58		樊增祥	访采石矶太白楼赋
59		袁一清	虞允文败金军于采石赋
60		张宝森	访采石矶太白楼赋

续 表

序 号	山 名	赋 家	赋 作
61	燕子矶	胡 斌	燕子岩赋
62		黄 达	燕子矶赋
63		汪 钧	燕子矶望江赋
64		戴翼予	燕子矶望江赋
65	摄 山	赵怀玉	游摄山赋
66	吴楚之山	江 淹	江上之山赋
67		方履篯	拟江文通江上之山赋
68		童树棠	拟江文通江上之山赋
69		胡念修	拟江文通江上之山赋
70		金长福	江上青山送六朝赋
71		刘源汇	江上青山送六朝赋
72	镇江附近之山	李恩绶	江南江北青山多赋
73		毕子卿	江南江北青山多赋
74		李恩授	江南江北青山多赋
75		陆兆馨	江南江北青山多赋
76		佚 名	江南江北青山多赋
77		薛书培	江南江北青山多赋
78	镇江三山（金山、北固山、焦山）	李继白	京口三山赋
79		刘星炜	驾幸京口三山赋
80		米 芾	登黄鹤台下临金山赋
81		张 吉	金山图赋
82		盛 恩	金山赋
83		刘 乾	金山寺赋
84		方承训	过金山江赋

序　号	山　名	赋　家	赋　作
85		冷士嵋	登金山赋
86		徐廷珍	金山阅水操赋
87		纳兰性德	金山赋
88		蒋锡震	金山赋
89		于　振	金山佳气赋
90		彭光斗	金山赋
91	镇江三山	李恩绶	金山留带赋
92	（金山、	陈作霖	新修金山寺赋
93	北固山、	盛　恩	北固山赋
94	焦山）	汤　寅	北固山赋
95		石　钧	游北固山赋
96		佚　名	北固山望江赋
97		曹汝金	天下第一江山赋
98		盛　恩	焦山赋
99		刘　乾	焦山寺赋
100		潘一桂	焦山赋
101		范　驹	登狼山阅水操赋
102	狼　山	沈文瀚	狼山赋
103	（狼五山）	吴肇嘉	狼山赋
104		丁　汲	琅五山赋
105		沈仲旸	狼山萃景楼赋

　　长江之中及两岸之山,实际上殊为繁多,而就长江赋中的江山赋类别而言,其山有名可考的为18种,依江流为序,分别为岷山、巫山、滟滪堆、西陵峡、君山、西山、赤壁、大孤山、小孤山、太子矶、

芜湖繁昌三山、采石矶、燕子矶、摄山、吴楚之山、镇江附近之山、镇江三山(金山、北固山、焦山)、狼山(狼五山)。其中,镇江三山为长江赋中江山之冠,狼山、小孤山、西山、君山为长江赋中别样的江山选择。

二、长江赋中江山之冠:镇江三山

从篇数来看,长江赋中的山集中于赤壁(32篇)、镇江三山(23篇)、采石矶(11篇)等,似应推赤壁为长江赋中江山之冠;且镇江三山虽有23篇赋作,但其实为三座山,每座山的赋作篇数均少于采石矶的赋作篇数。但细考赋作文本,可发现以下特点:一是地理中的赤壁,有文赤壁与武赤壁之分,赋家往往混同言之,且其创作与苏轼赤壁之游、三国赤壁紧密相关,重在咏史怀人,详于叙事而略于写景,江山书写并非其重心。文赤壁位于今湖北省黄冈市黄州区,其名气源于苏轼。苏轼因乌台诗案被贬谪黄州时,多次与朋友一起去黄州西北的长江之滨游览,那里有一座红褐色的石崖,因崖石屹立如壁,故称赤壁。苏轼创作的《念奴娇·赤壁怀古》、前《赤壁赋》、后《赤壁赋》都是千古绝唱,被后人称为"赤壁三咏"。黄州赤壁因此也被后人称为"文赤壁""东坡赤壁"。事实上,这里的"赤壁"并非三国赤壁之战的古战场。赤壁之战的真实发生地,亦即与文赤壁相对的武赤壁,位于今湖北省赤壁市西北。32篇以赤壁为题的长江赋中,2篇为苏轼所作前后《赤壁赋》,其他30篇除了魏兰汀《周瑜纵火烧曹兵赤壁下赋》、李寿蓉《赤壁烧兵赋》、叶长龄《周瑜火烧曹兵赤壁下赋》、叶兰《赤壁纵火破曹赋》4篇,均为苏轼前后《赤壁赋》的拟作。二是以采石矶为题的长江赋实际上重点在于写采石矶之太白楼与采石矶之战。采石矶,又名牛渚矶,位于今安徽省马鞍山市雨山区长江边。采石矶与城陵矶、燕子矶合称

"长江三矶",与燕子矶同见诸赋作。11 篇以采石矶为题的长江赋中,有 6 篇重点写太白楼:李恩绶《访采石矶太白酒楼赋》,陈作霖《采石矶访太白楼赋》,秦际唐《访采石矶太白楼赋》,冯煦、樊增祥、张宝森同题《访采石矶太白楼赋》;有 2 篇重点写采石矶大战:赵霖《虞允文大破金人于采石赋》、袁一清《虞允文败金军于采石赋》。因此,镇江三山实乃长江赋中江山之冠。

今江苏镇江,旧名京口、润州等,长江与大运河交会于此地。三山指的是金山、焦山、北固山,呈三足鼎立之势,坐落于长江南岸。镇江三山的概念,最迟出现在明代张莱撰的十卷本《京口三山志》中,该志详载了金山、焦山、北固山的历史沿革,并汇集了相关的历代诗文。金山之名,多地有之,其最为著名者莫过于今江苏省镇江市之金山。在清末之前,金山是屹立于长江中的一个岛屿,古称"万川东注,一岛中立"①。金山在清光绪末年(约 1903)与陆地连成一片,而北临长江。北固山,有"天下第一江山"之誉。三国时"甘露寺刘备招亲"的故事就发生在北固山。北固山因三国故事而名扬千古,南宋辛弃疾作《京口北固山怀古》等使其声名更炽。焦山处于长江之中,为四面环江水之岛屿,有"江中浮玉"之誉。焦山得名于东汉末年隐士焦光。焦光曾隐居于此,汉献帝三次下诏请焦光做官,均被洁身自好的焦光拒绝。焦光在此山采药炼丹,以治病救人,后人为了纪念焦光,名此山为焦山。

镇江三山并非仅为一般的自然景观,更是含蕴着极为丰富的历史文化内涵的人文景观。历代长江赋创作对镇江三山多有呈现,并集中体现在以镇江三山为题的赋作之中。在 105 篇江山赋中,有 23 篇以镇江三山为题,其中径以三山为题的有 2 篇,以金山为题的有 13 篇,以北固山为题的有 5 篇,以焦山为题的有 3 篇。

---

① [明]张莱:《京口三山志》卷 1,明正德七年刻本,第 5 页。

　　赋家对长江与三山的关系有着明确的体认。明代盛恩作有
《金山赋》《焦山赋》《北固山赋》，此三赋实为一体，赋中分别借金山
公子、焦山处士、北固山主人之口，书写三山之形胜、物产等，人与
山同构。三人相遇的环境，即"大江之东"，如盛恩《金山赋》开篇
言："润有金山公子与焦山处士，相遇于大江之东。"①盛恩《北固山
赋》言江与山为一气所化："夫太极肇判，阴降阳升。游气纷扰，有
万不同。凝而为山峙，流而为川融。长江大河，天限南北，非以相
戮也；乔岳叠阜，界画邦坼，非以相欺也。"②山川皆为天地间之气
所生成，凝为山，流为川，即山川同源，二者本质上并无冲突。

　　三山作为镇江的标志性地理景观，与长江紧密相关，凝聚着赋
家的离愁别恨，成为赋家怀古感今的载体。明代刘乾《金山寺赋》
言："江流其间，山起江中。"③赋家笔下的金山尚未与江岸相连，其
位于江流之中，似从水面升起。汤寅《北固山赋》书写北固山而将
其置于长江、镇江之间："于江思清，于京斯依。"④石钧游北固山
"俯天堑之雄险"⑤，其《游北固山赋》开篇言："岷峨积泉以成江，挟
万湃而走海……夫唯天下第一江山，是故登者凭临而寄慨。"⑥登
临第一江山，就近譬喻言历史兴亡："逝若江流之迅驶。"⑦以长江
衬托三山。如石钧《游北固山赋》言："其江之上游也，蒜山峙于铁
瓮，摄山卫乎金陵。五州云霞隐现，浮玉殿阁嶙嶒。钓鳌息意，梦

①　《历代辞赋总汇》第 7 册，第 6093 页。
②　《历代辞赋总汇》第 7 册，第 6097 页。"邦坼"疑为"邦圻"。
③　《历代辞赋总汇》第 7 册，第 6410 页。
④　《历代辞赋总汇》第 11 册，第 10530 页。
⑤　《历代辞赋总汇》第 12 册，第 11783 页。
⑥　《历代辞赋总汇》第 12 册，第 11784 页。
⑦　《历代辞赋总汇》第 12 册，第 11783 页。

渔洽情。其下流也,海门两崖……"①长江上下游两岸之山,与三
山相互呼应,更添三山之胜意。盛恩《金山赋》言:"润自古昔,郡名
朱方。控引全吴,凌蹴大江。金焦并峙,东西相望。"②长江使得三
山联系更为紧密。

三山作为镇江的风景名胜,其赋体书写的繁盛,与镇江的交通
要道地位不无关系。事实上,长江南北赋家书写三山,与其经由镇
江的行旅经历密切相关。长江作为现实的地理存在,对其进行书
写,如无实际接触,即涉足其地,其困难可想而知。因此,镇江作为
交通要道,成为南来北往、东去西回的赋家的践履之地,对推动三
山赋的繁盛具有重要意义。镇江处在中国最大的"十字黄金水道"
的交汇点上,自古便是交通枢纽。长江与京杭大运河于此相交,这
成为这座城市最为显著的地理特征。从此地出发,沿江而上可达
南京、马鞍山、芜湖、铜陵、安庆、九江、武汉、荆州、宜昌、重庆等地,
沿江而下可到泰州、南通、上海等地;沿京杭大运河北上可到扬州、
淮安、宿迁、徐州、济宁、德州、廊坊、北京等地,南下可到常州、无
锡、苏州、嘉兴、杭州等地。镇江作为交通枢纽,成为赋家必经之
地,进而成为赋家审美观照的重要空间对象。

三、别样的江山选择:狼山、小孤山、西山、君山

在镇江三山、赤壁、采石矶之外,赋家对其他江山也进行了书
写,如岷山、巫山、西陵峡、滟滪堆、大孤山、摄山、燕子矶、太子矶
等。"岷山导江",岷山被认为是长江源头,但其地处西南,限于古
代的交通条件而少有赋家实际去过。在历史上,巫山多地有之,但

---

① 《历代辞赋总汇》第 12 册,第 11784 页。
② 《历代辞赋总汇》第 7 册,第 6094 页。

因为受唐宋诗词的影响,今重庆巫山成为最有名的"巫山"。事实上,巫山入赋可追溯到战国宋玉的《高唐赋》。西陵峡位于今湖北省秭归县西的香溪口至湖北省宜昌市南津关之间。三峡是古典诗词中的重要空间,而在赋中却难见其踪影。滟滪堆今已不存,其曾是瞿塘峡口急流中的巨石,是有名的险处,在1958年长江航道整治中被炸平。大孤山位于今江西省九江市湖口县的鄱阳湖中,距鄱阳湖入长江口数里,因与长江中的小孤山遥遥相对而得名。摄山,今称栖霞山,位于今江苏省南京市栖霞区,北临长江,有"金陵第一明秀山"之誉。燕子矶位于今江苏省南京市栖霞区长江边,为长江三大名矶之首,有"万里长江第一矶"之誉。该矶直立江上,状似燕子展翅欲飞,因此得名燕子矶,在古代是重要渡口。燕子矶,又称燕子岩、燕子崖,见明代胡斌《燕子岩赋》:"旧呼为燕子崖者。"[1]太子矶又称罗刹矶,位于今安徽省池州市乌沙镇江边,有长江第一险滩之称。以上诸山,名声昭彰,赋家对其书写各具特色。在这些山之外,赋家有着别样的选择,对狼山、小孤山、西山、君山着墨较多。

(一)狼山

狼山,又称白狼山、琅山,位于今江苏省南通市,西临长江。狼山得名的说法有二,一是山形似狼,二是此山曾有白狼出没。[2] 此地有民谚言,"南通南不通,狼山并无狼",道出了南通南临长江,受此天堑相隔的地理概况,以及狼山的名称意味,地名与山名并举,更见此山的重要性。

---

①　《历代辞赋总汇》第6册,第4895页。
②　王杰、王保贇、罗正齐主编:《长江大辞典》,武汉出版社1997年版,第659页。

狼山附近另有四座山峰,而狼山为最峻拔挺秀者,其他四山似拱月的众星。因此,这五山又被称为狼五山。狼山位居中国佛教八小名山之首,有"江海第一山"之誉。北宋王安石曾作《狼山观海》诗:

> 万里昆仑谁凿破,无边波浪拍天来。
> 晓寒云雾连穷屿,春暖鱼龙化蛰雷。
> 阆苑仙人何处觅?灵槎使者几时回?
> 遨游半在江湖里,始觉今朝眼界开。①

在北宋时,南通狼山尚未与陆地相接,孤悬江中,而近长江入海口。登临此山,得观"无边波浪拍天来"。

在5篇狼山赋中,赋家对狼山形胜的书写,围绕着江海空间展现,即着力于表现狼山"江海第一山"的特殊地位。丁汲《琅五山赋》(以横江作障与海通波为韵),其韵已经明显透露出此赋是以江海空间书写展现琅五山(狼五山)独特价值的。赋家定点于五山,从远处着眼,其西、东、南、北,各限以普陀、日本、江渚、淮清,显示地理位置的优越。然后,从长江与海洋的角度,对五山的形胜进行了书写。五山与长江相比,"万里涛滚,五点山横。真形各异,跖掌相撑"②。长江奔涌万里,波涛滚滚,气势恢宏,而长江北岸的五山,与长江相比,乃万里之"五点",似乎是长江张开的手掌或脚掌。五山与海洋相比,"谁教鹏背抟来,肖罗浮之离合;怡向鳌头戴处,

---

① 《狼山观海》为王安石的逸诗,未收于《临川集》等,见于明万历年间的《通州志》,题作《白狼观海》。参见汤会会编著:《王安石诗词集》,江苏凤凰文艺出版社2020年版,第27—28页。
② 《历代辞赋总汇》第21册,第21637页。

并壶峤以峥嵘"①,则将五山比喻成海中仙山方壶、员峤等。在与江海对比之后,赋家对五山进行了专门书写,以狼山为中心,以"其左""其右"言剑山、军山与黄泥山、马鞍山。② 围绕五山,赋家展开想象,将小范之诗、赤壁人游,乃至渔父、严子陵等人物,一并移置于五山的江海空间,"江浩浩而海茫茫"③,是此山"孕奇毓秀"之源。④ 赋末结以润色鸿业,借江山胜景以颂美国家"运泰时合""海不扬波"。⑤ 在《琅五山赋》中,赋家对五山与长江的位置关系的变迁,有着清楚的认识,赋言:"迄今水与山而渐远,山隔水而难通。"⑥五山原是江中之山,因江水而相通,现在五山与江岸相连在一起,与长江的距离随时间流逝而渐渐增加,失去了以江水相通的条件。可见,赋家在书写五山时,对此地的地理情况甚为熟稔,对五山与长江的地理变迁有着清晰的认知。

沈仲旸《狼山萃景楼赋》乃是一篇摘句赋。赋题中的狼山萃景楼,在山顶山门后,接近狼山最高处,乃远望佳处,于此可东眺大海(虚景)、南瞰长江(实景),一览吴楚烟云。此楼历史久远,可追溯到宋时此地的三会亭。嘉靖十八年(1539),通州同知舒缨在原址上修建萃景楼,取万千景象萃于一楼之义。舒缨作《萃景楼记》详记之。萃景楼立意独特,景色不俗,历史上众多文人写诗作文以咏之。萃景楼诗文佳作有明人范凤翼《再登萃景楼》诗:"万顷烟峦涌画楼,四周灵气学丹丘。山驱骤雨来无次,江曳长空去不收。离立

① 《历代辞赋总汇》第 21 册,第 21637 页。
② 赋言"玉泥马鞍",即今之黄泥山、马鞍山。
③ 《历代辞赋总汇》第 21 册,第 21637 页。
④ 《历代辞赋总汇》第 21 册,第 21637 页。
⑤ 《历代辞赋总汇》第 21 册,第 21637 页。
⑥ 《历代辞赋总汇》第 21 册,第 21637 页。

云屏盘日月,阴森岩树变春秋。生涯已许沧波老,绿酒黄庭一钓舟。"①沈仲旸《狼山萃景楼赋》是如今可见的唯一萃景楼赋,但其乃摘句而成,即摘取前人作品中的句子而成,个性不足,并非佳作。在《狼山萃景楼赋》中,赋家并未就楼之建筑本身展开书写,而是定点于此楼,极力书写所见之山川景色。先是以"巍""焕""高""美"点明楼之高大,继之以"南望""东望""其西北"②,分别言身处此楼所见之长江、大海、城市。长江、大海、城市成为赋作空间的主要方面,即赋末所言的"狼山之胜"。③

范驹《登狼山阅水操赋》书写了一场长江中水师的军事操练。赋家先对"水操"的时代背景进行了书写,即天下太平,但须"倍切堤防"。水师的防护范围,包括"广陵淮浦""白下朱方",即今扬州、淮安、南京、镇江等广阔的长江下游地区。何以登狼山观看水师操练?这是因为水操之地乃是长江入海处(实际上是南通附近的长江水域,与入海口有段距离),即赋言"海水滔滔,夹岸列三军之选;江流滚滚,沿流分七校之形",三军、七校在江海之中排列队形。欲以观此盛事,必须登临狼山,即"必先征胜于紫琅"。接着,赋家对水师操练的具体情形极力进行了书写,以武器为例,有箭、戟、刀、剑、弓、弩、甲、楯、铖、戈、枪、矢,对这些武器的精美、锋利或坚固等进行颂美,以物写人,展现水师的风采;以与水相关之物为例,赋中可见水花、波影、波心、水门、水砦、水军、水卒、水飞马、水哨马,既有自然之水花,也有人工之水砦等。此外,还有"龙旗""虎节""飞舻巨舰""木梯松桴""小队中队大队""左营中营右营"等对水师仪

---

① 沙向军等编著:《五山灵秀》,黄山书社 2002 年版,第 51 页。
② 《历代辞赋总汇》第 22 册,第 22517—22518 页。
③ 《历代辞赋总汇》第 22 册,第 22518 页。

仗、船只、队列的书写。① 该赋对水师操练的书写价值突出,或属首创。

　　值得注意的是,5 篇狼山赋的赋家,其地域分布显然与南通狼山密切相关。丁汲、沈仲旸生卒、籍贯无考。范驹(1757—1789),字昂千,号藿田,江苏如皋(今江苏南通如皋)人。清乾隆四十九年(1784)南巡,召试列二等。乾隆五十四年(1789)中举,不久病卒。尤工诗文,乾隆南巡,以辞赋应召试,获赐荷包彩缎,著有《染月山房全集》。吴肇嘉,字仲懿,如皋籍,居南通兴仁镇,江阴南菁书院高才生,清光绪中进士,未及殿试,暴卒于北京寓所,年仅二十余岁。② 沈文瀚,江苏泰兴(今江苏泰州泰兴)人,清光绪十八年(1892)进士。

(二)小孤山

　　小孤山,又称小孤矶,位于今安徽省安庆市宿松县长江中。其独耸江心、地势险要,乃兵家必争之地,有"海门第一关""长江天柱""江上蓬莱"之誉。小孤山作为江中之山,是江中盛观,历代赋家在对其进行书写时,无不着力于对其与长江的关系做铺陈。南宋刘黻《小孤山赋》言:"濯足江心,举头天外。惟江上之奇峰,挽江流之一带。"③将小孤山看作盘古般的巨人,其足部濯洗于长江水流中心,头部高举天外。小孤山因江而"奇",而形胜。明代朱孟烷《小孤山赋》言小孤山与长江的关系:"系小孤之为山,突洪波而屹

---

① 《历代辞赋总汇》第 13 册,第 11919—11920 页。
② 瞿镜人:《旧文新刊·记人七则》,《江海晚报·文化周刊·记忆》2019 年 9 月 25 日。
③ 《历代辞赋总汇》第 4 册,第 3813 页。

立。表长江之壮观,为海门之第一。"①清代孙日瑞《小孤山赋》言:
"波心缥缈兮一峰青,小孤横截兮江之渚……凌铁柱于中流,绝丹
梯于下土。扼吴楚之咽喉,壮东南之门户。冲碧落以孤骞,劈长江
而独伫……白浪砥其喧豗,青潮纵之吞吐。"②小孤山自身一峰独
立,形态奇特,但其绝美源自长江。广阔浩瀚而烟波缥缈的长江水
面,白浪滚滚,声势浩大。小孤山作为一座青翠的静态山峰,因长
江之形、色、声而彰显自身。其扼吴楚咽喉、壮东南门户这些险要
地势的形成,是由于其对长江水道的重要价值。

(三)西山

西山多地有之,其中今湖北鄂州鄂城之西山为独在长江边者。
此西山北即长江,隔长江与黄州赤壁遥遥相对。其历史悠久,尤以
孙权、苏轼之行踪及此而著名。此外,陶侃、庾亮、李白、欧阳修、王
安石、陆游、彭玉麟、张之洞等人也曾在此留下踪迹。

陈沆《武昌西山赋》开篇即指明西山的形胜之因、名字之源:
"有山临江而起者,郁乎武昌之西。"③"临江而起"是此山最为重要
的地理环境,"武昌之西"是此山"西"之所自。赋文先从山中名胜
古迹、寺庙幽境、山巅远景等写起,后将场景从山中转换到江中:
"于焉曳杖辞山,登舟得友。舵忽转于江心,情尤深于别后。"④在
江中而思人,所思之人正是曾游览西山,在西山对岸之赤壁作千古
胜游的苏轼:"昔苏子之宫黄,每渡江而恣赏。"⑤时人陆立夫评价

---

① 《历代辞赋总汇》第 6 册,第 5089 页。

② 《历代辞赋总汇》第 21 册,第 21176 页。

③ [清]陈沆著,宋耐苦、何国民编校:《陈沆集》,湖北教育出版社 2002
年版,第 251 页。

④ 《陈沆集》,第 251 页。

⑤ 《陈沆集》,第 251 页。

此赋:"景中有情,与涂附者异趋子瞻,可作定当,把臂入山。"①陈沆作为清代古赋七大家之一,被魏源誉为"一代文宗",其赋作成就在清人之中实为翘楚。其《武昌西山赋》由山入江,由江思人,在谋篇上与苏轼后《赤壁赋》相似,并在赋中对苏轼的长江之游、江水之思、兄弟情谊等有所描写。陆立夫评价此赋"景中有情"②,在大量模仿苏轼前后《赤壁赋》的作品中独树一帜。赋中之景,涵括山川,即西山与长江;赋中之情,有山川之感,更有对苏轼的异代相知。

(四)君山

　　君山并不在长江岸边,而是位于今湖南省岳阳市西南的洞庭湖中,与岳阳楼隔湖相对,自古即闻名天下。李白、杜甫、黄庭坚、辛弃疾、张之洞等都曾登临此山,留下名篇。在关于君山的历代作品之中,对君山与洞庭湖关系的描写较为常见,就赋史而言,大多写君山的赋作,极力铺陈君山形胜源于洞庭湖的自然、人文风貌,如明代胡容《游君山赋》,明代王在晋及清代储大文、黄文理、潘相同题《君山赋》,清代黄秀《君山十二螺髻赋》等,并未对长江展开描摹,这是因为君山与长江的地理空间关联并不紧密。侯凤苞《君山望江赋》在君山书写传统中另辟蹊径,以君山所望之长江为赋作表现的主要对象。该赋从登临君山,放眼远望,见长江烟波浩渺写起:"万顷畊波,千层锦浪。"③继以呈现"吴楚""金焦""蓉城""海门""京口",以及三国争雄之地(赤壁)、六朝逝水之所(今南京)等长江沿岸的形胜与历史。赋中长江,大多是想象之景,赋家在以空间流动中的长江串联起上下游众多名山胜地的同时,将长江的流

---

①　《陈沆集》,第 251 页。

②　《陈沆集》,第 251 页。

③　《历代辞赋总汇》第 14 册,第 12799 页。

动置于时间之中,沟通古今,怀古思人。滚滚江流在生成宏大地理空间的同时,变身为时间长河,空间的宏大与时间的深远是该赋艺术魅力的集中体现。

　　侯凤苞有着明确而强烈的登山望江意识。其《君山望江赋》言:"试上君山,凌虚一望。"其他赋家、诗人登君山,一般是望洞庭湖,因为从君山的地理位置来看,君山紧邻洞庭湖,八百里洞庭烟波浩渺是登临君山所见最为独特的自然景观,长江与君山距离较远,目力难及。实际上,《君山望江赋》中的"望江"主要是虚笔。赋言"吴楚难分""金焦相向",将所望空间延展到吴楚大地,如海门、京口、采石、瓜洲等具体地点,时间触及三国、六朝,这自然不是登君山所见之实景。这种虚笔望江,展现出赋家对"江""山"之关系的沉思,即"山与江而拱卫,江与山以朝宗",字间流露出对长江历史文化与自然景色的热爱。

第三节　江物

　　从广义来看,时间、空间中的一切客观存在,不过事与物两端,其中物与赋体关系更为密切。汉代班固《汉书·艺文志》言赋"感物造端"[1],王延寿《鲁灵光殿赋》序言"物以赋显"[2];晋代陆机《文赋》言"赋体物而浏亮"[3];南朝梁刘勰言赋"体物写志"[4]。前贤论

---

① 《汉书》第6册卷30,1755页。
② 《全汉赋评注》后汉部分下部,第717页。
③ [晋]陆机著,刘运好校注整理:《陆士衡文集校注》,凤凰出版社2007年版,第22页。
④ 《文心雕龙注》,第134页。

赋,充分关注到"物"之重要性。从广义来看,赋中之"物",关系到
自然生态、物质文明等丰富的内涵,前文所言的江水、江山,乃至后
文将言的江楼,无不可涵括于"物",且是长江图景中"物"的最重要
内涵。本节标以"江物",关注具体而微的物之层面,偏向于狭义的
物的概念,主要涉及动物、船、江山图画。对于自然界的动植物来
说,赋家尤为注意对动物的书写,此可溯源于郭璞《江赋》。对于人
造物而言,赋家着力于书写船、江山图画。

一、动物

东晋郭璞《江赋》中罗列了众多动物,赋中"鱼则……""尔其水
物……""其羽族也……"三段分别铺陈了与长江相关的鱼类、怪
物、鸟类:

> 鱼则江豚海狶,叔鲔王鳣,鲭鳞鳏鲉,鲮鳐鳅鲢。或
> 鹿骼象鼻,或虎状龙颜,鳞甲錔错,焕烂锦斑。扬鳍掉尾,
> 喷浪飞唌;排流呼哈,随波游延;或爆采以晃渊,或嚇鳃乎
> 岩间。介鲸乘涛以出入,鲮鳖顺时而往还。
>
> 尔其水物怪错,则有潜鹄鱼牛,虎蛟钩蛇。蝓蟒鲎
> 蝐,鲼蘜鼍鼍。王珧海月,土肉石华。三蝬虾江,鹦螺蜁
> 蜗;璅蛣腹蟹,水母目虾。紫蚢如渠,洪蚶专车。琼蚌晞
> 曜以莹珠,石蜐应节而扬葩;蜛蝫森衰以垂翘,玄蛎磈螺
> 而碨砑;或泛漾于潮波,或混沦乎泥沙。若乃龙鲤一角,
> 奇鸧九头。有鳖三足,有龟六眸。颓鳖肺跃而吐玑,文鳐
> 磬鸣以孕璆。倕蠵拂翼而挚耀,神蜕蝹蜦以沉游。骓马
> 腾波以嘘蹀,水兕雷咆乎阳侯。渊客筑室于岩底,鲛人构
> 馆于悬流……

其羽族也，则有晨鹄天鸡，鹠鹫鸥鴍。阳鸟爰翔，于以玄月。千类万声，自相喧聒。濯翮疏风，鼓翅翻翩。挥弄洒珠，拊拂瀑沫。集若霞布，散如云豁。产㲋积羽，往来勃碣……鮫鲸踣跼于垠隒，猿獭睒瞷乎窴空；迅蜼临虚以骋巧，孤玃登危而雍容。夒蛦翘踏于夕阳，鸳雏弄翮乎山东……①

值得注意的是，其中的动物并非长江独有，甚至有些并非长江中的动物，乃是海洋动物。钱锺书《管锥编》有"《江赋》无实"一条。其言：

姚旅《露书》卷五评此赋"总括汉泗，兼包淮湘"等句云："江与淮泗，杳不相涉，何尝包括？又江只跨梁、荆、扬三州，无所谓'六州'，亦不注于五湖也。如鳆、鲎、玉珧、海月、土肉、石华、水母、紫菜等等，皆海错也，断不可以溷江族。作者借珠翠以耀首，观者对金碧而眩目。"中肯抵瑕，具征左思《三都赋·序》所讥"假称珍怪""匪本匪实"，几如词赋家之痼疾难瘳矣。②

姚旅所言"如鳆、鲎、玉珧、海月、土肉、石华、水母、紫菜等等，皆海错也"，就历代博物家的记载及今人考证，乃基本属实之说。郭璞从"水物"的角度，写"寔水德之灵长"的长江中的动物，以水物之盛彰显水德之昌，自有其一套书写逻辑。③

① 《文选》上册，第185—187页。
② 《管锥编》第4册，第1945页。
③ 本书第六章第二节对"《江赋》无实"说有所论证。

　　后代赋家追模郭璞,对动物有所展现,但论动物种类之丰、形态之富,无能超越郭璞者。如清代孙士峨《拟郭景纯江赋》言:"其水族则鼍鼓长鸣,鼋梁高拥。蛤藏佛而锦色班斓,龙有宫则金光错综。蚌随月为盈亏,蛟夹舟而驰纵。泉布楠珍,蛟绡适用。具阙之鱼龙舞出,气势奔泷;半天之云浪飞空,纷繁景从。"①此中多有从郭璞《江赋》中袭取之动物。

　　后代赋家笔下,长江赋中的动物主要为水族与鸟类。水族有鳜鱼、鲈鱼、鼋鼍、江豚、鲨等。如清代柯万源《春江花月夜赋》言:"鳜肥处处。"②清代杨廷撰《苏长公后游赤壁赋》言:"喜鲈鱼之初钓。"③清代金长福《江上之山赋》言:"鼓吹浪之江豚。"④清代姚惟本《江淮胜概楼赋》言:"或鲸立而鳌翻,或蛟腾而龙伏。鼋鼍吸雾以潮生,猕猴嘘风而浪簇。鲨帆出没于涛头,雾縠遮罗于山谷。"⑤清代戴翼予《燕子矶望江赋》言:"蚌含胎而珠晕圆,鱼惊钩而水花溅。"⑥

　　鸟类集中于凫、鹭、鸦、雁等。如清代柯万源《春江花月夜赋》言:"凫戏双双。"⑦清代陈坚《江涵秋影雁初飞赋》言"掩映飞凫之渚,低回振鹭之洲""山鸡并舞""乌鹊争填""寒鸦历乱""孤鹜依稀""雁连云而欲下"⑧。清代杨廷撰《苏长公后游赤壁赋》言:"南飞鹤

①　《历代辞赋总汇》第 22 册,第 22985 页。
②　《历代辞赋总汇》第 15 册,第 14362 页。
③　《历代辞赋总汇》第 16 册,第 15332 页。
④　《历代辞赋总汇》第 22 册,第 22655 页。
⑤　《历代辞赋总汇》第 23 册,第 24031 页。
⑥　《历代辞赋总汇》第 23 册,第 24156 页。
⑦　《历代辞赋总汇》第 15 册,第 14362 页。
⑧　《历代辞赋总汇》第 16 册,第 15318 页。

影。"①清代张际亮《望江赋》言:"落鸿翩其惨澹。"②清代饶际石《白司马江上琵琶赋》言:"宿鹭偏惊。"③清代戴翼予《燕子矶望江赋》言:"乱鸦止而复惊,宿雁飞而知倦。"④

长江赋中的水族、鸟类分布于水中、天空,展现了长江图景水天一览的侧面。同时,鸟飞鱼跃,物态尽显,如赋中江豚,无论是在现实还是文本中,都是个性独彰的长江动物。明代方承训《过金山江赋》言:"间江豚之吹嘘兮,首尾互隐而莫淫。"⑤清代张慧《登三山赋》言:"沫起江豚之舞。"⑥清代张钊《临江迟来客赋》言:"看吹浪之江豚。"⑦以上均是对江豚出水优美姿态的呈现。

就长江赋中的动物书写来说,赋写长江动物,有种类的罗列,更有物态的呈现,是古代自然生态与人文生态和谐关系的结晶。有些动物书写细腻生动,暗含赋家情感。通过这些细节,百年乃至千年后的读者仍可以感受到长江自然生态和物种多样性,从中可以看到赋家与长江,即人与自然的和谐共生,这对今天的长江生态保护不无启发意义。

二、船:"游"与"战"

作为中国最长的河流,长江上下游跨度较大。就古人概念中的"岷山导江"、东流入海而言,长江流经的巴蜀、荆楚、吴越,人口、交通、经济等差异明显,各地对作为生产生活工具的船的生产与使

① 《历代辞赋总汇》第 16 册,15332 页。
② 《历代辞赋总汇》第 16 册,第 15692 页。
③ 《历代辞赋总汇》第 23 册,第 23796 页。
④ 《历代辞赋总汇》第 23 册,第 24156 页。
⑤ 《历代辞赋总汇》第 8 册,第 6949 页。
⑥ 《历代辞赋总汇》第 11 册,第 10143 页。
⑦ 《历代辞赋总汇》第 12 册,第 10842 页。

用、需求与认知呈现出不同的特点。总的来说,历史场景中与现实生活中的长江上,船的类型主要有五种。一是客船。大小不等的客运船只,载着人们在上中下游的城市间穿梭,或载着人们来往于大江两岸,这种航行远则数千里,近则数里。二是货船。长江作为交通要道,是货物运输的重要渠道;对于粮食、木材、茶叶、布帛、煤炭、矿石等各类货物,沿江城市凭借长江互通有无。三是渔船。长江水产资源丰富,是渔民们生产活动的重要空间,他们在长江中驾驶渔船,捕捞鱼、虾等水产品。四是游船。大美长江,风光秀丽,吸引人们乘船游赏。五是战船。长江是重要的军事屏障,作为天堑,对国家的和平稳定十分关键,其中发生过很多影响深远的战争。

于今临江而望,来往多是货运之船,其他用途的船只如客船、游船、战船较为少见,渔船则因现今长江禁渔期制度更难见到。这种长江船只类型的特点,古今差别凸显,即长江曾经客运繁盛,客船往来多见,而今随着公路、铁路、航空客运的发达,长江客运日渐衰落,客船数量大减。无论古今,货船与客船都是长江中最多的船只,它们均与人们实际日常生活息息相关。与此相对,长江赋中,船是江中最多的人造物,最为显著的有两种,一为江游之船,与苏轼与客泛舟、李白乘舟泛月等文人的诗酒风流息息相关;二为江战之船,与曹操横槊赋诗、周瑜火烧赤壁、王浚楼船下益州等英雄征伐有关。长江赋中的船与历史场景、现实生活中的船产生了明显的背离。

(一)江游之船

苏轼与客泛舟出自苏轼前《赤壁赋》:"苏子与客泛舟,游于赤壁之下。"此"舟"虽小,为"一叶之扁舟",却材料优良,"桂棹兮兰桨"①,桂木做成棹,兰木做成桨。舟虽小却以兰桂做成,兰桂高雅,暗喻主客品性。小舟行于大江之中,主客托身于舟,更显天地大江间自身的渺小。在后代长江赋的创作中,苏轼与客所泛之舟不断被书写。

李白乘舟泛月,当是其诗酒风流的经常之举,但赋家笔下所写,乃世俗相传的李白人生中最后一次乘舟泛月,也是其人生的终点:李白至当涂采石矶,泛舟江中,饮酒而醉,见江面月影,而俯身拾取之,遂溺死,此地后建有"捉月亭"以纪念之。清代孙炳荣《李太白乘舟泛月赋》言:"白下踪停……其间乃楚尾吴头……迄今放舟之濑犹存,捉月之亭如故。"指明李白乘舟泛月,乃始自楚尾吴头的白下(今南京),而终于采石矶(捉月亭在采石矶)。赋家对李白所乘之舟有多个层面的展现。一是舟小,"由是招舟子,约吟朋",仅有主客、舟子数人。二是舟精致华美,"解锦缆而飘飘,荡兰桡而泛泛",锦缆、兰桡非一般江船可比。三是张帆迎风,"看船到江中,布帆无恙",借风力而行驶轻快。四是人亦如舟。"后舟不比前舟,让彼骚坛独步",后舟乃赋家自比,前舟即李白②。

(二)江战之船

曹操横槊赋诗,出自苏轼前《赤壁赋》中对曹操的想象:"酾酒临江,横槊赋诗,固一世之雄也。"③痛饮于大江前,将长矛横放而赋诗,允文允武,尽显英雄之豪迈气概。前《赤壁赋》并未言明曹操

---

① [北宋]苏轼撰,[明]茅维编,孔凡礼点校:《苏轼文集》第 1 册,中华书局 1986 年版,第 5—6 页。

② 《历代辞赋总汇》第 22 册,第 23006—23007 页。

③ 《苏轼文集》第 1 册,第 6 页。

横槊赋诗的地点,后代赋家书写时,则言明其在战船之中。

周瑜火烧赤壁,与曹操横槊赋诗均发生于赤壁之战期间,横槊赋诗是战前的英雄豪气,火烧赤壁则是战争高潮的英雄壮举。《三国志·吴书·周瑜传》言:

> 瑜等在南岸。瑜部将黄盖曰:"今寇众我寡,难与持久。然观操军船舰首尾相接,可烧而走也。"乃取蒙冲斗舰数十艘,实以薪草,膏油灌其中,裹以帷幕,上建牙旗,先书报曹公,欺以欲降。又豫备走舸,各系大船后,因引次俱前。曹公军吏士皆延颈观望,指言盖降。盖放诸船,同时发火。时风盛猛,悉延烧岸上营落。顷之,烟炎张天,人马烧溺死者甚众,军遂败退,还保南郡。①

周瑜所用战船乃蒙冲、斗舰、走舸。蒙冲,也作艨冲、艨艟,是一种进攻性快艇,如东汉刘熙《释名·释船》言:"狭而长曰蒙冲,以冲突敌船也。"②斗舰是一种装备较多的战船,如唐代杜佑《通典·兵十三》言"斗舰":"船上设女墙,可高三尺,墙下开掣棹孔;船内五尺,又建棚,与女墙齐;棚上又建女墙,重列战敌,上无覆背,前后左右树牙旗、幡帜、金鼓。此战船也。"③走舸是一种轻快的小船,如清代魏源《圣武记》卷十四:"曰走舸:舷立女墙,多桨如飞。壮士径

---

　　① [晋]陈寿撰,[南朝宋]裴松之注,中华书局编辑部点校:《三国志》,中华书局 1982 年版,第 1262—1263 页。

　　② [东汉]刘熙撰,愚若点校:《释名》,中华书局 2020 年版,第 112 页。

　　③ [唐]杜佑撰,王文锦等点校:《通典》卷 160,中华书局 1988 年版,第4123 页。

进,绝流出奇。或火或挑,急遁勿疑。"①后代赋家对周瑜火烧赤壁
之船进行书写时,有几点值得注意。一是着力于展现曹军战船之
众,而简写周瑜一方战船。如清代缪德棻《周瑜纵火烧曹兵赋》言
曹军战船:"方其克荆州而东下也,蔽空旌旆,弥江舳舻。""方今操
船千数,首尾相锁。"②曹军战船自荆州顺流东下,船上旌旗之多以
至于遮蔽天空,填满江面;且数千只战船首尾相接。缪德棻赋言周
瑜一方战船,则仅点出船只种类:"乃取蒙冲,乃备走舸。"③曹军战
船之盛,周瑜战船之简,两相对比,更显火烧之惨烈、火攻之明智。
二是周瑜一方所用战船,多不出《三国志》所言战船范围,即集中于
蒙冲、斗舰、走舸。如清代缪德棻《周瑜纵火烧曹兵赋》言"乃取蒙
冲,乃备走舸"④,魏兰汀《周瑜纵火烧曹兵赤壁下赋》言"斗舰纷
飞"⑤,叶长龄《周瑜火烧曹兵赤壁下赋》言"乃促飞艘"⑥,均重在表
现船行之迅速;曹军所用战船,赋家表现各异,有舳舻、画舫、巨舰
等,如清代叶长龄《周瑜火烧曹兵赤壁下赋》言"横千里之舳舻"⑦,
清代魏兰汀《周瑜纵火烧曹兵赤壁下赋》言"纵横画舫"⑧,清代禹
星《赤壁纵火烧兵赋》"数十里巨舰排成"⑨,均重在表现战船之多
之大。

王浚楼船下益州,见唐代刘禹锡《西塞山怀古》:"西晋楼船下

---

① [清]魏源撰,魏源全集编辑委员会编校:《魏源全集》第3册《圣武记
(附夷艘寇海记)》,岳麓书社2004年版,第553页。

② 《历代辞赋总汇》第18册,第17685—17686页。

③ 《历代辞赋总汇》第18册,第17686页。

④ 《历代辞赋总汇》第18册,第17686页。

⑤ 《历代辞赋总汇》第18册,第18032页。

⑥ 《历代辞赋总汇》第19册,第19269页。

⑦ 《历代辞赋总汇》第19册,第19269页。

⑧ 《历代辞赋总汇》第18册,第18032页。

⑨ 《历代辞赋总汇》第14册,第13116页。

益州,金陵王气漠然收。"①王浚乃西晋名将,其挥师顺流东下,直取建康(今南京),灭了吴国。清代刘源汇《王浚楼船下益州赋》以唐诗名句为题,既遥想刘禹锡西塞山怀古作诗情景,也叙写当年王浚灭吴的宏大历史场景。赋中涉及广阔的地理空间,自益州至建康,因长江而相连,江船在其中作用明显。赋言"舳舻从益地而来""造船已七年"②,乃写江船建造七年而得从益州出发。江行途中,借助风力而行驶迅速,如赋言:"猿音三峡,送风利于楼船。"③

(三)"游"与"战"的身份认同

长江赋中,何以突出展现游船与战船?回答这个问题,首先需要明确游船与战船体现着怎样的人与江的关系,即一切文学问题都要回归到人本身。不难发现,在历史场景中穿梭于长江的船只类型,更多的是货运、客运之船,在规格上一般比游船大、比战船小;更重要的是,相关人物身份主要是商人、旅客。历史场景中的长江之船,与赋作文本图景中的长江之船迥异。从当代视角、日常生活的缺失性来看,江船的游、战取向,使得普通人缺位,长江赋隔绝着普通人,如商人、旅客等的情感、态度、意志。而从当时的视角、士人传统的赓续来看,"江游之船"与"江战之船"代表着不同的长江书写视角,体现出对文人风流与英雄气概的推崇,暗合传统士人"穷则独善其身,达则兼善天下"(《孟子·尽心上》)④的出处选择,即出则建功立业,以事功彪炳史册;处则诗酒风流,以修身

---

① 〔唐〕刘禹锡撰,《刘禹锡集》整理组点校,卞孝萱校订:《刘禹锡集》,中华书局1990年版,第300页。"西晋"一作"王浚";"漠然"一作"黯然"。

② 《历代辞赋总汇》第23册,第23929页。

③ 《历代辞赋总汇》第23册,第23929页。

④ 《十三经注疏(清嘉庆刊本)》,第6016页。

自得。

　　长江赋中的"江游之船"属于苏轼、李白等文人,这些文人无不具有事功之心,但因缘际会、时代使然,被拒斥在"兼善天下"的权力圈层之外。一者"乌台诗案",入狱被贬,一者"赐金放还",浪迹江南。苏轼与李白在出处层面均由兼善天下转变为独善其身,是因外力而达成的一致。这种达成一致的现象在传统士人中间并非偶然——封建体制决定了士人的被动性,社会自由(兼善天下)的实现成为偶然现象,而这种自由的幻灭更为普遍。社会自由无法实现导致的精神苦痛令士人转而追求个体自由,即以诗酒风流解脱精神苦痛。赋家以平视的角度,欣赏苏轼、李白等文人的江游风流,船作为江游的物质凭借,此时成为赋家身份认同的媒介,在材质优良、行于胜景的小船之中,赋家看到了个体自由能够拓展的空间。

　　长江赋中的"江战之船"属于曹操、周瑜、王浚等英雄,这些英雄并非以武力著称,而是以智谋韬略取得非凡事功,他们不是武夫,而是士人。横槊赋诗看似文人风流,但实际是英雄气概,这不仅是因为"槊"是武器,是英雄战场厮杀所执之器,远异于文人之笔,更是因为在传统士人看来,曹操所作之诗充满"霸气"①,非一般文人所能作。火烧赤壁的结果是周瑜大胜、曹操惨败,周瑜英雄智谋于此彰显,但赋家并未因此否定曹操的英雄气概。这是因为在传统士人看来,胜败乃兵家常事,英雄形象并不因事功不继而消亡。王浚楼船下益州,长江天堑不足守,是英雄韬略战胜了长江天堑。横槊赋诗、火烧赤壁、楼船下益州,从这些英雄的气概、智谋、韬略之中,赋家看到了自身"兼善天下"所能达到的高度,以仰视姿

---

　　① 刘跃进:《横槊赋诗 充满霸气——读曹操〈短歌行〉》,《古典文学知识》1995 年第 5 期。

态在历史兴亡中寻找自身社会自由实现的可能性。

三、江山图画

"赋写图画"是赋学中一种创作传统,源于东汉辞赋作家王逸、王延寿父子的言说与创作。① 长江作为自然景观,如李恩授《江南江北青山多赋》言"天开如画之奇""疑向画工借出"②,不仅如画一般美丽,而且成为画家笔下的素材,形诸画笔之端。这些图画得益于画家的神思技艺与江山之助而魅力非凡,继而受到赋家关注,由图而赋,达其极致而形成江山图画赋。

(一)江山图画赋的种类

在长江赋中,有四种江山图画赋值得注意:一是围绕《万里江山图》所作之赋,如明代洪贯《万里江山图赋》;二是围绕《赤壁图》所作之赋,如清代沈莲、沈治泰同题《赤壁图赋》;三是围绕《金山图》所作之赋,如明代张吉《金山图赋》;四是围绕《春江晚景屏》所作之赋,如清代李周南、常恒言、徐鸣珂同题《春江晚景屏赋》。

元代吴镇作有一首七律《子久万里长江图》:"一峰胸次多傀儡,兴寄江山尺素间。南北横分疑作限,西东倒注未曾还。山围故国人非旧,水绕重城树自闲。尤羡个中时序换,昔年禹玉岂容攀。"③子久乃黄公望之字,这首诗是吴镇为黄公望所绘《万里江山图》而作的,诗中所言"南北横分""西东倒注"正是长江区位、流向的典型特征,正反映了吴镇本人的长江观念。吴镇不仅为他人《万里长江图》题诗,自己也绘有此图。明代洪贯《万里江山图赋》序

---

① 许结:《汉赋与汉画》,《光明日报》2023年2月13日第13版。
② 《历代辞赋总汇》第22册,第22093—22094页。
③ 杨镰主编:《全元诗》第30册,中华书局2013年版,第339页。

言:"客有赠余以前元吴仲圭《江山万里图》,余受而藏之久矣。"①
赋序交代清楚了此《万里江山图》乃元吴镇(字仲圭)所作,得之于
客,且藏之久矣。

　　《赤壁图》的创作得益于苏轼对赤壁的书写,即前后《赤壁赋》
与《念奴娇·赤壁怀古》的非凡艺术成就,中国绘画史甚至因此出
现了《赤壁图》的创作传统,乔仲常、马和之、武元直、李嵩、郭纯、戴
进等均创作过《赤壁图》(图题或稍异),乃至出现了浙派、吴门等绘
画流派中创作《赤壁赋》的潮流,并在《赤壁图》中展现出自身流派
的特点。② 赋、画同为文艺,许多赋家擅画,身兼赋家、画家身份,
如明代江南文人文徵明、唐寅等。《赤壁图》创作的热潮势必会影
响赋之创作,考之现存赋作,可见清代沈莲、沈治泰同题《赤壁图
赋》。沈莲《赤壁图赋》乃摘句之作,从其赋文"巨舰则齐嵌火齐,宛
洪炉之启博山也"③,知此《赤壁图》所绘乃火烧赤壁场景。赋言
"徒观其淘来浊浪"④,赋中对图画的展现重在火烧战船的宏大场
面,"绘者神来,观者容改"⑤,与苏轼《念奴娇·赤壁怀古》"羽扇纶
巾,谈笑间,樯橹灰飞烟灭"的风貌相似,更多的源自对战争场面的
摹写。沈治泰《赤壁图赋》言:"周都督之一炬曾烧,苏长公之扁舟
独至。"⑥既有苏轼观览的赤壁自然景色,也有周瑜火烧赤壁的宏
大战争场面。

　　张吉所写《金山图》难以考证画家为谁。但根据赋末所言"即

---

　　①　《历代辞赋总汇》第 6 册,第 5370 页。

　　②　郁文韬:《〈赤壁图〉经典图式的形成与衰落》,中央美术学院 2014 年
硕士学位论文。

　　③　《历代辞赋总汇》第 19 册,第 19522 页。

　　④　《历代辞赋总汇》第 19 册,第 19522 页。

　　⑤　《历代辞赋总汇》第 19 册,第 19522 页。

　　⑥　《历代辞赋总汇》第 22 册,第 22526 页。

风景而不异兮,嘉匠史之经营。按旧游于咫尺兮,心踊跃而靡宁。聊寄怀于颠末兮,借辉灼于丹青"①,可知这幅江山图画与其旧游相关,"风景而不异""按旧游于咫尺",当指图中景色与昔日游览所见相符,今见图而往日景色历历在目,所以内心澎湃而难以平静。因此,该图为明代图画,与赋作时间相隔不远。此外,张吉(1451 — 1518),晚号古城,江西余干人。从江西余干到京口(今镇江),其行进路线正如《金山图赋》开篇言:"忆往昨之登进兮,撰余辔而北征。揽吴山之秀色兮,历京口之坚城。"《金山图赋》题下注:"为卫使李廷威作。"《古城集》卷四《新刊晦庵诗略序》言卫使李廷威帮助刊刻此书之事;卷六有诗《京口渡江》,则其同游之人,或为李廷威。

《春江晚景屏》特指北宋郭熙之作。清代李周南《春江晚景屏赋》(以河阳妙迹曾在玉堂为韵)、常恒言《春江晚景屏赋》(以玉堂图画传自郭熙为韵)、徐鸣珂《春江晚景屏赋》(以河阳妙迹曾在玉堂为韵)、陆建瀛《春江晚景屏赋》(以鲍询花竹相配玉堂为韵)所写均为北宋郭熙所作《春江晚景屏》。李周南、徐鸣珂赋所用韵中"河阳",乃以郭熙籍贯(北宋河阳府温县,今属河南)指代郭熙,常恒言赋所用之韵明确指明郭熙,陆建瀛赋与郭熙《春江晚景屏》的文字记载有关。上举四赋除了陆建瀛赋,均有明确的长江体认,属于长江赋的范畴。

(二)江山图画赋的赋图关系

赋家对长江图画进行从图像到文字的视觉转换,往往并不囿于图画上的实景,甚至不见实景而依据文字记载发挥想象成篇,极大地扩展了图画原有的内容。即使赋家所写长江图画早已不存,

---

① 　《历代辞赋总汇》第 6 册,第 5370 页。

后人通过赋作仍能获得相关信息。由景而境,借助图画实景,营造意境,在共性中展现个性,实际上展现了赋家对图画的认识评价,乃至凝结着赋家因图画而引起的思想情感。概而言之,江山图画赋的赋图关系在于以赋构图、以赋存图、以赋解图。

一是以赋构图。赋盛于汉,后代赋家的创作无不深受汉赋影响。许结在针对汉赋与汉画的研究中指出,汉赋创作与图像意识相契合的基本特征是以构象之法写物与图貌,以设色之法写场阈与景观;品读汉赋与汉画,宜乎大中见小,明辨其构象法是由无数"个像"组成的宏大图景。① 据此考察江山图画赋中的长江构象,可见长江"个像"的凸显与宏大图景的暗含。长江浩大,画家难以涵摄全景,往往截取长江之"个像"对长江进行展现。在图画佚失的情况下,根据相关文字记载,想象图画内容。《春江晚景屏赋》所写实乃想象之图画,并非对以实物形态存在的《春江晚景屏》的书写。这是因为《春江晚景屏》早已遗失在历史长河之中,清人无缘得见,这些赋家虽直接以《春江晚景屏》为题,但其直接素材来源并非图像,而是文字记载,即李周南赋所言"博稽画史,载启墨庄"。李周南赋言:"迹传画苑,事纪銮坡。黟笔妙之无匹,乃图成而不磨。"②画苑,指画坛;銮坡,与翰林学士有关,见宋叶梦得《石林燕语》载"俗称翰林学士为'坡',盖唐德宗时尝移学士院于金銮坡上,故亦称'銮坡'"③。因此,"迹传画苑,事纪銮坡"是说《春江晚景屏》不仅名流画史,也见于翰林学士相关的记载中;其"图成而不磨",是指得益于文字记载而声明不灭。这实际上指向宋叶梦得

---

① 许结:《汉赋与汉画》,《光明日报》2023 年 2 月 13 日第 13 版。

② 《历代辞赋总汇》第 15 册,第 14875 页。

③ [宋]叶梦得撰,徐时仪整理:《避暑录话》卷 5,大象出版社 2019 年版,第 134 页。

(1077—1148)撰《避暑录话》的记载：

> 余为学士时,始请辟两直舍,各分其一间与北门通为
> 三,以照壁限其中。屏间命待诏鲍询画花竹于上,与玉堂
> 郭熙《春江晚景屏》相配,当时以为美谈。①

郭熙是画坛名家,其《春江晚景屏》曾是宋代翰林美谈之资。今可见对其真实图像的记载均源于宋代,可以说,郭熙《春江晚景屏》在清代之前早已不存。因此,《春江晚景屏》对于赋家而言,是历史记载中的长江图画,而非真实图像。如陆建瀛《春江晚景屏赋》(以鲍询花竹相配玉堂为韵),其韵即取自《避暑录话》中"屏间命待诏鲍询画花竹于上,与玉堂郭熙《春江晚景屏》相配"。

事实上,郭熙《春江晚景屏》图像化的江山景色随着实物的消失已经被彻底文本化,而相关文本实际并未指明"江"为长江。面对这一独特书写对象,赋家的取象路径,尤其是其中"江"的选择并无图像依据,且文本依据简略,很大程度上依靠赋家自身的想象建构。想象,天马行空,因人而异,其结果很大可能是赋家个性得以彰显,而其共性难觅。考诸赋作文本,事实并非如此,赋作中的江大多指向长江,并对长江进行着重铺陈。这种想象而得、体现于长江的共性,其根源何在? 这个问题难以直接作答,不妨回到不复存在的图像的历史语境、简略的文本记载,以及赋家的身份中,从以赋构图的想象建构来分析。郭熙作屏画之时代在苏轼作题画诗《惠崇春江晚景二首》前,苏轼所题之画为僧人惠崇所画《春江晚景》,并未指明春江为何处。苏轼所作《郭熙画秋山平远》诗首联

---

① ［宋］叶梦得撰,［清］叶德辉校刊,涂谢权点校:《避暑录话》卷上,山东人民出版社 2018 年版,第 65 页。

言:"玉堂昼掩春日闲,中有郭熙画春山。"①正好说明苏轼曾实际
见过郭熙《春江晚景屏》。苏轼的相关诗作并未指明春江之"江"为
长江,但与苏轼关系最为密切的无疑是长江——这一点成为《春江
晚景屏》历史语境的可能影响因素。叶梦得作《避暑录话》在渡江
南居的南宋绍兴年间,长江是南宋政权的生命线。李周南,今江苏
扬州人;徐鸣珂,今江苏泰州人,均为江城赋家。常恒言例外,为今
山西晋城人。可以说,在赋家进行"江"的想象建构时,历史语境中
的苏轼、文本关联中的南居叶梦得,乃至自身籍贯都产生着潜移默
化的影响。

　　二是以赋存图。赋家实见图画,赋之笔端,但这些图画在赋家
之后佚失,使得赋作具有保存图画信息的作用。《万里江山图》乃
中国古代绘画史上常见图画,众多名家画过。朱浩云根据文献,对
古代画过《万里江山图》的名家进行了梳理:

> 根据美术文献《张氏四种》记载,郭熙、夏珪、范宽都
> 画过《长江万里图》。根据美术文献《书画记》记载,燕文
> 贵、江参、周杞、赵黻都画过《长江万里图》。根据美术文
> 献《珊瑚网》记载,王蒙画过《长江万里图》。《江村销夏
> 录》和《江村画目》记有周东村的《长江万里图》。根据美
> 术文献《习苦斋画絮》《归石轩画跋》《虚斋名画录》记载,
> 巨然画过《长江万里图》。《论画绝句》记有项圣谟画的
> 《长江万里图》。《迟鸿轩所见书画录》记有王石谷画的
> 《长江万里图》。②

---

①　《苏轼诗集》第 5 册,第 1509 页。
②　朱浩云:《漫谈历代名家的〈长江万里图〉》,《东方收藏》2020 年第 13 期。

　　朱浩云所罗列的名家,其数不少,但所据文献集中于"美术文献",有所遗漏也在所难免。明代洪贯《万里江山图赋》正是以"元四家"之一吴镇的《万里江山图》为题的赋作。吴镇《万里江山图》今已不存,但通过洪贯《万里江山图赋》或可一窥图之原貌,以补画史之缺。张克锋著《中国古代文学作品在绘画中的接受》"附录二

　　历代赤壁图叙录"部分对历代以苏轼前后《赤壁赋》为题材的绘画作品进行了系统整理,按时代先后,注明作者、作时、幅式、著录、收藏等情况。① 考之此附录,并未发现与沈莲、沈治泰同题《赤壁图赋》相符之《赤壁图》。笔者在其他文献资料中也未见相应的《赤壁图》。可以说,以赋存图,两篇《赤壁图赋》具有重要的画史价值。

　　三是以赋解图。面对不同的江山图画,赋家做出不同的描述、评价,自不待言,即使面对同一图画,赋家也展现出迥异的风貌。四篇《春江晚景屏赋》属于同题之作,面对同样的一幅屏风,尤其是屏风上的图画,赋家在文本中有不同的表现。这一方面是因为同题之作本就具有共性与个性的关系,个性是其中的价值所在;另一方面,《春江晚景屏》实物已不存在,属于文字记载之物,将简括的文字记载延展为洋洋可观的赋作,需要充分发挥赋家的想象力,因此而表现各异。这种共性中的个性,突出表现在对"江"的体认上,即"江"是否为长江。李周南赋虽未出现长江、大江等名称,但多处写"江",有江景,更有江之典故,均指向长江。其言"仿佛浔阳江上,偶传司马之歌行;不须太白楼中,独羡萧郎之画癖",浔阳江上司马之歌行,指的是唐代白居易所作《琵琶行》,诗中故事发生地为"浔阳江口",即浔阳江(长江浔阳段)的渡口;太白楼与萧郎画癖,

────────────

　　① 张克锋:《中国古代文学作品在绘画中的接受》,厦门大学出版社2016年版,第233—278页。

指的是明末清初著名画家萧云从绘制采石矶太白楼壁画。"赤壁
江声,卧游宛在"①指的是苏轼长江赤壁之游。

第四节 江楼

江楼,多在江城,是江城的点睛之笔。长江赋中的江城,指的
是长江边的城市,属于一种泛称,举凡今武汉、九江、安庆、芜湖、南
京、镇江等长江重镇,无不可称此名。但就江城表现于长江赋的显
著性而言,往往指的是今天的武汉、南京。在数量众多的长江赋
中,以江城为题的仅有 3 篇,均为清赋,即方学成《江城如画赋》、胡
积城《江城五月落梅花赋》、董毓琦《江城五月落梅花赋》,第一篇写
的是今南京,后两篇写的是今武汉。其中,《江城五月落梅花赋》题
出李白《与史郎中钦听黄鹤楼上吹笛》。武汉不仅是长江之城,更
是江汉合流之城。长江及其支流汉江在武汉的城市建设与发展之
中扮演着重要的角色。胡积城《江城五月落梅花赋》不仅对长江的
形象进行了摹写,对汉江也重笔勾勒,突出了江城之江的双重性。
今南京更早作为江城出现于赋中,如东晋庾阐《涉江赋》言"背石
头"②,"石头"即石头城。三国孙权在建业(今南京)石头山修建了
石头城,后人也以石头城作为南京的别称。明代章敞《大江绕金陵
赋》可谓江城赋之佳作,全面书写了长江之于金陵(今南京)的价
值。赋言"帝王建都,必依山川"③,指出山川形胜对帝国都城选择

---

① 《历代辞赋总汇》第 15 册,第 14875 页。
② 《历代辞赋总汇》第 1 册,第 807 页。
③ 《历代辞赋总汇》第 6 册,第 5006 页。

的重要性。"览长江兮天堑,壮汤池兮金城"①,长江作为自然的天堑之险,具有阻隔南北的重要作用,因此对金陵城来说,长江是再险固不过的护城河,使得金陵城如金城般稳固。

　　江城虽是长江文化空间的焦点,但从赋作数量来看,在长江赋中,赋家并未着力对其进行书写。与此相对,赋家着力书写的是江城中的江楼。长江赋中的江楼一般是指望江之楼,其位于江岸,地势高,适合远望,可望长江,也可观城市、山林。不同的江楼,因所处地域不同,对应的江景也区别明显。明代薛章宪《观音阁赋》所写观音阁位于今江苏南京幕府山东面,赋序交代:"钟山北麓,横亘江渚,曰观音山。峭壁千尺,负山瞰江,爰出飞阁,快心纵目。"②即观音山(今称幕府山)位于钟山(今称紫金山)北面,横亘于江岸之上,山体高峻,山顶有一阁,乃登山瞰江佳处。在赋序中,赋家对阁、山、江三者的关系进行了论述,阁因山高,因此得以"快心纵目"地"瞰江",望江楼的定位明确。清代李周南《春江晚景屏赋》言:"倚江楼而凭眺。"③江楼正是远眺江景之所。清代黄达《燕子矶赋》言:"凭江亭兮骋望,惊气象之万千。"④江楼高以望远,得见江山、江城、江帆等气象万千。

　　在数量众多的江楼书写中,最为显著的是黄鹤楼与采石矶太白楼。

一、黄鹤楼

　　黄鹤楼在今湖北省武汉市武昌区蛇山的黄鹄矶头,始建于三

　　①　《历代辞赋总汇》第 6 册,第 5006 页。
　　②　《历代辞赋总汇》第 6 册,第 5264 页。
　　③　《历代辞赋总汇》第 15 册,第 14875 页。
　　④　《历代辞赋总汇》第 13 册,第 12360 页。

国吴黄武二年(223),因唐代诗人崔颢登楼所作《黄鹤楼》一诗而名
扬天下。历代书写黄鹤楼的文学作品不计其数,但在明代之前,其
文体集中于诗与词。黄鹤楼诗歌受到学者关注,被认为发轫于南
朝,至唐宋形成高峰,明清数量空前。[①] 就现存长江赋文本而言,
经笔者的文献爬梳与数据统计,可见明代书写黄鹤楼的赋作开始
出现,到清代出现了一批黄鹤楼赋,有些黄鹤楼赋中长江书写凸
显,属于长江赋范畴,如表 3-2 所示。

表 3-2　长江赋中的黄鹤楼赋

序　号	朝　代	赋　家	篇　名
1	明	何孟春	黄鹤楼赋
2	清	胡梦发	黄鹤楼赋
3		金德嘉	黄鹤楼赋
4		李　皋	黄鹤楼赋
5		汤日新	黄鹤楼赋
6		冯　煦	黄鹤楼赋

　　赋与诗别为一体。与诗词中黄鹤楼的意象性相比,明清黄鹤
楼赋具有明确的江楼空间架构,展现了黄鹤楼独特的空间内涵,流
露出赋家特定的江楼审美观照。从江楼角度考察黄鹤楼赋所蕴含
的长江空间意识与长江审美心理,具有一定的价值。在赋家笔下,
黄鹤楼因长江而胜。如冯煦《黄鹤楼赋》言:"凌黄鹄旧矶兮,砥柱
南邦。"[②]长江万千气象,集中于黄鹤楼。金德嘉《黄鹤楼赋》言:

---

　　① 魏冬志:《唐宋黄鹤楼诗歌研究》,河北大学 2021 年硕士学位论文,摘
要第 1 页。

　　② 《历代辞赋总汇》第 20 册,第 19777 页。

"气象万千,奔湊乎楼上。"①汤日新《黄鹤楼赋》言:"一阁横江。"②黄鹤楼近可观江水浩荡,远可望长江浩渺无际,包括眼前实景,以及由长流串联起来的想象之江景。近景如冯煦《黄鹤楼赋》言:"下吸奔泷。"③远景如胡梦发《黄鹤楼赋》言:"若夫江流浩浩,一望金沙,两望赤壁。"④金德嘉《黄鹤楼赋》言:"极天下之大观而无憾矣,舍斯楼也其将焉往?"其"天下之大观"即"奔湊乎楼上"的长江景象,有远观近视的自然实景,如"茫茫楚甸,浩浩川流。历历汉阳之树,昀昀芳草之洲",也有想象而来的自然虚象,如"苞夏口沔口以浑涵兮,汇云泽云梦而潺沆""絜广陵曲江之涛兮""拟滟滪瞿唐之浸兮"。⑤江水具有连接空间与时间的作用。冯煦《黄鹤楼赋》言:"邈侧身而四顾,怆今古之悠悠。"冯赋铺陈了大量长江旧事,如"笑吴魏空余废垒""祢衡解吟鹦鹉""梦赤壁掠舟之鹤"等,⑥分别指三国纷争、祢衡作《鹦鹉赋》、苏轼赤壁之游等,三国纷争之武赤壁、祢衡所葬之鹦鹉洲、苏轼所游之武赤壁,在空间上因长江流水而贯通。

二、采石矶太白楼

太白楼,或称太白酒楼、谪仙楼,得名于诗仙李白,历史上多地有之;这些太白楼的共性在于李白这位天才人物,个性则突出表现于地域。而就历代赋作观之,则以采石矶太白楼、济宁太白楼为

① 《历代辞赋总汇》第 21 册,第 9885 页。
② 《历代辞赋总汇》第 18 册,第 17844 页。
③ 《历代辞赋总汇》第 20 册,第 19777 页。
④ 《历代辞赋总汇》第 10 册,第 9178 页。
⑤ 《历代辞赋总汇》第 11 册,第 9885 页。
⑥ 《历代辞赋总汇》第 20 册,第 19777 页。

盛。就现存赋作而言,以太白楼(或太白酒楼、谪仙楼)为题之赋作共有 20 篇,其中采石矶太白楼赋 10 篇,另有济宁太白楼赋 8 篇、内江太白楼赋 1 篇、南京孙楚楼赋 1 篇,如表 3-3 所示。

表 3-3　太白楼赋

序　号	太白楼类型	朝　代	作　者	赋　名
1	采石矶 太白楼	南　宋	程公许	谪仙楼赋
2		清	梁国治	太白楼画壁赋
3			章邦元	太白酒楼赋
4			李恩绶	访采石矶太白酒楼赋
5			陈作霖	采石矶访太白楼赋
6			秦际唐	访采石矶太白楼赋
7			冯煦	访采石矶太白楼赋
8			樊增祥	访采石矶太白楼赋
9			张宝森	访采石矶太白楼赋
10			王骏	谪仙楼赋
11	济宁太白楼	元	张翌	太白楼赋
12		明	赵弼	太白酒楼赋
13			王守仁	太白楼赋
14			陶允宜	太白楼赋
15			杨士聪	太白楼赋
16	济宁太白楼	清	张敦毓	太白酒楼赋
17			蔡邦绶	太白酒楼赋
18			王汝楫	太白酒楼赋
19	内江太白楼	清	张兆兰	太白楼赋
20	南京孙楚楼	清	况宣恩	太白酒楼赋

　　采石矶太白楼位于今安徽省马鞍山市采石矶景区,地处翠螺山南麓,始建于唐元和年间(806—820),历代多有重修,今所见采石矶太白楼为清光绪三年(1877)兵部尚书彭玉麟捐资重建。济宁太白楼位于山东省济宁市任城区的古运河北岸。李白于唐玄宗开元二十四年(736)移家至任城(今济宁),住所前有酒楼。唐懿宗咸通二年(861),沈光经过济宁时,作《李翰林酒楼记》,"太白酒楼"声名愈彰,后代对此楼多次重建和修葺。《大明一统志》记载"李白酒楼"言:"在济宁州南城上。唐李白客任城时,县令贺知章觞之于此。今楼与当时碑刻俱存。"①

　　在历史上,太白楼并非采石矶、济宁两地独有,李白行踪所及之地,如安徽歙县、四川江油、四川内江、江苏溧阳等均有太白楼。何以采石矶太白楼、济宁太白楼于赋史独彰,有多篇赋作留存? 于此,可从两点考之。一是采石矶太白楼、济宁太白楼历史悠久、声名显著。如李恩绶《访采石矶太白酒楼赋》序言:"其楼在济宁南城上者,相传为贺知章觞公处。其在洛阳天津桥南者,系董糟邱所造。此载在刘楚《登酒楼记》,而采石一楼独遗之……今汉阳之郎官湖北,金陵之城西孙楚楼,公皆觞于此,亦谓之太白酒楼,然较采石之迹稍逊焉。"②二是采石矶太白楼、济宁太白楼地处交通要道,前者在长江要塞采石矶之上,后者在大运河重要城市济宁,便于赋家登临。

　　太白楼赋,以楼为题,径以题为依据,可将其归入建筑赋之类,但细绎赋作,20篇太白楼赋的主题一致表现为怀古,所怀正是楼因之以得名的李白。可以说,李白是太白楼赋着力书写的对象。

---

　　①　[明]李贤等撰,方志远等点校:《大明一统志》第3册卷23,巴蜀书社2017年版,第1017页。

　　②　《历代辞赋总汇》第18册,第18160页。

这种名楼实人、着力书写李白的特点,诸赋均显著可见。如程公许《谪仙楼赋》①,仅对楼四周的自然环境进行了简要铺陈,无一字书写楼之建筑本身,其中写自然环境的赋句"萃霜树兮变衰,啾寒虫兮悲吟"②,实为以景衬情,为怀人之幽情渲染对应的自然之境。太白楼赋普遍着力于怀人,而赋家因怀人产生的对李白的情感存在多重面相,在统一的怀人书写路径中,展现了丰富的情感内涵,如"思""哀""亲""仰"等。王骏《谪仙楼赋》:"我拜之兮思依依,惟先生兮是我师。"③以李白为师,登楼思之。樊增祥《访采石矶太白楼赋》序言:"余既哀太白之遇,复结想于兹楼。"④哀伤于李白遭遇,于此楼抒怀。陈作霖《采石矶访太白楼赋》:"遂异代以相亲。"于此楼而感与李白亲近。蔡邦绂《太白酒楼赋》:"莫不仰太白之高风。"登高楼,以仰望李白之高风。

　　济宁太白楼赋的空间结构较为简单。如蔡邦绂《太白酒楼赋》,从李白行踪起,落之于济宁太白楼,实际的空间结构在于登楼,赋家自称"升斯楼者"。赋家对空间之书写普遍着力于"登",以"登"显示楼之高,并因楼之高,暗喻李白之高风、高才等。如张敦毅《太白酒楼赋》开篇:"百级凌云,一仙留坐。"⑤以楼之高耸凌云,暗喻李白不同尘俗,以谐其谪仙之身份。王守仁《太白楼赋》:"泛扁舟予南征。"⑥王守仁登临太白楼,感慨古人,发思古之幽情,由李白推及伊尹、商汤、傅说、武丁、颜回、孔子、管仲、孟子等历代圣贤。

---

① 该赋的自然环境书写中长江并不凸显,因此不在长江赋研究范畴内。
② 《历代辞赋总汇》第 4 册,第 3733 页。
③ 《历代辞赋总汇》第 21 册,第 21516 页。
④ 《历代辞赋总汇》第 20 册,第 19807 页。
⑤ 《历代辞赋总汇》第 23 册,第 23398 页。
⑥ 《历代辞赋总汇》第 7 册,第 5590 页。

采石矶太白楼因其独特的地理环境——位于长江边采石矶之上而独具风采,如秦际堂《访采石矶太白楼赋》:"其踪迹所留,海内有三楼焉,皆足以移情而俯仰。独采石矶前之楼临乎大江,尤耸拔而嵚奇。"就笔者所辑的 10 篇采石矶太白楼赋的文本进行分析,采石矶太白楼赋中的时空结构大体有三类。

其一,采石矶—太白楼—李白,重在李白。王骏《谪仙楼赋》以采石矶之形胜开篇:"占斗杓,溯岷山,踏吴越,拱荆湘,有矶高耸,名曰采石。"继之以洪波、悬崖、林壑、烟雾、牛渚、龙山、姑溪、天门、望夫石、谢公宅等,壮采石矶之环境,即"俨图画于四顾,浑水天而一色"。随后,由采石矶过渡到太白楼,赋言"尝登眺而徘徊,仰高楼之挺特",简言楼之建筑特色后,由"问谁处其中,乃有唐李谪仙之宫"引出人物,后极力铺陈李白之风采、天才、行踪、遭遇,感慨"谪迁之谪果何由,造物毋乃忌材不",为李白之不遇而痛声疾呼天妒英才,结之于登楼思人,缅怀谪仙。[①]

其二,长江—太白楼—李白。秦际唐《访采石矶太白楼赋》先言浮游主人因无聊而思李白,而李白踪迹所及海内有三楼,独临乎长江之楼"尤耸拔而嵚奇","于是买舟金陵,溯流而上",江行而至太白楼。登上楼后,浮游主人"登高四顾",遥想李白之行踪,而抒发人生白驹过隙、万古消愁唯酒等千古同慨。"诵青天片云之句,听江声之潺湲焉;吟孤帆两岸之诗,喜诸峰之回环焉。"[②]临江之楼,见青天片云,听江声潺湲,更可诵太白诗章。陈作霖《采石矶访太白楼赋》言冶麓山人爱好探幽怀古,而驾舟过新林浦,抵达采石矶,听闻太白楼尚存,而登楼拜谒李白。简言楼貌"三楹小筑,数仞非危"等后,"南睨歙阜,北望淮湄。皖公之山光西捝,建业之江水

①　《历代辞赋总汇》第 21 册,第 21515—21516 页。
②　《历代辞赋总汇》第 19 册,第 18885 页。

东驰"，以黄山、淮河、天柱山、建业(南京)言太白楼四顾之形胜,此实为遥想之虚景,而令人"回眸四顾,心旷神怡"。继之以"问谪仙其焉往",以时间为序,言李白待诏侍从、赐金放还、浪迹金陵、寄居匡山、夜郎赦还、游当涂采石、行止当涂等踪迹。再从遥想之历史,回到身处之楼阁,言太白楼此时之情形"荒榛藏兔,老树鸣鸦。鸳乱飞而坠瓦,螭蜷伏而留碑",而感慨"风流主客"之相得。①

其三,以太白楼为立足点,遥想李白行踪襟怀。樊增祥《访采石矶太白楼赋》先言太白楼之形胜,如"江澒洞而蟠龙,石嵌崟而踞虎……极眺钟山之顶,云起如龙;回看彭蠡之流,川平似掌",长江是形胜的核心要素,"江水浩浩,即先生凤凰之池",与李白风流文采相得益彰。在铺陈形胜的同时,往往化用李白诗句以展现其名气、风采、襟怀等,将太白楼之江山形胜与李白之风流俊才融为一体,如赋言:"下临百丈,真堪弹压蛟虬;更上一层,何止踢翻鹦鹉。齐名如杜陵叟,差许肩随;并世无谢宣城,不当首俯……仙人好此,时跨鹤以翱翔;江路依然,或骑鲸而来往。"在铺陈太白楼形胜之后,赋家以"想其石城始至,金殿刚离"开始,铺陈李白赐金放还、漫游江南、流放夜郎等事,赞扬李白蔑视富贵荣华,寄情诗酒的胸怀,如赋言:"其霞抱霜襟,聊寄于酒。其英识远量,不尽于诗。"结之于"想巾尘之风流,缅云霄之羽翮"。② 该赋构思精妙,李白、太白楼、长江浑然一体,气韵盎然,是长江赋中的佳作。

以上三种空间结构中,长江虽然一般并非赋作铺陈的重点,但其所起的作用无法忽视,且殊为独特。一是长江成为赋家得以登临太白楼的前提条件,无长江则无江行,无江行则无停舟上岸以登楼之活动的发生。如樊增祥《访采石矶太白楼赋》序言:"仆浮江下

---

① 《历代辞赋总汇》第 18 册,第 18189—18190 页。
② 《历代辞赋总汇》第 20 册,第 19807—19808 页。

上,绵历二纪,轮舟飞渡,不淹晷刻,凭高远眺,但见楼殿丹碧,云林亏蔽而已……余既哀太白之遇,复结想于兹楼,爰为斯赋以散怀。"①梁国治《太白楼画壁赋》言:"暑往寒来,牛渚三更之月;东西南北,长江万里之船。其孰不沈吟江畔,酹酒祠前也哉!"②樊增祥、梁国治正是江行途中停舟采石矶,登太白楼而寄怀李白之人。二是长江是采石矶太白楼区别于其他太白楼的关键地理因素,是太白楼形胜之核心。秦际唐《访采石矶太白楼赋》:"其踪迹所留,海内有三楼焉,皆足以移情而俯仰。独采石矶前之楼临乎大江,尤耸拔而嵌奇。""如此江山,是巫峡西来锁钥。"③张宝森《访采石矶太白楼赋》:"大江万里,直下夔府。采石一矶,中流踞虎。供奉危楼,瞰远若俯。"④三是长江是李白行踪的重要线索。秦际唐《访采石矶太白楼赋》言:"浮长江而东指。"⑤李恩绶《访采石矶太白酒楼赋》序言:"自有斯矶,当有此楼,即不可无此客。"⑥太白楼作为建筑,其独特价值在于其地理位置——采石矶,更在于人文意蕴——李白。李白乃蜀人,在古人的地理认知中,"岷山导江",长江源出蜀地岷山。出身于长江源头蜀地的李白,到长江下游的采石矶,其行踪中的长江显著,即李恩绶《访采石矶太白酒楼赋》言:"蜀青莲乡,岷流抱注。"⑦蜀地青莲乡,流淌着源自岷山的江流;江流浩浩,经千里而至此楼。这是江水的流动,也是李白的行踪。长江于此是李白行踪的独特线索。四是长江作为水之象征,具有时间永恒

① 《历代辞赋总汇》第 20 册,第 19806—19807 页。
② 《历代辞赋总汇》第 12 册,第 11412 页。
③ 《历代辞赋总汇》第 19 册,第 18885 页。
④ 《历代辞赋总汇》第 20 册,第 20602 页。
⑤ 《历代辞赋总汇》第 19 册,第 18885 页。
⑥ 《历代辞赋总汇》第 18 册,第 18160 页。
⑦ 《历代辞赋总汇》第 18 册,第 18160 页。

的意蕴,因此能沟通古今。如李恩绶《访采石矶太白酒楼赋》言:"我来凭阑访遗迹,大江年年涌月魄。照见高楼势百尺,但有此楼无此客。"①长江恒在,见楼而思李白之不存,倍增感慨。

三、现实与文本中的江楼

黄鹤楼与采石矶太白楼均为名胜之地,作为长江地理空间中具有确定性的一点,不仅是历史遗迹或地标建筑,更是一个不断被人们谈论、书写而层层累积的话题。也就是说,其不仅属于广义的物的范畴,而且是物质文明的典型呈现,也属于事的范畴,具有复杂的意义内涵。因此,黄鹤楼、采石矶太白楼书写的本身具有历史的传统,左右着人们,包括赋家对其进行观照乃至书写的方式。它们早已在经典文本的传播与接受过程中,形成具有文本层面的独立形象、独特意蕴,乃至与现实中的江楼存在一定的背离现象——现实中的江楼经过重建,加之与长江的地理关系受到自然演变的影响,所以古今不同。

文本中的江楼影响之大,可见于这一说法,相传李白登黄鹤楼后感慨"眼前有景道不得,崔颢题诗在上头"②,没有留下诗作而去,即面对崔颢《黄鹤楼》这种文本中的江楼的压力,李白虽置身于现实江楼,但无胜出崔诗的创作信心,展现出"名胜被占领之后"③的一种创作困境。李白是天才般人物,其创作期待自然极高,崔颢《黄鹤楼》这种文本中的江楼对其而言,更多的是一种压力。后代

---

① 《历代辞赋总汇》第 18 册,第 18161 页。

② [元]辛文房撰,傅璇琮主编:《唐才子传校笺》第 1 册,中华书局 1987 年版,第 201 页。

③ 商伟著:《题写名胜:从黄鹤楼到凤凰台》,生活・读书・新知三联书店 2020 年版,第 139 页。

诗人在放低姿态、降低期待的情况下,继续题写黄鹤楼,此前文本中的江楼对其而言更多的是一种动力。回到长江赋,赋家书写黄鹤楼、采石矶太白楼,面对"名胜被占领之后"的文学语境,接受着文本中江楼的压力与动力,其书写不仅是对人类建筑、自然景观的赏玩,更存在着一种文本间的对话,乃至互文,即现实江楼形象之外,文本江楼形象参与构建了赋家践履、书写的空间。

现实中的江楼作为赋家直接以身体进行感受的真实空间,易于被赋家视听等感官进行信息的接收与处理,其真实性在现实与赋作之间呈现为空间的有限性、建筑的唯一性等。与现实江楼相对,文本江楼是赋家在诗歌、史传等知识的基础上构建的想象空间,是一种从文本到文本的意识活动的产物,想象的特性使得赋作中的文本江楼呈现出空间的无限性、建筑的层叠性等。

张宝森《访采石矶太白楼赋》言登楼远望之景,为"瞻谢朓之宅""眺王敦之城""加以慈姥之峰绵互,丹阳之湖滉漾"。[①] 谢朓宅、王敦城出自许浑《酬郭少府先奉使巡涝见寄兼呈裴明府》:"谢朓宅荒山翠里,王敦城古月明中。"[②]慈姥峰、丹阳湖出自李白《姑孰十咏》中的"慈姥竹""丹阳湖"。赋家借助文本想象,将谢朓宅、王敦城、慈姥峰、丹阳湖等置于太白楼空间之中,这远远超出现实空间的范畴,展现了文本江楼空间的无限性。

冯煦《黄鹤楼赋》言"极乾坤日夜之流,龙吟梦泽;坼吴楚东南之界,鹤下秋江""邈侧身而四顾,怆今古之悠悠"。[③] 这两条赋文,

---

① 《历代辞赋总汇》第 20 册,第 20602 页。

② 《全唐诗》第 16 册,第 6101 页。

③ 《历代辞赋总汇》第 20 册,第 19777 页。

一出自杜甫《登岳阳楼》"吴楚东南坼，乾坤日夜浮"[①]，一出自陈子昂《登幽州台歌》"念天地之悠悠，独怆然而涕下"。可以说，赋家通过文本想象对黄鹤楼进行书写，黄鹤楼建筑本身不具有唯一性，而是岳阳楼、幽州台等古今建筑的层累。

第五节　江事

　　江事指发生在长江空间中的故事，包括神话传说、历史事件、文人逸事等。这些故事的产生、传播与接受，与长江这一故事环境本身息息相关。赋写江事，自当以叙事为主，情节与人物是核心，场景实乃次要元素。但无论是神话传说、历史事件，还是文人逸事，长江作为叙事场景的主体，显著存在于赋中，有自身独特价值。

一、神话传说

　　长江赋中以神话传说为题的主要有四种。一为汉武射蛟。如唐代独孤授、清代沈初、清代裕瑞同题《汉武帝射蛟赋》，清代李堂《拟汉武帝射蛟赋》，清代方竹《汉武帝江中射蛟赋》。二为画江成路。如赵克宜《画江成路赋》、吴位中《羽扇画江赋》。三为鼋鼍为梁。如唐代王起《鼋鼍为梁赋》。四为江心铸镜。这一种篇数最多，最为显著。

---

　　① ［唐］杜甫著，［清］仇兆鳌注：《杜诗详注》，中华书局 1979 年版，第 1946 页。

(一)汉武射蛟

汉武射蛟在正史中有明确记载。《汉书·武帝纪》言汉武帝元封五年(前 106)冬:"行南巡狩,至于盛唐,望祀虞舜于九嶷。登灊天柱山,自寻阳浮江,亲射蛟江中,获之。"颜师古注曰:"许慎云'蛟,龙属也'。郭璞说其状云似蛇而四脚,细颈,颈有白婴,大者数围,卵生,子如一二斛瓮,能吞人也。"①唐代独孤授《汉武帝射蛟赋》开篇即铺陈汉武帝江行盛大阵势:"有汉武彻,惟时巡省。穷楚之望,极江之永。舳舻塞川,旗甲荡景。"后则铺陈射蛟场景,结之以"岂徒与射夫渔父,较勇而论最"。② 其对汉武射蛟持批评态度。清代裕瑞《汉武帝射蛟赋》开篇言"元封五年,浔阳江上。武帝射蛟之役,舳舻相望"③。也是先言明了故事发生场地。事实上,长江作为汉武射蛟的故事场景,均被赋家注意到并展现于赋作中,但由于叙事是赋家的主要目的,因此赋家并未对长江着墨太多。

(二)画江成路

吴猛画江成路属于道教神话传说,赵克宜《画江成路赋》(以吴猛挥扇画江成路为韵)题中点明人物、道具,吴位中《羽扇画江赋》(以羽扇画江遂为陆路成韵)题中点明道具,均指向《搜神记》的记载:

> 吴猛,濮阳人。仕吴,为西安令,因家分宁。性至孝。遇至人丁义,授以神方;又得秘法神符,道术大行……后

---

① 《汉书》第 1 册卷 6,第 196 页。
② 《历代辞赋总汇》第 2 册,第 1718 页。
③ 《历代辞赋总汇》第 14 册,第 13823 页。

将弟子回豫章,江水大急,人不得渡。猛乃以手中白羽扇
画江水,横流,遂成陆路,徐行而过。过讫,水复。观者
骇异。①

《搜神记》中仅言"江水",未明确说"江"乃"长江","豫章"等地
名也无法作为长江之旁证。但赋家笔下指明了"江"为长江,对长
江进行了铺陈。赵克宜《画江成路赋》言:"长江汇章贡之流,潮回
地轴;客路试神仙之术,气慑天吴。"②长江属于"江"中势力极强
者,以此作为吴猛神通施展的空间,作为神通降服的自然力量代
表,更能彰显神通的强大。吴位中《羽扇画江赋》先言:"尔其源发
岷山,流分震泽。会汉水之千条,接淮源于一脉。相望尽鲲溟鳀
壑,极诡谲于波神;其中有贝阙珠宫,乐游行于水伯。"其极状长江
水系之广、水流之大,实则为"画江"做铺垫:"一挥乍落……则见摇
风绝岸,倒影长江……撤洪波于腕下,流即成双。非拊马于子高,
助势而川流可跃;岂挥军于诸葛,望风而水族俱降。由是岛屿皆
平,鱼龙悉避。褰裳之就无难,破浪之情可遂。转洪波为周道,不
同鼋驾之梁;变险道为康衢,只借鸿垂之翅。"③

(三)鼋鼍为梁

《竹书纪年》载周穆王"三十七年,伐越,大起九师,东至于九
江,叱鼋鼍以为梁"④。唐代王起作《鼋鼍为梁赋》将此神话传说作

---

① 马银琴译注:《搜神记》,中华书局 2012 年版,第 24 页。
② 《历代辞赋总汇》第 18 册,第 17870 页。
③ 《历代辞赋总汇》第 22 册,第 22322 页。
④ [清]朱右曾辑,王国维校补,黄永年校点:《古本竹书纪年辑校》,辽
宁教育出版社 1997 年版,第 14 页。

为祥瑞故事进行书写,其韵"以王师远征水族冥感为韵",表明了鼋鼍为梁的祥瑞性质,即鼋鼍为水族的代表动物,架起桥梁属于对帝王盛德的感应。该赋言"临九江"①,但未对长江展开具体铺陈,正反映了祥瑞故事本身的虚妄,以及赋作叙事的明显虚构。

(四)江心铸镜

江心铸镜本为历史中的真实事件。所铸之镜,因铸造之地在长江江心而得名江心镜,又名水心镜,是唐代扬州进献的铜镜。唐代李肇《唐国史补》载:"扬州旧贡江心镜,五月五日扬子江心所铸也。或言无有百炼者,或至六七十炼则已,易破难成,往往有自鸣者。"②《旧唐书·德宗纪》言在大历十四年(779),将"扬州每年贡端午日江心所铸镜"罢去。③ 今天的考古发现有江心镜实物。如图 3-1 为"黑石号"沉船出水的江心镜,镜上有字为"扬子江心百炼造成唐乾元元年戊戌十一月廿九日于扬州"。

清代赋家创作了多篇江心镜赋,笔者所辑为 11 篇:姚文然、范驹、周作楫、何绍基、孔庆瑚、何冠英、赵新同题《江心镜赋》7 篇,梁恩霖、陶然、王之佐同题《江心铸镜赋》3 篇,蔡廷弼《水心镜赋》1 篇。

赋家笔下的江心镜,并非历史上唐代宫廷所用铜镜,而是传说中可以呼风唤雨的神物,即江心镜在赋家笔下是作为神话传说而存在的。在农业文明时代,风调雨顺对农业生产十分重要,因此古人热衷于各种呼风唤雨的仪式或传说。赋家所写的江心镜,可见于《太平广记》引《异闻录》的《李守泰》一则:

---

① 《历代辞赋总汇》第 2 册,第 1793 页。
② [唐]李肇:《唐国史补》,古典文学出版社 1957 年版,第 64 页。
③ [后晋]刘昫等:《旧唐书》卷 12,中华书局 1975 年版,第 322 页。

图 3-1 江心镜

唐天宝三载五月十五日,扬州进水心镜一面。纵横九寸,青莹耀日。背有盘龙长三尺四寸五分,势如生动。玄宗览而异之。进镜官扬州参军李守泰曰:"铸镜时,有一老人,自称姓龙名护,须发皓白,眉如丝,垂下至肩,衣白衫。有小童相随,年十岁,衣黑衣,龙护呼为玄冥。以五月朔忽来,神采有异,人莫之识。谓镜匠吕晖曰:'老人家住近,闻少年铸镜,暂来寓目。老人解造真龙,欲为少年制之,颇将惬于帝意。'遂令玄冥入炉所,扃闭户牖,不令人到。经三日三夜,门左洞开。吕晖等二十人于院内搜觅,失龙护及玄冥所在。镜炉前获素书一纸,文字小隶云:'镜龙长三尺四寸五分,法三才,象四气,禀五行也。纵横九寸,类九州分野。镜鼻如明月珠焉。开元皇帝圣通神灵,吾遂降祉。斯镜可以辟邪,鉴万物。秦始皇之镜,无以加焉。'歌曰:'盘龙盘龙,隐于镜中。分野有象,变化无穷。兴云吐雾,行雨生风。上清仙子,来献圣聪。'吕晖等遂移镜炉置船中。以五月五日午时,乃于扬子江铸之。未铸前,天地清谧。兴造之际,左右江水忽高三十余尺,如雪山浮江,又闻龙吟,如笙簧之声,达于数十里。

稽诸古老,自铸镜以来,未有如斯之异也。"帝诏有司,别掌此镜。至天宝七载,秦中大旱,自三月不雨至六月。帝亲幸龙堂祈之,不应。问昊天观道士叶法善曰:"朕敬事神灵,以安百姓。今亢阳如此,朕甚忧之。亲临祈祷,不雨,何也? 卿见真龙否乎?"对曰:"臣亦曾见真龙,臣闻画龙四肢骨节,一处得似真龙,即便有灵验。用以祈祷,则雨立降。所以未灵验者,或不类真龙耳。"帝即诏中使孙知古,引法善于内库遍视之。忽见此镜,遂还奏曰:"此镜龙真龙也。"帝幸凝阴殿,并召法善祈镜龙。顷刻间,见殿栋有白气两道,下近镜龙。龙鼻亦有白气,上近梁栋。须史充满殿庭,遍散城内。甘雨大澍,凡七日而止。秦中大熟。帝诏集贤待诏吴道子图写镜龙,以赐法善。(出自《异闻录》)[①]

扬州官员李守泰向唐玄宗叙说了江心镜铸造经过:铸镜工匠吕晖在一位龙护老人的帮助下,考虑到三才、四气、五行、九州分野等阴阳五行之说及天时地利的道理,将铸镜的火炉搬到江中大船上,在五月初五正午铸镜;铸成之时,长江出现异象。后来,秦中大旱,唐玄宗在祈雨失败后,找到道士叶法善寻求祈雨办法,叶法善在玄宗内库中找到这个江心镜,以江心镜祈雨,顷刻间,天降甘霖。

江心镜本为人工所造,赋家虽从神话传说角度刻画此物,将其当作"神物",但其作为"实物"的人工痕迹并未消失。王之佐《江心铸镜赋》言:"溯神物之精灵,识化工之微妙。"[②]其把江心镜看作天

---

① [北宋]李昉等编,张国风会校:《太平广记会校》第9册,北京燕山出版社2011年版,第3558—3560页。

② 《历代辞赋总汇》第21册,第21701页。

地造化所成的神物。江心镜的人工痕迹在于其为唐代开元年间所铸之江心镜,赋家往往着力书写铸镜经过。如梁恩霖《江心铸镜赋》言:"广陵古郡,扬子名邦。时当重午,镜出惊泷……此之谓盘龙之鉴,宝于唐代而铸自长江也。在昔天宝,九牧贡金。"①赋中点明此江心镜乃唐天宝年间铸于长江扬州段之中。

就江心镜与长江的关系来看,镜与江同构,写镜与写江不分。首先,江同镜,江可映照日月万山。如王之佐《江心铸镜赋》言:"倒映金焦两点,拍浪无痕;高悬日月双丸,浴波有曜。天浮江外,凌虚之色相都空;人在镜中,入画之须眉毕照。"②江面如镜,倒映金山、焦山,太阳、月亮,人行江中如在镜中,江面倒映着人的面容,这是将江面等同于镜面。梁恩霖《江心铸镜赋》言:"明灭波光,静照金山塔影。"③江面映照着金山上的塔影。其次,镜同江,镜唯江心可铸。如梁恩霖《江心铸镜赋》言:"识神物之指明,惟江心其可铸。"江心镜为神物,只有在江心才能铸成。这是因为"九转而范镕波面""千锤而光耀波心",波面、波心是镜面的原型。最后,镜因江而显。赵新《江心镜赋》开篇言:"陆离古镜,苍莽长江。"④该赋中古镜与长江对举,将古镜之小物置于长江之大空间之中,在长江空间的书写中展现古镜的奇异。

二、历史事件

长江天堑,阻隔南北,是天然形成的防御屏障,其军事价值历来受到重视。历史上,长江上的战争不断上演,南征、北伐难以绕

---

① 《历代辞赋总汇》第 18 册,第 17597 页。

② 《历代辞赋总汇》第 21 册,第 21701 页。

③ 《历代辞赋总汇》第 18 册,第 17597 页。

④ 《历代辞赋总汇》第 18 册,第 18541 页。

开长江。就长江赋而言,火烧赤壁、王浚破吴、中流击楫、采石之战是最为著名的历史事件。以火烧赤壁为题材的长江赋有禹星《赤壁纵火烧兵赋》、缪德棻《周瑜纵火烧曹兵赋》、魏兰汀《周瑜纵火烧曹兵赤壁下赋》、叶长龄《周瑜火烧曹兵赤壁下赋》、叶兰《赤壁纵火破曹赋》、李寿蓉《赤壁烧兵赋》。以王浚破吴为题材的长江赋有吴艇《王龙骧楼橹东下赋》、刘源汇《王浚楼船下益州赋》。以中流击楫为题材的长江赋有王锡衮、李慎徽、赵望曾同题《中流击楫赋》。以采石之战为题材的长江赋有赵霖《虞允文大破金人于采石赋》、袁一清《虞允文败金军于采石赋》。以长江为中心,火烧赤壁自南攻北,王浚破吴自西攻东,中流击楫乃北伐途中之事,采石之战为南军抗北,可见这些历史事件涵盖了长江东西南北中等方位,展现了宏阔的长江空间。

以上江事之中,以火烧赤壁最为典型,文学影响也最为突出,相关赋作最多,其价值在于以下两个方面:一是长江的军事价值凸显。缪德棻《周瑜纵火烧曹兵赋》言:"谓曹公初胜于新野,则锋不可当,又循乎长江,则险还与共。"①二是以人系事,在火烧赤壁的书写中,凸显苏轼影响。苏轼所游之黄州赤壁,并非三国赤壁之战的真实战场。对此,古人辨之已明。但在后代的赤壁之战书写中,往往体现着苏轼赤壁之游及其赋、词等的显著影响。缪德棻《周瑜纵火烧曹兵赋》赋末言:"而过之者莫不效太白之歌,而诵老坡之赋。"②其中,"老坡之赋"即苏轼所作前后《赤壁赋》。禹星《赤壁纵火烧兵赋》"到后来唱大江东去,苏东坡之向赤壁来游也,一帆乘便"③提及苏轼的《念奴娇·赤壁怀古》与赤壁之游。抚今追昔,将

① 《历代辞赋总汇》第 18 册,第 17686 页。
② 《历代辞赋总汇》第 18 册,第 17686 页。
③ 《历代辞赋总汇》第 14 册,第 13117 页。

苏轼的赤壁之作与赤壁之游,当作漫长时间长河中的一座高山,在赤壁书写中状其声色。

三、文人逸事

李白乘舟泛月、白居易浔阳琵琶、苏轼赤壁之游等是长江赋着力书写的文人逸事。以李白乘舟泛月为题的长江赋,有清代孙炳荣《李太白乘舟泛月赋》。以白居易浔阳琵琶为题的赋作数量较多,有宋嗣璟、夏思沺、韩潮、沈丙莹、王再咸、姚济雯、田依渠、陶然、郭道清、周庆贤、朱凤毛、刘巽封同题《浔阳琵琶赋》12篇,以及曾元澄《白太傅浔阳琵琶赋》、何琳《白司马江上闻琵琶赋》、饶际石《白司马江上琵琶赋》,总计15篇。以苏轼赤壁之游为题的长江赋数量更多,对苏轼赤壁之游的书写与对前后《赤壁赋》经典文本的接受、苏轼对长江赋创作传统的深刻影响等密切相关,本书第七章专门讨论。于此以白居易浔阳琵琶为例,从长江书写角度进行探究。

白居易浔阳琵琶一事出自其《琵琶行》(一名《琵琶引》),诗写浔阳江头所见的琵琶女技艺高超但色衰不幸的遭遇,诗人在表达同情的同时抒发自身愤懑之情。长江作为诗中诗人送客、偶遇琵琶女之地,与诗歌取得巨大艺术成就、传唱千古不无关系。

《琵琶行》中的长江书写集中在以下几句:

> 浔阳江头夜送客,枫叶荻花秋瑟瑟。主人下马客在船,举酒欲饮无管弦。醉不成欢惨将别,别时茫茫江浸月。忽闻水上琵琶声,主人忘归客不发……东船西舫悄无言,唯见江心秋月白……去来江口守空船,绕船月明江

水寒……春江花朝秋月夜,往往取酒还独倾。①

从故事发生地来看,诗中所写乃长江渡口所见江景。"浔阳江头"即今九江的长江边(九江古称浔阳);"送客"之地,"主人下马客在船"当指渡口;"江浸月"正是长江最为优美的景象之一,以美景写哀情,更显哀伤;"水上琵琶",自不同于酒楼中之琵琶声,有着江水之声为其伴音,因江水之声而更为灵动优美;"江心秋月白",与前文"江浸月"呼应;"江水寒",更是江上船中人心寒;"春江花朝",春天繁华映照下的长江,亦为优美之景。总之,《琵琶行》细腻地展现了长江渡口船中,人们视觉、听觉、触觉中的长江;以长江优美之景,衬托诗中人物孤寒哀情。

白居易浔阳琵琶的故事,在后代不断被诗人、画家、音乐家书写。诗歌、绘画中均有对"浔阳江头"这一长江局部景观的书写。反映晚清官场黑暗的《二十年目睹之怪现状》有一个画浔阳琵琶且题诗的情节:

> 此时德泉又叫人去买了三把团扇来。雪渔道:"一发拿过来都画了罢。你有本事把苏州城里的扇子都买了来,我也有本事都画了他。"说罢,取过一把,画了个浔阳琵琶,问写什么款。德泉道:"这是我送同事金子安的,写'子安'款罢。"雪渔对我道:"可否再费心题一首?"我心中暗想,德泉与他是老朋友,所以向他作无厌之求;我同他初会面,怎么也这般无厌起来了!并且一作了,就攘为己有,真可以算得涎脸的了。因笑了笑道:"这个容易。"就

---

① [唐]白居易著,顾学颉校点:《白居易集》第 1 册,中华书局 1979 年版,第 242—243 页。

提笔写出来：

四弦弹起一天秋,凄绝浔阳江上头。

我亦天涯伤老大,知音谁是白江州?①

明代仇英曾画有《浔阳琵琶》一幅(见图 3-2),陈文璟评此画言:

不惟紧扣主文名句,若"主人下马客在船""犹抱琵琶半遮面"等直接描写,还有笔下那种空淡缥缈之意,客船"飘飘乎欲仙"的姿态,颇有"大珠小珠落玉盘"后的宁静,非画中圣手,安能得其中三昧耶?②

图 3-2　仇英《浔阳琵琶》(局部)

与浔阳琵琶的诗画相比,就长江书写而言,长江赋中的相关赋作,因其文体特点,有三个方面值得注意:

一是以浔阳琵琶为题作赋,赋作属于叙事之作,场景、人物、情

① 　[清]吴趼人著,张友鹤校注:《二十年目睹之怪现状》上册,人民文学出版社 1959 年版,第 311—312 页。

② 　陈文璟:《此去山路无多远,元自知津莫问津——绘画圣手仇英》,《中华文化画报》2018 年第 10 期。

节等自不可少,长江正是赋中场景的主体。而浔阳琵琶出自《琵琶行》,赋家难免对原诗的场景进行摹写,即清代陶然所言:"此叙事题也,宜就本诗情景逐层摹写。"①赋中长江与诗中长江有着紧密关联。一方面,赋家往往遵循着原诗的叙事顺序,长江作为场景描写的主体往往出现在开篇、篇末两个节点或其附近。开篇如夏思沺《浔阳琵琶赋》言:"秋风瑟瑟,秋水淙淙。荒烟两岸,明月满艘。浔阳司马,送客寒江。有琵琶之隐隐,发水上之新腔。"②篇末如韩潮《浔阳琵琶赋》言:"空江送远,弥增浩渺之思。"③另一方面,赋家对原诗中的长江意象,尤其是江月意象多有摹写。《琵琶行》两次书写了江月,一为"别时茫茫江浸月",二为"唯见江心秋月白"。赋家不仅写江月,如田依渠《浔阳琵琶赋》言"月照浔江"④,曾元澄《白太傅浔阳琵琶赋》言"江月茫茫"⑤,饶际石《白司马江上琵琶赋》言"时也江月荒荒"⑥;还对原诗句进行了化用,如宋嗣璟《浔阳琵琶赋》言"月浸空江"⑦,王再咸《浔阳琵琶赋》言"波心月白"⑧。

二是赋之为体,善于铺陈物象。一方面,赋中长江书写多有超出原诗之处,拓展了原诗中的长江元素,如沈丙莹《浔阳琵琶赋》言"江出游鱼""江头而独对峰青"⑨,将江中之鱼、江岸之山引入叙事之中,长江动物、长江之山增加了长江书写的内容;另一方面,赋中

---

① 《历代辞赋总汇》第 19 册,第 18911 页。

② 《历代辞赋总汇》第 17 册,第 16820 页。

③ 《历代辞赋总汇》第 17 册,第 17072 页。

④ 《历代辞赋总汇》第 19 册,第 18681 页。

⑤ 《历代辞赋总汇》第 23 册,第 23614 页。

⑥ 《历代辞赋总汇》第 23 册,第 23796 页。

⑦ 《历代辞赋总汇》第 16 册,第 16060 页。

⑧ 《历代辞赋总汇》第 18 册,第 17678 页。

⑨ 《历代辞赋总汇》第 18 册,第 17409 页。

长江的形象更为突出,在人物关系中扮演着更为重要的角色,承载了愁、恨等情感。如夏思沺《浔阳琵琶赋》言:"我来江上遇愁人,莫把愁怀诉江水。一曲悲歌,销魂若此。况乃江流呜咽,人事凄其。"①长江乃我与愁人相遇之地,江水可以倾听愁怀,且其声音呜咽,正是因为被人事的凄凉愁苦所感染。又如郭道清《浔阳琵琶赋》言:"旧梦谁怜,江水长流别恨。"②长江之水,浩荡长流,一如别恨之深长。

　　三是赋中长江体认更为明确,或是直言长江之名,或是凸显长江显著特点。赋家一方面对原诗句中的"浔阳江头"有所铺陈,在浔阳江之外,还有浔江、秋江、寒江、空江等名称,如姚济雯《浔阳琵琶赋》言"惟时浔阳江上"③,田依渠《浔阳琵琶赋》言"月照浔江"④,周庆贤《浔阳琵琶赋》言"赋别秋江"⑤,韩潮《浔阳琵琶赋》言"看此日寒江舟畔"⑥,陶然《浔阳琵琶赋》言"空江欲暮"⑦;另一方面,则径用长江之名,或突出长江的显著特点,如韩潮《浔阳琵琶赋》"烟水长江,久做浮家之客"⑧出现长江之名,王再咸《浔阳琵琶赋》"送客来万里秋江,地分南北"⑨所言"万里"之江,因之分地之南北,分明是长江的显著特点。

---

① 《历代辞赋总汇》第 17 册,第 16820 页。

② 《历代辞赋总汇》第 19 册,第 19021 页。

③ 《历代辞赋总汇》第 18 册,第 17748 页。

④ 《历代辞赋总汇》第 19 册,第 18681 页。

⑤ 《历代辞赋总汇》第 20 册,第 20344 页。

⑥ 《历代辞赋总汇》第 17 册,第 17072 页。

⑦ 《历代辞赋总汇》第 19 册,第 18910 页。

⑧ 《历代辞赋总汇》第 17 册,第 17072 页。

⑨ 《历代辞赋总汇》第 18 册,第 17678 页。

第四章　长江赋的审美观照

　　长江不仅是一种自然景观,更是一种人文景观。在赋家笔下,长江作为人类社会的活动空间,其客体地位决定了自身可被不同主体阐释而形成丰富的审美观照。赋家在对长江进行审美观照时,往往从人本身出发,以人观江,以江观人;进而以"言志""缘情"的诗来观江,其审美角度游移在人与诗之间,呈现出人化与诗化的特点。长江不仅为赋家带来空间的深度,也带来了时间的深度。长江作为空间中的存在物,万古长流,却逝者如斯,永恒性与流逝性在长江中得到了统一,赋家的审美观照内涵凝聚于长江的时间性中。壮美与优美是美感的基本分类,二者一般是对立的,但在赋家的审美观照中得到了融合,因此产生了别样美感。

第一节　人化与诗化

　　长江作为客体景观,赋家在观赏、描述其源流、形态、色彩、声音等内涵的时候,其立足点或者说出发点何在? 考之于长江赋,可以看到赋家在对长江进行审美观照的时候,将人与之对照,或以人写江,或以江写人,涉及人品、人体、人事,呈现出审美观照中人化的特点。与此同时,诗与赋互动,诗体渗透于赋体,赋体对诗体的渗透又具有反作用力,赋家的审美观照具有诗化特征。可以说,赋家对长江进行审美观照时,其立足点或出发点是人与诗。

一、人化

以人观江而把江人化源于原始先民思维中的以己观物、感物,但又有所不同,赋家不仅能够以个体之人,即自身观江,也能够以普遍、抽象之人,即理想人格、纷繁人事观江,并以江反观人格、人事等抽象内容。

在长江赋创作的早期阶段,长江作为客体空间,成为赋家书写的对象,其异于赋家自身的特质得到了重点观照。南朝梁江淹《江上之山赋》在铺陈了江上之山"见红草之交生,眺碧树之四合。草自然而千花,树无情而百色"的自然美景之后,视角由江上之山转到世道人事"嗟世道之异兹,牵忧悲而来逼"[1],以江上之山作为世道人事的参照物,以江上之山的秀美、令人愉悦反衬世道人事的险恶、令人忧愤。在江淹赋中,人与江相得,但仍相隔,未见江之人化。这种情况在后代赋家笔下有所转变,唐代张说《江上愁心赋》融情入景,其景即为人在江上舟中所见江景,"江上之峻山""江上之深林"[2]等无不因赋家愁心而成愁景,景与情谐,江与人在情感上无隔,显露出江之人化的雏形。江与人关系观照的极致,是江的人化。这种审美观照的形态,在北宋李觏《长江赋》、南宋李纲《江上愁心赋》等赋作中已具规模,明清赋作则有所承继发扬。

(一)以人写江

长江是人类生活的空间,人与江居,江含人情;长江有形,但其

----

① 《江文通集汇注》卷2,第83—84页。
② 《历代辞赋总汇》第2册,第1322页。

全形无法被肉眼收摄。人最熟悉的正是人。因此,赋家通过自身
譬喻以书写长江,其中,以人之身体、品行,以及人事状写长江较为
普遍。

其一,以人之身体拟江。北宋李觏《长江赋》言:"则江之为水,
臣不得而计之矣。蜀焉我顶,吴焉我腹,淮我之腋,海我之足。朝
溪暮谷,刮骨磨肉。委之填之,而莫饱其欲。"①该赋造语新奇,以
人之顶、腹、腋、足等身体部位拟写长江所涵括的蜀、吴、淮、海等地
域。人顶为头,人足为底,"蜀焉我顶""海我之足"与长江源头在蜀
地、终归于海相符;腹在人躯体中间靠上部位,腋在肩膀之下,"吴
焉我腹""淮我之腋"跟长江与吴地、淮河的实际地理位置关系大体
相合。此外,赋家跳出前人窠臼,改以往的长江汇集众流为溪谷对
长江(身体)的"刮骨磨肉",即溪水、山谷抢夺江水以满足欲求,但
是长江(身体)的损耗并不能满足溪谷的欲望,"莫饱其欲"正表现
出长江流经溪谷的繁多,以独特的身体想象展现了长江与溪谷的
关系。此外,清代方履篯《拟江文通江上之山赋》"千步一曲兮走断
山以为骨"②,将山比作长江骨架。清代袁一清《长江赋》言:"下自
狼山,上沂巴蜀。历五省六千里,扼吾吭而陷吾腹。"③"吾"即长
江,吭、腹为身体部位。

其二,以人之品行拟江。清代朱书《春江赋》言:"石相挠而不
浊,蠡欲测而弥渊。蓄贝阙以为富,抱骊珠而自眠。春常盈于天
地,江乃罥于简篇。涌文澜而不息,奠海柱而无偏。"④其在对长江
自然形态进行描摹的同时,掺入了自身对高尚人格的向往。"不

①　《李觏集》,第 1—2 页。

②　《历代辞赋总汇》第 15 册,第 14467 页。

③　《历代辞赋总汇》第 20 册,第 20111 页。

④　《历代辞赋总汇》第 11 册,第 9921 页。

浊"则清,"弥渊"则深,"不息"则强,"无偏"则正,且其虽"富"而"自眠"。在这些描摹之下,长江俨然是一个学综儒道的传统文人形象,自强不息而又恬淡安然。

其三,以人事状写长江。人事纷繁,包括人伦关系、战争等。如明代祝允明《一江赋》言:"信矣天堑,雄哉谷王。所谓祖百川而父五湖,弟四海而兄三江者欤。"[1]在书写长江与百川、五湖、四海、三江的关系时,以祖、父、弟、兄等人伦关系为喻,将水之关系等同于人伦关系。又如清代董醇《曲江观涛赋》言:"怒镝星寒,任射三千军马。"[2]镝,箭头。飞箭射杀军马之场面,令人血脉偾张,以此夸饰江潮之势。清代吴台《观涛赋》:"随隈穷曲,疑万骑兮腾奔;蹈辟冲津,状三军兮扰攘。"[3]万骑、三军的奔腾、躁动,其势喧天,以此极状江潮之势。

(二)以江写人

长江作为自然景观,宏大而独特,成为赋家笔下书写人格、人事的凭借。但以江写人,并不能够称作人的江化,只是江的人化的另一方面。这是因为赋家以江写人的前提是把江与人等同观之,是更深层次江的人化。即赋家观江不是对象化——江化的过程,而是在与江相对、相融的关系中体验置身长江空间的生命与宇宙力量,这正是庄子所说的"独与天地精神往来"(《庄子·天下》)[4],也同于孟子说的"上下与天地同流"(《孟子·尽心上》)[5]。赋家生

---

① 《历代辞赋总汇》第 6 册,第 5494 页。

② 《历代辞赋总汇》第 17 册,第 17108 页。

③ 《历代辞赋总汇》第 16 册,第 15594 页。

④ [清]王先谦撰,沈啸寰点校:《庄子集解》,中华书局 1987 年版,第295 页。

⑤ 《十三经注疏》(清嘉庆刊本),第 6017 页。

命体验通过长江审美观照,与宇宙力量达成内在联系,是江的人化所能达到的高度。

赋家以江写人,往往是以江之品行拟写人格、以江之形态状写人事。

其一,以江之品行拟写人格。明代祝允明《一江赋》,为其"自书赋",作于弘治十五年(1502),并由祝允明以小楷抄录,现存于上海博物馆。"一江"乃黄琳别号。赋言此别号的来源,乃以物类人,"则有如一江而在天地间也",即此赋乃是通过长江写人,体效汉大赋,堆砌辞藻,罗举名物,不厌其烦,其中重在以江之品行拟写人格。赋用"浑瀚泱漭,浊溃滉瀁。瀓滶蕩以洭㴬,减㴪潚以汋㴵。滈汃潚渤,溟漫而澎滂。浩浩汤汤,汪汪洋洋"①等水偏旁的字极力铺陈长江水势的浩大,以喻黄琳人格之伟大。作为吴中四才子之一的祝允明,其主要生活地域——吴中处于长江下游,长江是此地复杂水系中最为显著的一部分。日与江居的祝允明,在《一江赋》中以人格化的长江书写,颂美黄琳,实际上也寄托着自身对理想人格的追求。赋文结构在于,江即水,水即德,德即人。虽则属于为人所作谀文,但内里含义实为理想人格。

其二,以江之形态状写人事。此处人事包括个人宦海沉浮,也包括战争等。南宋李纲《江上愁心赋》写其行舟江上的见闻感受,由江景及人事,抒发了历史兴衰、世路坎坷之感。其中对江水的书写,呈现出由静到动的转变:"波平风软兮,若枕席之徜徉。忽长飙之暴作兮,巨浪骇以腾骧。声殷殷以雷动兮,涛渺渺以云翔。"起先,风平浪静,赋家徜徉于舟中,怡然自得。突然,狂风暴起,巨浪奔腾,声如雷动,波涛势若翔动之云。面对骇人风浪,"舟人惴栗而

---

①　《历代辞赋总汇》第 6 册,第 5494 页。

不敢进兮,依浦溆而深藏"①,即驾舟之人因恐慌而不敢前进,将舟深藏于江岸。实际上,江上风浪暗喻仕途变幻,"徜徉"与"深藏"实乃赋家自言行藏。对此,阎福龄指出:"这篇赋借江南阴云多变长江风涛无常的特点,因情造境界,寄寓自己对政治风云变幻无常造成的人生多艰、仕途坎坷的慨叹和体验。"②清代孙炳荣《李太白乘舟泛月赋》"情恶可已,忘江间几处风波"③,也是以江间风波喻宦海风波。

此外,还有赋家以江之胜势状写军队。江间水流,极则雄壮非凡、气势凌人,故赋家以此状写军队。清代禹星《赤壁纵火烧兵赋》言:"当曹操之纵兵东下也,非不如翰如飞,如江如汉。"④此句语出《诗经·大雅·常武》"如飞如翰,如江如汉"⑤,其中的"如江如汉"以江汉雄壮水势状写曹操水军之威武阵势,长江正是水军行进之路线,与曹操水军具有空间距离上的接近,乃赋家的就近取譬。

二、诗化

长江及江中、两岸之山所构成的自然空间,不仅有着多样的景色物态,更是古今征战、行人往来、游玩登临之所在。这一自然空间,早已形诸笔端,是为诗文佳篇。因此,赋家在对长江进行审美观照时,往往伴随着对江山之趣与诗文之兴的体认、追模。正如蔡锦泉《东坡后游赤壁赋》言:"江山与造物长存,风月为诗人所

① 《历代辞赋总汇》第 4 册,第 3373 页。
② 霍旭东等主编:《历代辞赋鉴赏辞典》,安徽文艺出版社 1992 年版,第 893 页。
③ 《历代辞赋总汇》第 22 册,第 23006 页。
④ 《历代辞赋总汇》第 14 册,第 13116 页。
⑤ 《诗经注析》,第 920 页。

有。"①江山之趣,亘古长存,可身临其境以直接体认,也可玩赏诗文以间接感受;诗人风月,篇章留存,观之可得诗文兴味,也可寻绎江山趣味。可以说,在源远流长的中国文学发展史中,江山之趣与诗文之兴已经混融为一体,二者无间。这表现在长江赋的创作中就是,赋家对长江的审美观照中含有对江山之趣与诗文之兴的体认、表达,乃至一体化书写。长江赋审美观照中的诗化,实质上是诗体对赋体的渗透;从诗赋两体间的互动来看,赋家在接受诗体影响的同时,也会反作用于诗体,表现于长江赋中,即在以诗入赋过程中,以赋解诗。

(一)以诗入赋

以诗入赋具有显性与隐性两个层面。

其一为显性的以诗为赋题,即以诗句为赋题,或以诗题为赋题。就诗题、诗句的作者而言,基本上是前代大家,如谢灵运、谢朓、李白、杜甫、刘禹锡、杜牧、苏轼。就赋家所选择的诗句而言,均是警句。诗写长江以情胜,长江为诗人情感的典型具象;赋写长江以景胜,长江不仅可以含情,更可以充分构景、言事、喻理,内涵更为丰富,无疑独具自身价值。

以诗句为题的长江赋数量众多,如表 4-1 所示。以诗题为题的长江赋,如李堂、柯万源《春江花月夜赋》。

---

① 《历代辞赋总汇》第 17 册,第 16727 页。

表 4-1　以诗句为赋题的长江赋

序　号	诗　句	出　处	赋家	赋　作
1	临江迟来客	南朝谢灵运《南楼中望所迟客》	张　钊	临江迟来客赋
2	云中辨江树	南朝谢朓《之宣城出新林浦向板桥》	胡积城	云中辨江树赋
3	江城五月落梅花	唐代李白《与史郎中钦听黄鹤楼上吹笛》	胡积城	江城五月落梅花赋
			董毓琦	江城五月落梅花赋
4	江间波浪兼天涌	唐代杜甫《秋兴八首·其一》	陈宝璐	江间波浪兼天涌赋
5	江到浔阳九派分	唐代皇甫冉《送李录事赴饶州》	帅方蔚	江到浔阳九派分赋
6	王浚楼船下益州	唐代刘禹锡《西塞山怀古》	刘源汇	王浚楼船下益州赋
7	江涵秋影雁初飞	唐代杜牧《九日齐山登高》	陈　坚	江涵秋影雁初飞赋
			龚维琳	江涵秋影雁初飞赋
			夏思泅	江涵秋影雁初飞赋
			钱元辉	江涵秋影雁初飞赋
8	江南江北青山多	北宋苏轼《游金山寺》	李恩绶	江南江北青山多赋
			毕子卿	江南江北青山多赋
			李恩授	江南江北青山多赋
			陆兆馨	江南江北青山多赋
			佚　名	江南江北青山多赋
			薛书培	江南江北青山多赋
9	有田不归如江水	北宋苏轼《游金山寺》	朱凤毛	有田不归如江水赋
10	淮海南来第一楼	南宋柴望《多景楼》	陈宝赂	淮海南来第一楼赋

　　其二为隐性地化用诗句于赋文中，展现诗趣。诗中长江主要

是作为意象存在的,如"江间波浪兼天涌"等,魅力非凡,因此渗透于诗体之中,是长江赋中长江意象的诗化。赋家在创作长江赋时,广泛化用诗句于赋文。这些诗句存在复杂的互文性,有单层、双层,乃至多层的互文情形。如清代曹汝金《天下第一江山赋》"看日射黄金之榜"①出自唐代杜甫《宣政殿退朝晚出左掖》"天门日射黄金榜",将壮志欲酬的杜甫诗句纳入赋文,为单层互文。清代梁国治《太白楼画壁赋》"峨嵋山月,半轮之江影平分"②出自唐代李白《峨眉山月歌》"峨眉山月半轮秋,影入平羌江水流"③。清代樊增祥《访采石矶太白楼赋》"安得抽刀断水,消尔牢愁"④出自唐代李白《宣州谢朓楼饯别校书叔云》"抽刀断水水更流,举杯消愁愁更愁"⑤。将李白诗句纳入书写太白楼的赋文中,为双重互文。清代李恩授《江南江北青山多赋》"横成岭,侧成峰,庐阜之旧诗并读"⑥乃化用北宋苏轼《题西林壁》诗句"横看成岭侧成峰"⑦,将苏轼诗句纳入以苏轼诗句为题的赋文中,也为双重互文。至于清代邓方《拟苏子瞻前赤壁赋》"天生我才,必有所用"⑧,出自唐代李白《将进酒》"天生我材必有用"⑨,将李白诗句化为苏轼话语,纳入书写苏轼的赋文中,互文关系更为复杂,为多重互文。赋家通过化用诗句,建构诗赋间的互文关系,涵括了更为深广的诗意。

---

① 《历代辞赋总汇》第 21 册,第 21571 页。

② 《历代辞赋总汇》第 12 册,第 11411 页。

③ ［唐］李白著,［清］王琦注:《李太白全集》,中华书局 1977 年版,第 441 页。

④ 《历代辞赋总汇》第 20 册,第 19807 页。

⑤ 《李太白全集》,第 861 页。

⑥ 《历代辞赋总汇》第 22 册,第 22093 页。

⑦ 《苏轼诗集》第 4 册,第 1219 页。

⑧ 《历代辞赋总汇》第 21 册,第 20774 页。

⑨ 《李太白全集》,第 179 页。

(二)以赋解诗

上举以《春江花月夜》为题的长江赋,是李堂、柯万源同题之作。事实上,在此二人之外,清代还有赋家创作了《春江花月夜赋》,如朱兰,但其赋作并非长江赋。这是因为其赋中的"江",泛指江河,而不是特指长江,无法根据赋作文本确证为长江赋。这种同名异实的创作现象,实际上反映了赋家以赋解诗时的不同解读取向。

以诗题为赋题现象中的《春江花月夜》,专指唐代张若虚所作《春江花月夜》。这首诗是"诗中的诗,顶峰上的顶峰"①,历来为人所重,诗题"春""江""花""月""夜"五字均有诗评家对其进行解读。对于"江"字,有长江、一般江河两种主要的看法。刘学锴结合张若虚的籍贯与生平,指出《春江花月夜》中的"江"为入海口附近之长江:"张若虚是扬州人,唐代长江入海口距扬州较现在要近,诗中所描绘的当是诗人在他家乡扬州附近所望见的景象。"②莫砺锋认为"全诗的核心主题只有一个,那就是'月'"③,"江"从属于"月",并言:"春天多雨,江水迅涨,东流的江水遇到从大海西上的潮汐,互相鼓荡,浩渺无边。"④东流入海之江水并非仅有长江。刘学锴确证了诗中实景,莫砺锋注意到诗意虚象,均是从不同角度解诗的观点。

---

① 闻一多:《宫体诗的自赎》,载闻一多著《唐诗杂论》,岳麓书社 2010 年版,第 21 页。

② 刘学锴:《唐诗选注评鉴》卷上,中州古籍出版社 2013 年版,第 134 页。

③ 莫砺锋:《莫砺锋讲唐诗课》,江苏凤凰文艺出版社 2019 年版,第 85 页。

④ 《莫砺锋讲唐诗课》,第 86 页。

　　李堂、柯万源所作《春江花月夜赋》中长江体认明确。李堂赋开篇言:"禹凿既通,百川环纽,眇彼奇观,江实称首。"①长江为百川之首,乃是一种普遍认知,这是从江河地位上指明长江。"常思下扬,子趁清浏。眺吴淞,趋京口。"扬州、镇江(京口)一在长江南岸,一在长江北岸,隔江相望。吴淞作为地名,在今上海北部,黄浦江注入长江口附近,亦为长江沿岸之地。赋家在这里以长江沿岸的地名,再次指明长江。柯万源赋言"瓜步流淙""地邻白下"。瓜步,指瓜步山,即今南京市六合区东南瓜埠山,古时曾南临长江,南朝宋时的"瓜步之战"(也称元嘉之战)与此相关,南宋辛弃疾《永遇乐·京口北固亭怀古》言"元嘉草草,封狼居胥,赢得仓皇北顾"②即指此战。白下,此处用以指南京,偏指长江以南的城区。柯万源赋言:"他年破浪乘风,后景纯而作赋。"③景纯指郭璞(字景纯),赋指《江赋》,赋家面对赋文展现的情景,有所感触,欲追步郭璞而作《江赋》。因此,柯万源赋以长江两岸的重要地名,以及长江赋的典范赋家,明确了此"江"为长江,且是今南京段长江。

　　李堂、柯万源所作《春江花月夜赋》展现出与原诗不同的韵味。李堂赋篇末言:"太平夜作登高赋,不唱春江花月歌。"其以赋体写"春江花月夜",由"不唱春江花月歌",即从"太平夜"角度否定《春江花月夜》这一现象来看,明显受到了原诗的影响。这种否定实际上体现了赋家对诗赋两体判然有别的看法,即登高而赋,宜于颂美,合乎"太平夜"之时世。诗则"言志""缘情",原诗并无颂美。受到这种文体观念的影响,李堂赋中的长江图景迥异于原诗。其结

---

　　①　《历代辞赋总汇》第 11 册,第 10424 页。

　　②　[南宋]辛弃疾著,辛更儒笺注:《辛弃疾集编年笺注》卷 15,中华书局 2015 年版,第 1818 页。

　　③　《历代辞赋总汇》第 15 册,第 14362 页。

果概而言之,原诗之美感强烈集中于优美,可证之于"月"意象的凸显,论者多有言之;李堂赋中的美感虽则大体属于优美,但壮美之感较为明显,如其开篇"禹凿既通,百川环纽,眄彼奇观,江实称首",宏大的历史背景、广阔的百川空间、奇绝的长江气象,绝非优美。后文言扬州、京口、吴淞等长江地名,也具有空间广大气象。或可说,正是长江指认的明确,对原诗"江"字的长江解读,增强了赋作壮美之感,使得赋作韵味异于原诗。

柯万源赋一改原诗"月"的核心地位,而把"江"作为中心。"铺十里之浓芬,江应名锦""月在江而未没""月如水而欲下"①,赋中"花""月"围绕着"江",因"江"之空间而成整体图景。"江"的书写层面较为广泛,如"迥殊孤鹤横江""发妍唱于大江",观照中纳入苏轼后《赤壁赋》所见江中孤鹤,以及苏轼《念奴娇》词之"大江东去";"一路之酒旗无恙"为江行所见市景;"鳜鱼肥肥""晚晴则纷舣渔艘",则写江中鱼类与渔船。赋中之"月",除前文所引外,还有"蟾魄痕新""明蟾照夜""落花斜月"等,陪衬意味明显。这种意象重心的转换,侧面反映了赋体在接受诗体影响的同时所产生的反作用力,赋末之句"后景纯而作赋"是赋家对这种文体作用体认的直观表现,即以赋体写诗体之"春江花月夜",在接受原诗意象、结构、美感等的前提下,最终要归于赋体传统。赋体对"春江花月夜"的书写传统,尤其是传统之中的典范赋家、经典作品,发挥了自身的作用,参与了诗赋的互动。"春江花月夜"五字均可为赋题,在清代之前也有经典文本产生并流传,如庾信《春赋》、谢庄《月赋》等,但论典范、经典,均难与郭璞《江赋》相比。可以说,郭璞《江赋》在赋体"春江花月夜"的书写传统中处于第一位,是强大的影响因素。因此,柯万源赋以"江"为中心的建构,展现了对郭璞《江赋》典范赋

---

① 《历代辞赋总汇》第 15 册,第 14362 页。

家、经典文本价值的确认,是诗赋互动中赋体反作用力的结果。

总之,李堂、柯万源所作《春江花月夜赋》虽以"春江花月夜"为题,但其意象选择、场景描摹、空间建构、事件叙写与原诗多有不同,侧面反映出对原诗中江的体认。以诗题赋反观原诗,笔者认为,原诗中的"江"包括长江,尤其可见长江入海口附近的景象,但又不止于长江,是一种凝聚着古今江河认知与抽象情感的"江",长江是其显著具象。

三、人化与诗化相融:国家形象

刘勰《文心雕龙·诠赋》言赋"体国经野"[①],"所谓'体国经野',是指辞赋能够体现朝廷意志,传达国家精神,包容覆盖广大社会生活领域"[②]。赋与国家形象的密切关系在汉赋中已经有所展现[③],不仅为赋论家所注意到,其作法、意涵更为后代赋家承继。

国家是人的群体化,是个人赖以生存的共同体。国家形象是指公众针对国家本身、国家行为、国家的各项活动及其成果所引发的领悟、回忆、印象、审美的总和,它立足于个人对国家的情感认知和评价。[④] 国家形象建构的立足点在于个人,这种定义合乎"修身齐家治国平天下"的传统认知。长江赋审美观照中的人化,无论是人体、人格、人事,其核心在于个人,个人在长江的人化过程中,与长江合二为一,密不可分。这就为长江赋展现国家形象提供了坚

---

① 《文心雕龙注》,第 135 页。

② 徐公持:《"义尚光大"与"类多依采"——汉代礼乐制度下的文学精神和性格》,《文学遗产》2010 年第 1 期。

③ 许结:《汉赋创作与国家形象》,《中国文学研究》2017 年第 3 期。

④ 刘培:《论宋代辞赋中国家形象的演变》,《社会科学战线》2018 年第 11 期。

实的立足点。

中国是诗的国度,诗在国家形象建构中扮演着重要角色,对此毋庸赘言。长江赋审美观照中的诗化,反映了中华美学精神中诗的影响,即"诗学教化"对中华美学精神的"原形态与源动力"价值。① 诗是中国人言志抒情、体物逞才、道德教化等精神生活的重要工具,进而融入美学精神,成为国家形象建构中人们进行"领悟、回忆、印象、审美"等活动的重要路径。长江赋审美观照的诗化,是诗性精神这一美学精神的具体呈现,为赋家展现国家形象提供了路径。

在人化的立足点与诗化的路径相融的情况下,长江赋赋家以个人对国家前景的乐观与悲观看法,展现了颂美与忧患两种情感取向;以其个人践履或文献研习,展现了以长江为脉络的国家形象中的地大物博、历史悠久、山川秀美、诗意栖居、人物灵秀等各个方面。以诗化为路径,长江赋赋家关注个体审美中的诗性精神,在自然生态与社会现实、物质文明与精神文明的平衡中,以长江蕴含的诗意满足自身情感、心理等需求,展现出个人与长江、人与国家之间的和谐共生。

第二节　永恒性与流逝性

时间作为人的根本存在维度之一,与人的生活息息相关,是人感知、思考、想象的重要对象。它以一种抽象的概念存在,无法被感官直接察觉,却深刻影响着人生活的环境及人本身。由于时间

---

① 张晶、刘洁:《中华美学精神及其诗学基因探源》,《江苏社会科学》2022 年第 6 期。

过于抽象,古人多以水喻之。孔子临川而言:"逝者如斯夫,不舍昼夜。"(《论语·子罕》)①正是有感于水之流动而发出的感慨,为我们指明了时间的双重属性——永恒性与流逝性。逝者如斯,是水之流动不止,为时间流逝;不舍昼夜,是水之流动长存,为时间永恒。可以说水,尤其是作为其显著形态的河流,天然的具有时间具象化的内涵。这是因为时间可以转化为空间,时间的流变可以展现于空间的改变中,河流是空间中的显著存在。长江作为中国最为显著的河流之一,万古长流而逝者如斯,流动是其特质,在赋家的审美观照中,永恒性与流逝性两种截然相反却又相通共融的内涵更为彰显。

一、永恒性与流逝性的呈现

(一)永恒性

永恒性是人的普遍追求。这种普遍追求也显现于长江赋创作传统之中。在长江赋文本范围中,对长江永恒性的书写,苏轼肇其端,并被后代赋家承继。苏轼前《赤壁赋》"哀吾生之须臾,羡长江之无穷"②将短暂人生与无穷长江相对,肯定了长江的永恒性,重在人生之叹。清代李琪《赤壁箫声赋》以苏轼前《赤壁赋》中的箫声为题,将前《赤壁赋》"客有吹洞箫者,倚歌而和之,其声呜呜然,如怨如慕,如泣如诉"③敷衍成篇。《赤壁箫声赋》言:"绝调歌残,共长江而终古。"④这是对赤壁箫声的赞美,在继承苏轼对长江永恒

---

① 《十三经注疏》(清嘉庆刊本),第 5410 页。
② 《苏轼文集》第 1 册,第 6 页。
③ 《苏轼文集》第 1 册,第 6 页。
④ 《历代辞赋总汇》第 22 册,第 22065—22066 页。

性价值的肯定的基础上,对赤壁箫声及其背后之人物做出永恒性的价值评判。清代金仲理《酾酒临江赋》言:"导两度之游踪,江水依然终古……流仍不息,临波而何处思君。"①由长江的永恒性联想到苏轼,在肯定其长江永恒性评判之外,将苏轼也作为永恒性的象征。清代李周南《拟后赤壁赋》言:"川流不改,月色依然。"②将水月共置于永恒范畴,亦是对赤壁之游、之人永恒价值的肯定。可以说,长江永恒性的书写是长江赋创作传统的一条重要脉络,而苏轼及其影响是这条脉络的主导因素之一。

永恒性是一种抽象的概念,赋家以具象对其进行了书写。如清代王骏《谪仙楼赋》言:"人尽当思所以不可磨灭者。"③不可磨灭者是永恒性内涵的载体。考之于长江赋,不可磨灭者是长江本身与相关诗词文赋图等作品。明代祝允明《一江赋》言"观其千古之有常"④,长江自身景象千古长存。清代陈允豫《扬雄作书自岷山投诸江流以吊屈原赋》:"词源倾倒,试随万古以长流。"⑤赋写扬雄选择在岷山将所作之书投放进长江,原因在于希望此书如同长江一样万古长流,长久地流传下去。清代李周南《春江晚景屏赋》言:"迹传画苑,事纪銮坡。翳笔妙之无匹,乃图成而不磨。"图成而形象永存。

在永恒性审美观照的背后,是赋家深刻的历史体验,以及对世界本原的体认。一方面,永恒性交织着长江的不同历史面相。明代朱元璋《江流赋》言:"东去西来万里长,滔滔不尽古今忙。"⑥与

---

① 《历代辞赋总汇》第 22 册,第 22654—22655 页。

② 《历代辞赋总汇》第 15 册,第 14864 页。

③ 《历代辞赋总汇》第 21 册,第 21516 页。

④ 《历代辞赋总汇》第 6 册,5494 页。

⑤ 《历代辞赋总汇》第 21 册,第 21577—21578 页。

⑥ 《历代辞赋总汇》第 6 册,4729 页。

长江永恒性相对的是历史的古今兴亡。清代张慧《登三山赋》言"放怀今古"①,登山临江,放怀于古今之间。另一方面,永恒性源于赋家对世界本原的体认。清代张慧《登三山赋》言:"览长天之何极,望江水之无穷。超埃溘以浩渺兮,混积气于鸿蒙。"②从"气"的角度书写长江源于宇宙形成前之"鸿蒙"的永恒性。元代陈正宗《江汉朝宗赋》言:"天理人心,有如此水。"③从"理""心"的角度,言说长江与天、人同源之永恒性。清代邢钺《拟涉江》言:"览观山川之原本兮,与天地兮而终古。"④"原本"即"本原",此赋直言长江本原的永恒性。

(二)流逝性

水之流逝,不返不息,一如时光匆匆流逝,无法回转。长江作为水的典型形态,是水的代表具象,自然具有时光流逝的意蕴,并在赋家笔下被不断书写。

时间流逝是绝对的。清代蔡廷弼《大江落日赋》言:"夫何浪滔滔其拍天兮,江流去而不返。"⑤长江之浪,滚滚滔滔,有拍打天空之势,甚为浩大,但在时间面前流而不返,匆匆逝去。一如人生在世,难以抵挡时间洪流的匆匆而去。这种绝对性是人力无法改变的。明代郑棠《长江天堑赋》言:"彼中流之击楫,与横槊之赋诗,皆灰尽而烟灭,形绝而影希。想铁锁之浪截,彼狂童其何知。驱鼋鼍之八骏,终济师其奚为。"⑥东晋祖逖江中击楫而誓,三国曹操江中

---

① 《历代辞赋总汇》第 11 册,第 10143 页。
② 《历代辞赋总汇》第 11 册,第 10144 页。
③ 《历代辞赋总汇》第 5 册,第 4506 页。
④ 《历代辞赋总汇》第 12 册,第 11019 页。
⑤ 《历代辞赋总汇》第 18 册,第 17800 页。
⑥ 《历代辞赋总汇》第 6 册,第 5041 页。

横槊赋诗,英雄盖世,却同样灰飞烟灭,而今形影无存。三国吴妄想铁索横江以自保,历史证明这是何其无知。周穆王驾八骏马、驱使鼋鼍,军队渡江又有何为。这些历史长河中的君王、将领,都随着时间的流逝而不存。

时间流逝的结果是古今一瞬。明代朱孟浣《小孤山赋》言:"余尝驾飞艘,发江汜,经九江,越彭蠡。驻芝盖于兰皋,弭桂楫乎岩趾。扪绝顶以舒抱,憩曾阿而徙倚。瞻凤阙于日下,顾鹤楼于云里。纷帆樯之往来,涉波涛兮如砥。忆横流兮怀襄,赖往圣兮经理。叹禹迹之是经,胡夏书而莫纪。兹盖寓今昔于一瞬,而常寄遐想于千里也。"①赋家曾驾舟江行,从江岸登舟,经过九江、彭蠡(今鄱阳湖),其间曾停舟驻岸,徜徉于兰皋、岩趾,登山巅而舒展怀抱,于此休息,远望似可见到皇宫、黄鹤楼;俯视则见江上船只往来纷纷,船只坚固如砥石,冲击水流而出现滚滚波涛。由此而思古,远古洪水怀山襄陵,汹涌奔腾溢上山陵,有赖于圣人大禹治理。现今行经大禹旧迹,叹息《夏书》未对大禹治水之功进行记载。感慨长江上的风景人事今昔一瞬,常常令人遐想于千里之外。

时间流逝令人感慨万千。流逝性凝聚着赋家自我的生命体验,时不我待,永逝永新,人生转眼之间便已消失殆尽。明代赵东曦《涉江赋》言:"感日月之如流兮,慨百年之瞬息。"又言:"阅兴亡之余恨,声呜咽而悲怜。叹星驰而电闪,思英风之渺然。"日月如流水逝去,无法挽留,也不可再来,百年人生对于亘古长江而言不过瞬息之间。朝代兴亡间,多少风流人物淹没于历史长河之中,思之渺然难见。赋家面对长江所感受到的逝者如斯,为其排遣因仕宦挫折而产生的痛苦提供了解脱路径,即"于是游思域外,驰情物表。

---

① 《历代辞赋总汇》第 6 册,第 5089 页。

旷宇宙之奇观,悔逃名之不早"①,逝者如斯,却亘古长流,名利纷争匆匆而去,江山自然永恒自在,寄情于江山,自可消减人生之苦痛。清代姚福均《拟郭景纯江赋》言:"不舍昼夜而逝者如斯,阅尽英雄而王者无外。"②因江水流动而感慨时间流逝,追怀圣贤英雄。

二、永恒性与流逝性的关捩:物一事

东晋郭璞《江赋》为长江赋开篇之作,奇篇佳构,展现了雄奇、博大、壮美的长江图景,但该赋写长江集中于源流、物产、风光等"体物"层面,并未对永恒性与流逝性有所展现。前文言苏轼前《赤壁赋》为长江永恒性书写的发端,永恒性与流逝性是时间的一体两面,也就意味着苏轼前《赤壁赋》开启了长江赋中的流逝性书写脉络。可以说,在长江赋创作传统中,苏轼以其前《赤壁赋》标榜在永恒性与流逝性书写脉络的源头,影响深远。

进一步看,苏轼前《赤壁赋》对永恒性与流逝性的书写,实际上源于对"事"的展现。苏子与客游于江中,是现实之"事";曹操横槊赋诗,是历史之"事"。历史与现实交汇于山川自然之中,这山川自然正是郭璞《江赋》所写之"物",物是人非事事休,"事"的融入,使得文本空间由"物"转向"物一事","事"的重要性得到了关注,体现了一种赋风的变移,即从东晋长江赋重"物"到宋代长江赋重"事"。

三、永恒性与流逝性的交织:怀古

长江赋中永恒性与流逝性交织的结果是怀古主题的突出。就长江赋中的长江图景来说,江水滚滚东去,自古便容易引起人们的

---

① 《历代辞赋总汇》第 6 册,第 5451—5452 页。
② 《历代辞赋总汇》第 21 册,第 21431 页。

兴亡之感。长江的这一特质使得文人进行长江书写之时,受到传统惯性的引导,而倾向于关注兴亡等永恒与流逝的话题。如北宋苏轼《念奴娇·赤壁怀古》:"大江东去,浪淘尽、千古风流人物。"①明代杨慎《临江仙》:"滚滚长江东逝水,浪花淘尽英雄。是非成败转头空。"②江山依旧,人事转非,登山临江,多增感慨。江中之船,往来不止,有现实中的游江、渡江、江行之船,也有历史中的英雄战船、文人游船;江山图画不可磨灭,而江中之人、观画之人异代相感。江楼之代表黄鹤楼、采石矶太白楼,无不因人而盛名不减,登楼临江,观流逝之江水,思逝去之名人。江事中的历史事件、文人逸事,是历史兴亡、人物代替的直接书写。可以说,永恒性与流逝性交织的背后是现实层面的自然长江与历史层面的人文长江的互动。现实层面,大江东去,万古长流,亘古长存而流动不止;而历史层面,历史也是条河流,大江西回③,即人们回望过去,不断书写着与长江相关的事件与人物,逝去的事件与人物因为人们的回想、书写而具有永恒意义。

赋家有着明确的怀古意识。南宋李纲《江上愁心赋》言:"方吊往而伤今兮,独抑郁其谁语。惟江上之愁心兮,结长悲于万古。"④吊往伤今,万古长悲。清代冯煦《黄鹤楼赋》言:"怆今古之悠悠。"⑤古今悠悠,令人怆怀。清代冯煦《访采石矶太白楼赋》言:

---

　　① 　朱孝臧编年,龙榆生校笺:《东坡乐府笺》,上海古籍出版社 2016 年版,第 172 页。

　　② 　饶宗颐初纂,张璋总纂:《全明词》第 2 册,中华书局 2004 年版,第 823 页。

　　③ 　许结:《大江西回:留在"江赋"中的印象》,第三届江南文脉论坛的"书写与赞美——中国文学与长江文明"分论坛上的报告,2022 年 11 月 20 日。

　　④ 　《历代辞赋总汇》第 4 册,第 3373 页。

　　⑤ 　《历代辞赋总汇》第 20 册,第 19777 页。

"诗仙酒仙,此焉终古。"①登楼思人,此人亘古永存。在怀古之时,赋家对永恒性与流逝性的二元关系有着清晰建构。清代刘源汇《江上青山送六朝赋》开篇言"何人吊古,到此飞艎",赋中永恒性与流逝性集中于"江北江南,山重山复。惯闻兴衰,几经往复",即长江两岸之山永恒存在,阅尽人事兴衰流逝。"山灵依旧,王气全消"②,其永恒与流逝的观照,在江山与王朝上判然有别。清代杨锐《拟郭景纯江赋》言:"伟大运之干流,抚古今于一期。"③长江永恒,古今流逝。清代梁国治《太白楼画壁赋》言:"若夫晋宋繁华之国,齐梁烟月之区。山河不改,风景宁殊。"④朝代流逝更迭,江山永恒不改。

赋家的怀古具有"因地系事"的特点,"地"永恒而"事"流逝。清代黄钺《采石矶赋》以江边之矶为题,看似咏物写景,实际乃是怀古。赋家登临采石矶,望江而发思古之情。赋言:"名士英雄,江山千古。"⑤江山永恒,而历史长河中名士英雄一一流逝,令人感怀。赋言"隋文发奋""白也不群""宗之潇洒""曹彬受制""樊蒙未第""允文忠烈""亮卒百万""开平奋戈",铺陈了隋文帝杨坚平陈、唐代李白诗酒风流、崔宗之潇洒风采,樊蒙献建造浮桥计于宋太祖、曹彬通过浮桥攻下江南、南宋虞允文采石矶抗金、金主完颜亮败于采石矶,明代常遇春(开平王)攻下采石矶等"名士英雄"与采石矶相关的事件或风采。

"地以人重",赋家在"因地系事"的同时,焦点在一个个历史人

① 《历代辞赋总汇》第 20 册,第 19776 页。
② 《历代辞赋总汇》第 23 册,第 23914 页。"兴衰"原文误作"兴哀"。
③ 《历代辞赋总汇》第 20 册,第 20013 页。
④ 《历代辞赋总汇》第 12 册,第 11411 页。
⑤ 《历代辞赋总汇》第 12 册,第 11745 页。

物身上游移;在源远流长、广阔博大的历史长河中,以"西回"之视角,展现了长江人物图像,这些人物虽已流逝,却通过人们的颂美、追怀而永恒。清代何维栋《大江东去赋》以苏轼《念奴娇·赤壁怀古》"大江东去"为题,赋中展现了"千古风流人物"[①]的风采,包括苏轼、大禹、阮籍、王粲、曹操、周瑜、陈后主、隋炀帝、刘琨、汉武帝、周穆王、王浚、伍子胥、李白、崔宗之等。其他赋家之怀古,无不重视展现人物。郭璞、苏轼作为长江赋的典范赋家,其经典文本不断被拟写,是长江赋中最为突出的人物。江楼中的黄鹤楼、采石矶太白楼,江事中的李白乘舟泛月,均与李白相关。江事中的浔阳琵琶,与白居易相关。大禹治水,功及长江,如元代李原同《江汉朝宗赋》言"神禹之功,江汉无穷",大禹也成为长江赋中的重要人物。其他各朝各代的帝王将相、英雄文人也为赋家所关注。

第三节　壮美与优美

"江南"因长江而得名,这一区域的经济、政治、文化与长江这条河流息息相关。关于江南山水的美感,以壮美与优美的取向言之,普遍认为是优美。如学者关于江南游记文学的研究表明:

> 如果仿照音乐的分类,把山水也分为优美与壮美两种类型,那么无疑江南山水是优美型的。江南山水的优美不仅体现为一种自然的、真实的景观,也体现为历代文人的生动想象与细腻描摹,所谓"单衫杏子红,双鬓鸦雏色"(《西洲曲》),所谓"垆边人似月,皓腕凝霜雪"(韦庄

---

① 《东坡乐府笺》,第172页。

《菩萨蛮》),所谓"若把西湖比西子,淡妆浓抹总相宜"(苏
轼《饮湖上初晴后雨》)……江南在文人的笔下永远如同
婀娜多姿的少女,呈现出柔美、优美的特质。[①]

　　杏花春雨江南。的确,江南给予人的美感体验是以优美为主
体的。但是,作为江南最重要的河流,长江的自然长度并非江南可
以局限,长江的美感也非优美可以言尽。
　　壮美与优美实际上是人类共有而相通的一组基本美学概念。
德国叔本华曾对优美与壮美的区别进行过阐释:

　　如果是优美,纯粹认识毋庸斗争就占了上风,其时客
体的美,亦即客体使理念的认识更为容易的那种本性,无
阻碍地,因而不动声色地就把意志和为意志服役的,对于
关系的认识推到意识之外了,使意识剩下来作为"认识"
的纯粹主体,以致对于意志的任何回忆都没留下来了。
如果是壮美,则与此相反,那种纯粹认识的状况要先通过
有意地强力地挣脱该客体对意志那些被认为不利的关
系,通过自由的有意识相伴的超脱于意志以及与意志攸
关的认识之上,才能获得。这种超脱不仅必须以意识获
得,而且要以意识来保存,所以经常有对意志的回忆随伴
着,不过不是对单独的、个别的欲求的回忆,如恐惧或愿
望等,而是对人的总的欲求的回忆,只要这欲求是由其客
体性——人身——普遍表示出来的。[②]

---

①　崔小敬:《江南游记文学史》,上海古籍出版社 2015 年版,第 3 页。
②　〔德〕叔本华著,石冲白译,扬一之校:《作为意志和表象的世界》,商
务印书馆 2017 年版,第 280—281 页。

其从意识与客体的关系角度对两种美感进行了区分,而其中作为评判标准的核心要素是纯粹认识、意志等主体内容。

明末清初的魏禧较早对壮美与优美两种美感进行了阐述。其《文瀜叙》一文以"风水相生"喻"文"之美感来源,从二者强弱、轻重等角度,讲述了"文之大小",即壮美与优美产生的路径:

> 故曰:"风水相遭而成文。"然其势有强弱,故其遭有轻重,而文有大小。洪波巨浪,山立而汹涌者,遭之重者也;沦涟漪澈,敛蹙而密理者,遭之轻者也。重者,人惊而快之,发豪士之气,有鞭笞四海之心;轻者,人乐而玩之,有遗世自得之慕,要为阴阳自然之动。天地之至文,不可以偏废也。[①]

这段文字颇值得注意。在魏禧看来,"壮美""优美"并无轩轾,二者皆源于"阴阳自然之动",皆为"天地之至文",其肯定了两种美感的绝对价值。更重要的是,魏禧以风与水互动而形成的不同波纹暗喻壮美与优美的类型,并对人们面对两种美感时的心理活动进行了描述,即"惊而快之"与"乐而玩之"等,涉及人的惊吓、畅快、愉快、自得等情绪。

无论是叔本华形而上地对壮美与优美两种美感的阐释,还是魏禧以风、水、文为喻的分析,都展现了这两种美感的价值。就长江赋的壮美与优美而言,壮美往往指向长江形象的巨大、江水力量的强大、江山等空间的宏大,并显著地体现在江水与江岸之山、与

---

① [清]魏禧著,胡守仁、姚品文等校点:《魏叔子文集》外篇卷1,中华书局2003年版,第540页。

江上云天、与江间风光的相互激荡、张扬等力量冲突之中，源于“有我之境”的塑造。与壮美相对，长江赋中的优美，源于“无我之境”的塑造，显著地表现在江水与山、月、风、云、光、鱼、鸟等物象的和谐关系之中，往往透露着赋家宁静、平和、恬淡的心绪。二者的产生可以说不分先后，屈原赋作中就同时存在着两种美感。壮美以郭璞《江赋》为典范，优美极于苏轼前《赤壁赋》。

一、壮美

水之雄伟气势，长江为其翘楚。赋家对壮美有所体认，在赋中往往以“壮”“伟”“巨”“雄”等词指明此美感，并指明这种美感的根源在于天地元气的凝聚。如明代刘乾《焦山寺赋》：“噫吁嘻，伟乎雄哉，元气之所导兮而有此大江。”①明代何孟春《黄鹤楼赋》：“山川大会，今古英称。洵伟观之莫最。惟元气之所凝。”②

壮美的突出表现在于：长江与天地万物相互碰撞间展现的势与力，以及长江与海洋等的交汇。一为江势。如元代刘因《渡江赋》铺陈江水之势言：“内则滩流迅急，波涛汹涌。狂澜逆走，绝笔障壅。其所鼓荡，则盘涡谷角，涛陵山颓，瀼云遁雨，怒风轰雷。状如天轮胶戾而激转，又似地轴挺拔而争回。吞淮饮海，滔天而来。”③在刘因笔下，江水本身流动迅急、波涛汹涌，而在与山体、云雨、风雷、淮海的相互角力中，江水势可滔天，一种势压天地的壮美意蕴展现于此。明代赵东曦《涉江赋》言：“见滔滔之莫挽，势瀰湃而无边。”④江水之浩大声势，无可抵挡、无边无际。二为江力。长

① 《历代辞赋总汇》第 7 册，第 6409 页。

② 《历代辞赋总汇》第 7 册，第 5630 页。

③ 《历代辞赋总汇》第 5 册，第 4071—4072 页。“绝笔”一作“绝壁”。

④ 《历代辞赋总汇》第 6 册，第 5451 页。

江作为河流,有统摄众流、承载水物的力量。如清代吴元熙《江汉朝宗于海赋》开篇即写长江:"于廓乎百灵拱翼,万派错交。吐纳川渎,控制鼍蛟。为东西之巨浸,非泾渭所能淆。"①明代薛章宪《凌波阁赋》言:"波涛春击兮,蜥蜴衔水而吐雹。于是目骇胆掉,心动股栗。"②滚滚波涛,其力巨大,拍打两岸,如同雷声大作、冰雹砸下,令人胆战心惊、战栗不安。此处以观者的惊恐等情绪,表现出长江波涛的巨大力量。这种巨大力量展现的壮美也见于清代金长福《江上之山赋》:"洪流怒涛,不可控御;千里万里,蔑测其处。"③三为交汇。长江的壮美也源于江海间的水流交汇。如清代丁汲《琅五山赋》言:"江浩浩而海茫茫。"④

长江壮美给予赋家畅快、震惊之感。如明代薛章宪《观音阁赋》言:"心荡神怡,倾耳骇目。徘徊终朝,情犹未足。"⑤赋家登临观音阁以观长江,耳目被江声、江景的壮美所占据,心神动荡却愉悦,这种畅快的体验令人难舍。明代程诰《经滟滪堆赋》言所见滟滪堆景象:"信目夺以臆骇兮,精摇摇以陟天。"⑥面对鬼斧神工之滟滪堆,赋家通过视觉、精神等所表现出的震惊,突出了其壮美。这种壮美具有凌驾于人的气势。

二、优美

长江赋中优美的产生,与赋作所咏对象——长江息息相关。

---

① 《历代辞赋总汇》第 22 册,第 22308 页。
② 《历代辞赋总汇》第 6 册,第 5264 页。
③ 《历代辞赋总汇》第 22 册,第 22655 页。
④ 《历代辞赋总汇》第 21 册,第 21637 页。
⑤ 《历代辞赋总汇》第 6 册,第 5264 页。
⑥ 《历代辞赋总汇》第 6 册,第 5542 页。

清代龚维琳《江涵秋影雁初飞赋》言："烟水湘南,试绘长天一
色。"①明代薛章宪《凌波阁赋》言："若乃朝日出兮跃金,夕月吐兮
浮玉。霜横空以垂练,风吹漪而绉縠。万象随感而自生,四时随在
而各足。"②此段文字中的长江自在自足,并无主动作为的表现,全
凭日、月、霜、风的作为而随之"跃金""浮玉""垂练""绉縠",即长江
本身无色无形,因万物相感而呈象。长江在展现黄金白玉鲜艳色
彩、丝绸绫罗柔美形态的同时,给人一种恬淡安静之美感。

　　优美的来源在于长江空间中万物的和谐相融。清代钱元辉
《江涵秋影雁初飞赋》言:

　　　　开镜影于双奁,不辨秋天秋水;泻波痕而万折,那分
　　江北江南。沙明水净,雨霁虹收。白云渺渺,红叶悠悠。
　　露零霄而警鹤,霜到岸而藏鸥。正逢空水澄鲜,爱渔舟之
　　入画;又见关山寥落,惊雁阵之横秋。秋洗波光,秋澄浪
　　影。临风而密密疏疏,映水而斜斜整整。③

　　秋天秋水、江北江南在明净清澈的长江空间中相融为一,难以
区分,更无须辨别;和谐的水天、南北,更容易令人心思平静,思接
万物。沙与水,雨与虹,云与叶,露与鹤,霜与鸥,舟与画,雁与秋,
光与影,风与水,视觉空间中的万物,没有冲突,只有和谐。

三、壮美与优美相通

　　长江赋中的壮美与优美有着明显的区分,但这并不意味着二

---

①　《历代辞赋总汇》第 17 册,第 16535 页。
②　《历代辞赋总汇》第 6 册,第 5272 页。
③　《历代辞赋总汇》第 23 册,第 24067 页。

者的决然对立。事实上,二者在一定条件下可以相通。

叔本华从主客体关系的角度定义壮美与优美,而中国古人往往从阴阳元气的角度讨论二者关系。在赋家看来,壮美与优美均来自天地阴阳元气的化生。二者同源正是其相通的基础。

长江赋中的壮美与优美,可以因同一地名而相通,这种美感相通的形式突出地体现在长江赋的赤壁书写中。苏轼所游之赤壁与曹操兵败之赤壁,事实上并非同一地,乃同一地名的两个地方。清代陈沆对此有着清楚的认识,见其《东坡赤壁赋》开篇言:"楚北之有赤壁兮,在嘉鱼之急泷;黄州之有赤嶹兮,乃游客之停艭。方子瞻之小谪兮,屈卑官于此邦;因兹山之同色兮,改令名而得双。"①楚北赤壁乃赤壁之战发生地,黄州赤壁乃因苏轼而得名。赋末言:"以之归曹公兮,则慷慨乎山川;以之归苏公兮,则流连乎风月。"②赋家言曹操兵败之赤壁,有"慷慨乎山川"之美,苏轼所游之赤壁有"流连乎风月"之美,实际上是对曹操赤壁壮美、苏轼赤壁优美的体认。这种体认与赋家对两赤壁的书写是一致的。赋家言曹操赤壁:

> 恍曹公之遗迹兮,屹然而起乎大江。昔魏兵之窥吴也,将士则如风之驰,舳舻则顺流而放。听乌鹊之南飞,瞻星斗之北向;赋诗则吐气皆豪,酾酒则衔杯益壮。乃一炬之为灾兮,竟千舟之莫抗;失大计于军中兮,起悲风于马上。③

---

① 《陈沆集》,第 272 页。
② 《陈沆集》,第 273 页。
③ 《陈沆集》,第 272 页。

赋家对赤壁之战中曹操一方的书写要点在于强大力量的毁灭。先言其环境有似从大江中凸起的赤壁巍然屹立,作为陪衬人物的将士行进迅速如风,乘坐船只顺流而下,主人公曹操酾酒赋诗,气概豪壮,这是强大力量之美。后言将士因火攻而败,无法抵抗,曹操悲凉仓皇而乘马逃亡,这是毁灭之美。赋中"屹然""大江""驰""豪""壮""悲风"等词是对壮美的凸显。

紧接着,赋家对苏轼赤壁进行了书写:

> 若髯翁之登陟兮,乃旷抱之闲行;望美人兮怀渺渺,咏明月兮思盈盈;浩浩乎凭虚之想,飘飘乎遗世之情。借英雄之盛概兮,发感愤之吟声。此地遂为东坡兮,而曹公不得争其名;伤干戈之自困兮,乐天地之至清。①

苏轼赤壁无剑拔弩张之气,乃登陟闲游之地,其间有美人、明月,可发凭虚之想,可抒遗世之情,化曹操赤壁之豪情悲壮为感愤之吟唱。苏轼赤壁之优美更加吸引后代文人墨客,而真实的曹操赤壁的声望难以与其相比。这或许正因为干戈兴起令人困顿,悲壮之美令人伤感;而天地之间清风、明月的优美令人愉悦、自得。

陈沆虽对壮美与优美有所轩轾,但其赋中展现的同一地名因人而异的壮美与优美的自然转换,指出了地名作为两种美感相通媒介的重要价值。

由动转静,则由壮美变为优美,也是二者相通的形式。清代孙士峨《拟郭景纯江赋》言:

> 其胜景则月色争流,涛头直起。打船之骇浪两分,下

---

① 《陈沆集》,第272—273页。

峡则云程万里。冲岛波黄,助风澜紫。滩战风芦,涛飞流
矢。时而白露横拖,时而红云遥指。时而混孤鹜落霞,时
而迷长天秋水。安得辨郁郁青青,为澧阑于沅沚?又或
阳侯之宅横流,伍子之涛有力。任灌注于归墟,洸朝宗而
述职。水兕腾起乎上游,骐马奔驰于泽国。生玉珧海上
而难穷,聚土肉石华而不测。四渎先乎济淮河,三江通乎
东南北。浩浩乎,滔滔乎,参以会有极而归有极。①

这段文字实为长江壮美景色的书写,江水似乎有着无穷无尽
的力量,冲击、鼓荡,凌驾万物之上,总体的意境为"动"。紧接着赋
文由动转静,写长江风平浪静之时的优美景色:

及至江势安恬,江风止息。银璜共云汉皆平,珠蚌映
残星一色。始识劲顺之波臣,乃见通灵之水德。由是船
皆直下,潮不须听。人欣稳渡,神亦能灵。东指无波,渺
渺青山绿水;西归有路,飘飘越舫吴舲。持竿雪冷,牵网
风腥。渔灯闪闪,蟹火星星。弥足助诗人之兴起,任骚客
之踪停。②

此时江与万物和谐,一切事物均平静下来。风停止吹动,潮水
之声无闻,船行平稳,江面无波,但见星汉辉光,青山绿水,渔灯蟹
火。诗人骚客,无不停踪兴起,于此时此景而吟咏。动态之壮美消
弭,静态之优美愈显,动静之间壮美转换为优美,而优美至极。

---

① 《历代辞赋总汇》第 22 册,第 22985—22986 页。
② 《历代辞赋总汇》第 22 册,第 22986 页。

第五章　长江赋与长江知识

徐复观言："中国知识分子,在千余年的科举制度之下,玩弄虚伪的知识与文学,以达到私人自私自利的目的。"①论断中的道德评价公允与否值得商榷,但其中透露的"知识与文学"对中国知识分子而言的工具、路径价值,实属的论。以此来观赋学,科举产生前,赋为文学侍从之臣赢得声誉,更赢得帝王的青睐,成为进身之阶;在科举产生之后,唐以诗赋取士,后代诗赋或断或续,清代诗赋再次昌盛。可以说,赋的产生与演变,一直为知识分子达到私人目的提供着工具、路径。将视点落于赋学本身。清代刘熙载《艺概·赋概》言"赋兼才学"②,此"赋"可从赋家、赋作、读者三个角度视之:一是赋家广博的知识涵养;二是赋作深厚的知识价值;三是读者丰富的知识获取。可以说,赋体创作本身与知识生产、传播存在双向互动,一体观之,赋即知识,分而论之正如刘熙载所言。因此,结合徐复观、刘熙载等前贤论断,可以说,赋是知识分子达到私人目的的"知识与文学"工具、路径的具体化。考之赋史,汉赋的长江书写处在赋写长江的源头,源远而流长,源头的形态对整条长江赋

---

① 徐复观:《再论"古为今用"》,载徐复观:《论文化》第 2 册,九州出版社 2014 年版,第 751 页。

② 《艺概笺释》,第 502 页。

的河流意义深远。汉赋作为一代文学之胜,对其的研究可谓充分,对于汉赋的写法有"骋辞""体物"等概括,其实质无不归结于"博物",博物化即是知识化。① 这种知识化的倾向在后代赋学中并未消失,具体到长江赋创作传统中,又具有题材类型所引起的特殊性。中国古代的长江知识作为地理等知识的组成部分,显著地存在于史书地理志、地方总志与专志、舆图、地理论著、游记等中,这些著作之间相互借鉴、相互影响,形成了复杂的长江知识体系,并对长江赋创作产生影响。与此相对,长江赋经典文本以其长江知识的广博性,进入长江知识体系,对知识的生产、传播、接受产生深远影响。长江赋创作对长江知识的依赖性较为显著,受到长江知识多方面的影响。

第一节   长江知识类型与态度

水是生命之源,长江之水正是中华大地上水之最为典型的具体形态之一。逐水而居,先民们自古的饮食、灌溉、交通等离不开水的存在;上善若水,在日与水居中,先民们不断总结关于水的经验,形成水的知识。具体到长江这条巨河,自《尚书·禹贡》言"岷山导江",确定长江源头,以及《诗经》中"江之永矣""江水汤汤"对长江长度、水势的展现,到历代史书地理志中的长江知识总结,发展到以《水经注》为代表的对长江水系、物产等地理知识的专门书写,乃至《长江志》等长江知识专书,长江知识有着源远流长的谱系。

———————

①   徐公持:《汉代文学的知识化特征——以汉赋"博物"取向为中心的考察》,《文学遗产》2014 年第 1 期。

一、长江知识类型

近代金天翮早年因作《长江赋》与《西北舆地图表》,受到江苏督学瞿鸿机赏识,而得到前往南菁书院读书的机会。其赋与图表虽已不可见,但从其创作长江赋与绘制地图的活动,以及成果得到肯定,可知地理知识对赋学创作的积极影响。作为人类在改造世界的实践中获得的认知与经验的总和,知识的生产与传播可追溯到人类历史的开端,并深刻影响着人类物质生活与精神生活。长江知识作为具体的以河流为区分标志的知识类型,具有广博的内涵,是文学研究难以完全涵括的话题,而实际上,长江乃至长江文学的创作、影响无不从属于长江知识生产与传播的范畴。以长江赋为文本范围,考察文本世界内外涉及的长江知识,首先可见的便是赋家从丰富的长江践履中直接获取的知识。这些践履包括江居、江行、江游、渡江、望江等,此在前文的相关论述中有所体现。这些知识与赋家的关系更为直接,带有赋家更多鲜活的切身体验,更容易融入赋家情感,助力赋家在共性的长江题材中彰显个性。

在践履知识之外是文本知识,其虽然属于间接知识,但较践履知识更为广博,属于人类长江知识整体的结晶。就文献的传统四部分类法来看,长江文学作为长江文本知识的重要组成部分,在中国古代主要归于集部、子部之内,其对长江赋创作的影响更为直接,属于文学系统,乃至赋学系统内部的接受与传播范畴,本书在其他章节对此有所论述。在长江文学之外,长江赋中的长江文本知识的类型集中于史部,而在史部之中主要是正史类、地理类知识,其中正史,《水经注》,地图、地志殊为显著。

　　一为正史。元代陈正宗《江汉朝宗赋》言:"宜史臣之记录。"①
虽未指明何部史书,但其对史书的关注则无疑。清代禹星《赤壁纵
火烧兵赋》言:"稽后汉之遗传。"②"后汉之遗传"可作"东汉流传下
来的史书"与"流传下来的关于东汉的史书"两解,后者切合实际,
当指《三国志》。清代李慎徽《中流击楫赋》篇末言:"稽一朝之书
史,本本原原。"③东晋一朝之史,清代所见主要是唐代房玄龄等编
《晋书》,该书有《祖逖传》,对祖逖生平事迹,包括中流击楫有详细
载述。可见,赋家在创作《中流击楫赋》时,伴随着明显的对《晋
书·祖逖传》的知识接受与再生产。

　　二为《水经注》。北宋吴淑《江赋》言:"总百川以遐览,余见之
于水经。"④百川汇入长江,这种广阔自然空间中的水系形态实际
上无法被古人的肉眼观看到,因而这种百川入江的知识只能源于
《水经》等典籍记载,尤其是《水经注》。清代金德嘉《江汉合流赋》
篇末言:"予且踵桑经郦注而大言乎扶桑旸谷之东。"⑤"桑经郦注"
是指汉桑钦著、北魏郦道元注的《水经注》。赋家在此指明,其对江
汉合流进行书写时,有意从《水经注》中寻求资源。清末袁一清《长
江赋》言:"郦道元之所注疏,郭景纯之所铺张,皆略而不陈者,以其
无关乎国计,而徒昭水德之灵长。"⑥从反面说明了此前长江赋创
作对郦道元《水经注》、郭璞《江赋》的接受。

　　三为地图、地志。《三都赋序》"其山川城邑,则稽之地图"⑦,

　　① 《历代辞赋总汇》第 5 册,第 4506 页。
　　② 《历代辞赋总汇》第 14 册,第 13116 页。
　　③ 《历代辞赋总汇》第 22 册,第 22117 页。
　　④ 《历代辞赋总汇》第 4 册,第 2755 页。
　　⑤ 《历代辞赋总汇》第 11 册,第 9886 页。
　　⑥ 《历代辞赋总汇》第 20 册,第 20111 页。
　　⑦ 《文选》上册,第 74 页。

地图乃地理知识的直观呈现形式,自古便为长江知识的核心载体
之一,为赋家创作长江赋提供了重要素材。如明代章敞《大江绕金
陵赋》言:"稽形胜于舆图,考地理于注牒。"①即明确指出,长江赋
创作的知识来源是舆图、注牒。又如清代石振金《荆门望江赋》言:
"粤稽地志,古老言传。"②清代丁汲《琅五山赋》言:"特著舆图之
盛,并育菁莪。""越三朝之地志。"③地方志书对各地的地理、历史、
风俗、文化有着详尽的记载,是一地的史书;舆图则更为直观地展
现了长江的源流水系、地域空间。长江流经地域广阔,众多沿岸地
方的志书、舆图中存在着丰富的长江知识。

　　实际上,无论是践履知识还是文本知识,长江赋中的长江知识
类型更多地属于一种"地方性知识"——"指的是以对地方文化的
深入理解,具体表现出当地的物质文化和非物质文化,说明什么是
地方生活的一般形式。在一般性基础上揭示出独特性,形成最贴
近感知的、丰富生动的地方知识体系"④,古人观念中的长江,源于
巴蜀,流经荆楚,又入吴越,其相关的政治、经济、文化知识形成独
具特色的体系。长江赋赋家集中于江南地域,其中江城赋家最为
突出。"地方性知识"的确认,无疑是对长江赋创作地域性的再度
揭示。

二、长江知识态度

　　赋家创作长江赋,面对长江知识谱系,其对知识点、知识类型

---

① 《历代辞赋总汇》第 6 册,第 5006 页。
② 《历代辞赋总汇》第 21 册,第 21188 页。
③ 《历代辞赋总汇》第 21 册,第 21637 页。
④ 罗时进:《典范型人格建构与地方性知识书写——论清代全祖望的
诗学品质和文本特点》,《文学评论》2014 年第 5 期。

的选择,以及对知识作用的评定,具有一些普遍的倾向性,展现了对长江知识的态度。

一为重视源流。长江赋对长江的地理书写,往往包括长江源头、长江水系等几个方面。明代薛章宪《大江赋》言:"渺大江之西来,浩百川之东走……源发于峨眉,汇会于岷首。"[①]将"峨眉",即今四川峨眉山当作长江的发源地。明代洪贯《万里江山图赋》言:"若夫江则发源于岷山,东别之而为潜为沱,又别之而为澧为汉。云梦兮既乂,彭蠡兮亦衍。九江兮孔殷,三江兮分泻。巨则洞庭之涨天,远则碣石之输海。"[②]赋中详细铺陈长江源头及众多支流、湖泊。

二为尊经重史。清代汪士铎《拟郭景纯江赋》言:"至若内江外江分于蜀,南江中江辨于扬。白蚌乌蚬异其号,吴淞黄浦异其行。孔郑之注舛误,苏郭之说纷张。宜折中于班志,式灌溉于炎方。"[③]这段文字涉及长江知识中关于"内江外江""南江中江"等的争议。《尚书·禹贡》有"三江"一说,但该文本只提到了北江、中江。历代注家认为,言三江而指明北江、中江,则显然有南江。对于南江的解释,众家相异,其中班固、郭璞、苏轼的观点较为典型。班固《汉书·地理志》认为,南江在吴县(今属江苏苏州)南,即今吴淞江。这些长江知识的争议源于《尚书·禹贡》,在无法判断各种观点孰是孰非的情况下,赋家选择相信班固《汉书·地理志》,对长江知识表现出一种尊经重史的态度。

长江空间中发生的战争、出现过的名人胜游,以及神话传说等,往往成为赋家笔下追忆古昔的对象,即人文长江知识在长江赋

---

① 《历代辞赋总汇》第 6 册,第 5266 页。
② 《历代辞赋总汇》第 6 册,第 5437—5438 页。
③ 《历代辞赋总汇》第 16 册,第 15909 页。

创作中有着显著的影响。清代李慎徽《中流击楫赋》书写东晋祖逖渡江时击楫而誓的江事。该赋大量用典,言"岂是鸿门宴罢,斗看亚父之撞;略同燕水生寒,筑听渐离之击",又言"欲笑孙家霸业,横锁俱沈;莫夸苻氏雄心,投鞭欲渡",再言"原非酒醉王敦""恰似风乘宗悫"①,这些典故见于《战国策》《史记》《晋书》《宋书》等史书。

三为言之有据。如清代宋鸿卿《拟苏子瞻赤壁赋》序言:"其怀孟德一段,波澜尤佳。然按之图志,或有未合。即公自为记与范子丰书,亦第存疑。不过兴之所会,涉笔及之。兹拟其观化之趣,而略其怀古之迹云。"宋鸿卿在拟作前《赤壁赋》之前,对前《赤壁赋》中曹操相关的一段史实,从"图志"与"公自为记与范子丰书"②两个角度,认为其真实性存疑,因此,在作赋时略去这段史实。这体现出赋家对历史真实性的思辨,追求言之有据。又如明代章敞《大江绕金陵赋》言:"稽形胜于舆图,考地理于注牒。一物不知,君子耻焉。"③在表明长江赋创作的知识来源之外,强调了赋家对长江知识的鲜明态度,即君子以求知为务,知识的欠缺是君子的耻辱。

四为不拘于实。苏轼作前《赤壁赋》而言及赤壁之战,后人皆以苏轼所游赤壁为赤壁之战的发生地,而事实并非如此,两赤壁在不同的地方。清代陈沆《东坡赤壁赋》开篇言:"楚北之有赤壁兮,在嘉鱼之急泷;黄州之有赤嶂兮,乃游客之停艭。方子瞻之小谪兮,屈卑官于此邦;因兹山之同色兮,改令名而得双。"④明确指出苏轼所游之地,并非赤壁之战发生地,因为苏轼的江游与赋作,黄州赤嶂改名为赤壁,从此出现了两赤壁。陈沆作为湖北黄州(今黄

---

① 《历代辞赋总汇》第 22 册,第 22116 页。
② 《历代辞赋总汇》第 22 册,第 22476 页。
③ 《历代辞赋总汇》第 6 册,第 5006 页。
④ 《陈沆集》,第 272 页。

冈)人,对两赤壁的区分乃是其对乡邦地理熟稔的表现,其在赋中对曹操赤壁兵败、苏轼前后赤壁之游进行了书写,赋末言:"以之归曹公兮,则慷慨乎山川;以之归苏公兮,则流连乎风月。"[①]在对两赤壁有着清楚的地理认识的同时,表达了对曹操、苏轼等人物风流的追慕。

第二节　长江知识的影响

长江赋的产生受到长江知识的推动,是长江知识文本化的具体形态之一。与此同时,长江赋文本融入了长江知识谱系,长江知识的生产伴随着长江赋的传播,即长江赋文本的知识化。长江赋作为知识文本之一,融入知识谱系的同时,对后代长江赋创作产生影响,即创作源流中出现从知识文本到知识文本的再生产现象。

一、知识的文本化与文本的知识化

在两汉赋体鼎盛的时代,除了枚乘《七发》等对长江的书写,并未出现专门的长江赋,这与汉代长江知识的总体状态不无关系。永嘉南渡前,中国的经济、政治、文化中心一直位于北方,北方多方面优越于江南。《史记·货殖列传》记载:"关中之地,于天下三分之一,而人众不过什三;然量其富,什居其六。"此时"楚越之地,地广人稀",虽"无饥馑之患",但"呰窳偷生,无积聚而多贫"[②],经济情况明显逊于北方。此时,知识界的主体是北方人,他们对江南地

①　《陈沆集》,第 273 页。
②　《史记》第 10 册卷 129,第 3262—3270 页。

理环境的认知笼统、模糊、刻板,直到南渡后这种情况才有所改变。① 永嘉南渡后,"中州士女避乱江左者十六七"(《晋书·王导传》)②。"中州士女"正是当时知识生产传播的主要群体,他们从中原渡江到江南,从文化中心到文化边缘,心理落差普遍存在,匡复中原是多数人的呼唤。但是,当时江南的经济发展等尚且缓慢,难以支撑一次次的北伐。想要北伐成功,经营江南、夯实根基是前提,这促成渡江士女对江南的接受与关注。夯实江南根基与一鼓作气恢复中原,成为影响晋室南渡后时局的两股重要力量。③ 江南凭借长江天堑而稳固,长江是此时江南的生命线,这无疑促使了他们对长江的关注,长江知识的生产传播迎来了一次爆发。可以说,长江知识达到一定程度是郭璞《江赋》诞生的重要因素,《江赋》作为文本是长江知识文本化的杰出成果。

《江赋》的知识属性极为突出,正如佐竹保子所言:"它用四字句罗列拟态词、拟声词和奇怪的动植物名词,这些都源于作者所拥有的文字学和博物学知识,《江赋》便是依靠这些作者的知识才得以继承枚乘、司马相如以来汉大赋的传统,而成为唐以前叙述川、海的最后大赋。"④对《江赋》的产生而言,相关的文字学、博物学知识是必要条件,郭璞知识的广博在很大程度上塑造了《江赋》的独特形态。甚至以严格的文学与知识区分来看,《江赋》更偏向于知

---

① 张伟然、夏军:《东晋南朝时人对南方山林的地理认知》,《云南大学学报》(社会科学版)2018 年第 1 期。

② [唐]房玄龄等撰,中华书局编辑部点校:《晋书》第 6 册卷 65,中华书局 1974 年版,第 1746 页。

③ 樊良树:《永嘉南渡前后的中国》,《船山学刊》2011 年第 1 期。

④ 〔日〕佐竹保子:《疾驰之逸民——郭璞〈江赋〉的叙述法》,载赵福海、刘琦、吴晓峰主编:《〈昭明文选〉与中国传统文化——第四届文选学国际学术研讨会论文集》,吉林文史出版社 2001 年版,第 260 页。

识而非文学。这可见于鲁迅与章太炎之间关于文学定义的一段
讨论：

> 鲁迅听讲，极少发言，只有一次，因为章先生问及文
> 学的定义如何，鲁迅答道："文学和学说不同，学说所以启
> 人思，文学所以增人感。"先生听了说："这样分法虽较胜
> 于前人，然仍有不当。郭璞的《江赋》，木华的《海赋》，何
> 尝能动人哀乐呢。"鲁迅默然不服，退而和我说：先生诠释
> 文学，范围过于宽泛，把有句读的和无句读的悉数归入文
> 学。其实文字与文学固当有分别的，《江赋》《海赋》之类，
> 辞虽奥博，而其文学价值就很难说。①

鲁迅认为，文学与学说（知识）不同，学说启发人思考，文学增
进人感情。章太炎则从宽泛的文学定义出发，认为《江赋》《海赋》
虽不感人，却属于文学（暗含经典文本的确认）。鲁迅进而反对章
太炎的定义标准，认为《江赋》《海赋》文学价值"难说"，即它们并无
突出的文学价值。两者对文学定义持有不同看法，因此对《江赋》
的文学性评价判然有别。无论从怎样的文学定义来评判，《江赋》
的知识属性都是殊为明显的。

郭璞《江赋》极强的知识属性为其融入长江知识谱系，不断参
与各种形态的长江知识再生产提供了依据。北魏郦道元《水经注》
在注解沔水、比水、江水时多次征引《江赋》。及至清代袁枚言："郭
璞《江赋》鱼族甚繁，今择其常有者治之，作《江鲜单》。"②可以说，
长江知识的历史进程久远，呈现形式繁多，但在此复杂的知识谱系

---

① 许寿裳：《亡友鲁迅印象记》，岳麓书社 2011 年版，第 23 页。
② ［清］袁枚：《随园食单》，中国书店 2019 年版，第 35 页。

中,长江赋作为知识文本之一得以传播。随着长江知识的增加与深化,郭璞《江赋》作为经典文本,受到了后代赋家的"清算"。赋家以个人经验、知识考辨来重新审视郭璞《江赋》中的知识书写。这种"清算"属于长江知识深化对长江赋创作的影响。

　　长江知识文本化的具体形态不仅包括长江赋,也包括长江诗词、散文、戏曲,乃至长江图像等,其结果是文本长江的出现,与现实长江一道左右着人们对长江的认知、体会与表达。长江知识文本化,提供了文本条件,使得即便从未到过长江——眼见耳闻长江——的赋家通过阅读与长江建立了联系。而对那些到过长江,甚至日与江居、成长生活于江城的赋家来说,长江知识文本的阅读拓展了自身对长江的认知与体会,加深了其长江书写的深度,文本维度的介入使得赋作图景的意蕴更为丰富。

　　知识文本的载体如书籍、图画,是一种可以运输、交换的实物,随着古代交通、商贸、文化交流的发展,文本长江从江城、长江流域出发,四散各地,乃至海外。这种随着实物扩散而产生的知识文本传播,无疑是长江成名的重要途径,其结果是长江空间中的江山、江楼等被称为名胜之地,长江自身被称为名胜的集合体。名胜所在,心向往之。长江名胜化进而推动了人们对长江的向往与前往。纳兰性德作《金山赋》,赋作中的长江图景并无丰厚意蕴,这与其生活于北京,而赋作是于第一次到长江后创作的不无关系,即纳兰性德缺乏长江践履,对现实长江的体认不足,影响了其赋作艺术所能达到的高度。我们怀着更加包容的态度来审视纳兰性德《金山赋》的创作,会发现其可贵之处——赋家怀着源于知识文本的对长江的向往终于亲临长江,第一次到达长江,便以赋体书写长江,其赋作是个体知识文本与现实场景第一次碰触融合的产物。

　　可以说,赋家不仅是长江文学的自觉生产者,也是长江知识的有力推动者——无论其赋学追求在于"苞括宇宙"还是"征实",都有意或无意地接受着长江知识并进行着知识再生产。质言之,长江赋的创作文学性与知识性并行不悖。

二、长江知识的深化与赋作文本的变化

知识具有层叠累加的发展属性,随着造纸、印刷等技术的突破,以及学术、文化,乃至商贸、交通的不断进步,旧的知识得到批判继承,新的知识获得传播与认可。就长江知识而言,其自然景观的本位决定了地理知识是其核心。朝代更迭,长江依旧,在人们代代相继的践履、书写之中,长江知识不断深化,如同源头流水,愈往下游,愈加浩瀚广博。历史也是一条河流,站在历史河流不同流段的赋家,拥有不同的长江知识,继而言之以赋,其赋的文学性难以凌驾郭璞、苏轼赋,甚至在文学河流中仅具萤火微光,即就文学性而言,众星捧月,郭璞、苏轼之作为"月",其他赋家之作为或明或暗之"星"。但就知识性而言,总体上一代胜出一代——这源于知识的层叠累加性。我们可以在长江赋创作的源流中,清楚地看到随着长江知识的深化,赋作文本出现了明显变化。

岷山一直被认为是长江源头。明代赵东曦《涉江赋》言:"溯发源于岷山。"[1]清代黄隽《长江赋》开篇言:"岷山之阳,江源滥觞。"[2]清代石振金《荆门望江赋》言:"发脉自岷,其源甚远。"[3]清代曹汝金《天下第一江山赋》言:"导岷山而直下。"[4]以上均是对传统的"岷山导江"知识的接受与再生产。这种江源知识在长江赋源流中

横亘千余年。明代薛章宪《大江赋》言："源发于蛾眉。"①蛾眉即今峨眉山，其与岷山均位于今四川西南，山脉相连，乃至有"岷峨"一说，如明代祝允明《一江赋》言："西起岷峨。"②峨眉山与岷山为两座山是无疑的，言长江源于岷峨或峨眉，有异于"岷山导江"的意味，是对"岷山导江"知识的再造。清代周祥骏《长江赋》言："尔其滥觞也，脉连葱岭，壤接昆仑。赤宾淰其北，盐泽荡其西。或澴澄兮曲折，或缅续而旁分。荧荧一线，仰摄虹云。起阿克达母必拉；乃暂息乎羊膊之垠。洶山灵之秘钥，阐天地兮绷缊。溯神湫而穷探，放翁偏其未闻。"③其对长江源头的描述，修正了传统"岷山导江"的错误，把岷山移出了长江源头，接近今人的认识。

　　金沙江最初是作为支流出现于长江赋中的。如明代何孟春《黄鹤楼赋》言"远拾金沙"④，是将金沙江作为长江的支流进行书写的。伴随着人们对金沙江认识的深入，金沙江与长江的关系愈加受到重视。清代周祥骏《长江赋》开篇言："咄嗟嗳，滚滚乎滔滔乎驶哉！吸金沙，欲汉汜，蹴吴天，咽瀛海。"⑤其对长江源流的铺陈，提及"汉汜""吴天"，即汉水、吴国故地，到大海而止（瀛海）。相对于以往的长江书写而言，其最大的不同之处就是从金沙江开始写起，将金沙江纳入长江源流的谱系，并给予其与汉江、大海相提并论的地位。该赋并未对"岷山导江"进行书写，侧面反映出赋家接受的长江知识中，有对长江上游水系的重新厘定。

　　关于长江的长度，长江赋中常见的是"千里"与"万里"，均是虚

---

① 《历代辞赋总汇》第 6 册，第 5266 页。
② 《历代辞赋总汇》第 6 册，第 5495 页。
③ 《历代辞赋总汇》第 21 册，第 20905 页。
④ 《历代辞赋总汇》第 7 册，第 5630 页。
⑤ 《历代辞赋总汇》第 21 册，第 20905 页。

指,泛指长江水流之长。南宋李纲《江上愁心赋》言:"我归自南兮,涉千里之长江。"①径言江长千里。明代张吉《金山图赋》言:"何岷川之东注兮,越千里而奔砰。"②其言长江自岷山发源,奔流千里而至今镇江金山(距入海处尚有数百里)。因此在赋家的概念中,长江全长在两千里以内。万里长江比千里长江更多见于长江赋,是关于长江长度最普遍的一种表述,"万里"极言其长,类似于"万里长城""万里黄河"等说法。如明代朱元璋《江流赋》言:"东去西来万里长。"③明代赵东曦《涉江赋》言:"泻万里而东下。"④清代王再咸《浔阳琵琶赋》言:"送客来万里秋江。"⑤清代冷士嵋《登金山赋》序言:"滔滔万里而来。"⑥清代方履篯《拟江文通江上之山赋》言:"晴江万里。"⑦清代丁汲《琅五山赋》言:"万里涛滚。"⑧"万里长江"作为一种浅层的长江知识,体现的是对长江长度的一种模糊、概括的认识。

与"千里""万里"相对,一些赋家笔下对长江长度具体的表述,则是深层的长江知识,体现着部分赋家长江知识的渊博深刻,以及历代长江知识的发展深化。

清代袁一清《长江赋》序言:"长江自岷山导源,盘互六千里。"⑨清代周祥骏《长江赋》言:"源远而流长,亘华番而倒沧溟,万

---

① 《历代辞赋总汇》第 4 册,第 3373 页。
② 《历代辞赋总汇》第 6 册,第 5370 页。
③ 《历代辞赋总汇》第 6 册,第 4729 页。
④ 《历代辞赋总汇》第 6 册,第 5451 页。
⑤ 《历代辞赋总汇》第 18 册,第 17678 页。
⑥ 《历代辞赋总汇》第 10 册,第 8820 页。
⑦ 《历代辞赋总汇》第 15 册,第 14467 页。
⑧ 《历代辞赋总汇》第 21 册,第 21637 页。
⑨ 《历代辞赋总汇》第 20 册,第 20110 页。

有四千一百余里。"①这种具体的长度,无疑是地理知识进步的体现。

　　长江赋对长江流经的州省数目,受到相关长江知识生产、传播的影响,而代有不同。东晋郭璞《江赋》言:"滈汗六州之域。"李善注曰"六州,益、梁、荆、江、杨、徐"②,依据的是晋代州域划分。明代郑棠《长江天堑赋》言:"陵轹八州之雄战。"③"八州"并非指明代之"州"。清代袁一清《长江赋》言:"下自狼山,上溯巴蜀。历五省六千里,扼吾吭而蹈吾腹。"④"五省"指的是清代省级区划。可以说,赋家对现实长江进行书写时,从现实的疆域划分出发,得出的相关州省数目不是固定的,明显受到了当时长江知识的影响。

---

① 《历代辞赋总汇》第 21 册,第 20905 页。
② 《日本足利学校藏宋刊明州本六臣注文选》,第 193 页。"杨"同"扬"。
③ 《历代辞赋总汇》第 6 册,第 5041 页。
④ 《历代辞赋总汇》第 20 册,第 20111 页。

第六章　郭璞与长江赋

郭璞《江赋》实为长江赋的开篇之作,不仅是创作传统的源头标记,更以其深刻持久的影响力形塑了源流。借用古人对"岷山导江"源头价值的肯定,可以将郭璞《江赋》确立为长江赋创作传统的正源。其正源地位的确立,有着充分的赋论、文集/赋集依据,更体现在后代长江赋创作自觉的追认,以及大量的拟作中。在后人对郭璞《江赋》的评价中,"实"的有无是关注的焦点,而以钱锺书"《江赋》无实"说为其典型。考之于史,证之以文,笔者认为"《江赋》无实"说存在失实之处,并对《江赋》失实的原因做出解释。

第一节　郭璞《江赋》:长江赋正源

"在山水诗尚未形成之前,有大量的士人利用赋体记述山川之美,这条山水赋的线索,应该是比较明朗的了。"[①]实际上,即使在山水诗形成之后,赋写山川之美的线索或曰脉络,仍较明朗清晰。在此脉络之中,显著的有长江赋创作传统的正源——郭璞《江赋》。

① 程苏东:《再论晋宋山水诗的形成——以汉魏山水赋为背景》,《南京师范大学文学院学报》2014 年第 3 期。

《江赋》径以"江"为题,属于长江赋创作传统中长江题材最为显豁的赋作之一,深刻影响着长江赋创作传统,流泽深广;不仅是赋中的经典文本,更是长江赋的开篇之作,使得郭璞成为长江赋创作传统中最早出现的典范赋家。郭璞《江赋》以典范赋家、经典文本的价值高度形塑了长江赋创作源流。其正源地位的确立体现在赋论的评定、文集/赋集分类中的标定、赋家的认定、拟作的锚定四个方面。

一、赋论的评定

郭璞赋作以《江赋》为最高成就。南朝梁刘勰《文心雕龙·诠赋》评价郭璞"景纯绮巧,缛理有余",并将其与王粲、徐干、左思、潘岳、陆机、成公绥、袁宏并称为"魏晋之赋首"①。刘勰标明了郭璞的赋坛地位,肯定了《江赋》的开创之功。其对郭璞《江赋》的评定与《晋书·郭璞传》所言《江赋》"其辞甚伟,为世所称"②成为对后世影响最为深远的两种评价。今人对郭璞《江赋》的评定更为具体。如连镇标认为:"在辞赋史上,郭璞《江赋》作为我国第一篇专以长江为题材的山水赋,名垂千古。"③

二、文集/赋集分类中的标定

"中国古代文学批评有一明显的现象,即评论家往往通过整理作品表达其批评思想,作为文学批评分支的赋学批评也不例

---

① 《文心雕龙注》,第 135—136 页。
② 《晋书》第 6 册卷 72,第 1901 页。
③ 连镇标:《郭璞研究》,上海三联书店 2002 年版,第 300 页。

外。"①因此,历代文集,尤其是赋集对郭璞《江赋》的收录、分类、排序等实际上反映了编选者对《江赋》的批评态度,亦即对《江赋》文学史、赋史位置的标定。

南朝梁萧统编《文选》收赋列"江海"类,收木华《海赋》、郭璞《江赋》,共两篇。南宋祝穆编《事文类聚》前集卷十六"地理部"列"江""淮""河""济""洛"等类,其"江"类的"杂著"仅收郭璞《江赋》一篇。清代张惠言所辑《七十家赋钞》是乾嘉时期成就最高、影响最大的辞赋总集,收赋以古赋为宗,止于六朝,②仅收七十家,而郭璞在内,表明对郭璞赋家地位的肯定,且郭璞赋只收《江赋》一篇。

就《江赋》的标定问题而言,赋集中最值得关注的是清代陈元龙辑《历代赋汇》。该赋集卷二十至卷三十收"地理"类赋作,其中卷二十五至卷二十六收江河类赋作,卷二十五收赋主要与长江、黄河相关,共二十一篇:

     1.[东晋]郭璞《江赋》

     2.[北宋]李觏《长江赋》

     3.[明]郑棠《长江天堑赋》

     4.[东晋]庾阐《涉江赋》

     5.[明]赵东曦《涉江赋》

     6.[南朝齐]谢朓《临楚江赋》

     7.[北宋]狄遵度《凿二江赋》

     8.[北宋]程俱《松江赋》

---

① 许结:《历代赋集与赋学批评》,《南京大学学报》(哲学·人文科学·社会科学版)2001年第6期。

② 禹明莲:《张惠言〈七十家赋钞〉分体归类与评点考述》,《山西师范大学学报》(社会科学版)2016年第3期。

　　9. [北宋]叶清臣《松江秋泛赋》

　　10. [元]沈干《浙江赋》

　　11. [东晋]顾恺之《观涛赋》

　　12. [明]黄尊素《浙江观潮赋》

　　13. [魏]应场《灵河赋》

　　14. [西晋]成公绥《大河赋》

　　15. [元]李祁《黄河赋》

　　16. [明]周光镐《黄河赋》

　　17. [明]刘咸《黄河赋》

　　18. [明]薛瑄《黄河赋》

　　19. [唐]阙名《襄华贯洪河赋》

　　20. [唐]李君房《清济贯浊河赋》

　　21. [唐]许尧佐《清济贯浊河赋》

　　第一至十二篇属于以长江为核心的"江"类赋作,第十三至二十一篇属于以黄河为核心的"河"类赋作。其"江"类,可分为八小类,并在小类中以朝代为序安排赋作:"长江"(3 篇)、"涉江"(2篇)、"楚江"(1 篇)、"二江"(1 篇)、"松江"(2 篇)、"浙江"(1 篇)、"江涛"(1 篇)、"浙江潮"(1 篇)。可见编者对赋中江河的态度首先是以"江"为尊,"江"以长江为首。其次,江、涉江、临楚江、凿二江中的"江"字均指向长江这条河流,但与长江的关联程度不同,编者是以关联程度的高低对这些赋作进行分类并排序的。最后,对于本书的研究来说也是最重要的。郭璞《江赋》显著地被标记于江河类赋作之首,而第一至七篇属于本书定义的长江赋范围,编者的这种安排在尊"江"之外,实际上标示了对郭璞《江赋》正源地位的肯定。

三、赋家的认定

赋写长江而因江闻名者,首推西汉枚乘《七发》,但长江书写为其"七"之一,并未独立成篇,不能算作长江赋范畴。清代曹汝金《天下第一江山赋》言:"郭璞之赋何壮,枚乘之笔非诬。"[①]举郭璞、枚乘之作为长江书写的典范。值得注意的是,枚乘时代在西汉,远早于东晋郭璞,曹汝金先言郭璞,赞其"壮",后言枚乘,言其"非诬",笔端暗含轩轾,最为推崇的显然是郭璞《江赋》。清代柯万源《春江花月夜赋》篇末言:"他年破浪乘风,后景纯而作赋。"[②]赋家以张若虚《春江花月夜》诗题为赋题,在铺陈了春江花月夜景、物、人、事之后,欲乘江风、破江浪,追步郭璞创作长江赋。这实际上间接表露了赋家认为,就长江书写而言,郭璞《江赋》凌驾于张若虚《春江花月夜》之上。赋家在特定角度下,对郭璞与枚乘、张若虚其人其作高低不同的评价,表露了对郭璞《江赋》正源地位的认定。

四、拟作的锚定

后代赋家《江赋》拟作的数量之多,展现了郭璞《江赋》典范赋家、经典文本对现实中鲜活的长江赋创作的持续影响,这些拟作锚定了郭璞《江赋》的正源地位。如清代汪士铎、吴大澂、倪文蔚、杨锐、姚福均、汪芑、孙士峨有同题《拟郭景纯江赋》。这些拟作的用韵或用字有两种,一是"禁用水傍(旁)字",如吴大澂、姚福均、汪芑赋作;二是以"五才并用水德灵长"为韵,如汪士铎、孙士峨赋作。

---

① 《历代辞赋总汇》第 21 册,第 21571 页。
② 《历代辞赋总汇》第 15 册,第 14362 页。

郭璞《江赋》多用水旁字，开篇言"咨五才之并用，寔水德之灵长"①。因此，拟作的用韵或用字实际上标明了郭璞原作的文字特征、主题意蕴等。详察拟作之结构，往往依循原作。如杨锐《拟郭景纯江赋》以长江源流开篇，继之以"其为状也""其水族珍怪""至其羽族""其旁则有""夹以"等，书写长江广阔的流域，以及丰富的长江物产。这与郭璞原作先言源流，后写"鱼则……""尔其水物……""其羽族也……""其旁则有……"②等结构类同，甚至用语一致。

清代叶昌炽（1849—1917，江苏苏州人）《九月十五日初度感赋》诗言"词赋雕虫慕景纯"，自注曰："余十七岁始学为赋，李文忠师督两江书院，课试以'拟郭景纯江赋'命题，禁用水旁，第一次拈笔。"③叶昌炽的拟作虽已不存，但从其诗与注来看，有可能与吴大澂（1835—1902，江苏苏州人）、姚福均（生卒不详，江苏苏州常熟人）、汪芑（生卒、籍贯不详）"禁用水傍（旁）字"的《拟郭景纯江赋》作于同一时地，即两江书院课试。而汪士铎（1802—1889，江苏南京人）、孙士峨（生卒、籍贯不详）同题共韵拟作，两篇可能作于同一时地，而非两江课试。无论以上猜测是否属实，都无损于这样一个事实，即对郭璞《江赋》的拟作在当时形成风气，多地多人有此创作。这种拟作风气无疑是对郭璞《江赋》正源地位的有力锚定。

---

① 《日本足利学校藏宋刊明州本六臣注文选》，第 193 页。
② 《日本足利学校藏宋刊明州本六臣注文选》，第 193—199 页。
③ ［清］叶昌炽：《奇觚庼诗集》，上海图书馆藏民国十五年刻本。

第二节　"无实"乃失实:钱锺书"《江赋》无实说"蠡测

钱锺书《管锥编》中有"《江赋》无实"一条。其言:

> 姚旅《露书》卷五评此赋"总括汉泗,兼包淮湘"等句
> 云:"江与淮泗,杳不相涉,何尝包括? 又江只跨梁、荆、扬
> 三州,无所谓'六州',亦不注于五湖也。如鲛、鲎、玉珧、
> 海月、土肉、石华、水母、紫菜等等,皆海错也,断不可以溷
> 江族。作者借珠翠以耀首,观者对金碧而眩目。"中肯抵
> 瑕,具征左思《三都赋·序》所讥"假称珍怪""匪本匪实",
> 几如词赋家之痼疾难瘳矣。[①]

郭璞位列"魏晋之赋首"(《文心雕龙·诠赋》)[②],其赋作历来
为人推崇,如《晋书·郭璞传》言《江赋》"其辞甚伟,为世所称"[③]。
李善注引何法盛《晋中兴书》言:"璞以中兴,王宅江外,乃著《江
赋》,述川渎之美。"[④]郭璞创作初衷在于赋写长江之大美,以张扬
江左中兴之信心。钱氏认为"《江赋》无实"合乎《三都赋·序》所言
"假称珍怪""匪本匪实"。考之《三都赋·序》,"假称珍怪"指的是
"然相如赋上林而引'卢橘夏熟',扬雄赋甘泉而陈'玉树青葱',班

---

① 《管锥编》第 4 册,第 1945 页。
② 《文心雕龙注》,第 136 页。
③ 《晋书》第 6 册卷 72,第 1901 页。
④ 《日本足利学校藏宋刊明州本六臣注文选》,第 193 页。

固赋西都而叹以出比目,张衡赋西京而述以游海若"①,即《上林赋》《甘泉赋》《西都赋》《西京赋》等汉大赋以植物的季节倒置、生物的地域错置来"假称珍怪"。"匪本匪实"指的是"美物者贵依其本,赞事者宜本其实。匪本匪实,览者奚信"②,是对"假称珍怪"的否定。钱氏所引《露书》举出的"《江赋》无实"的证据包括两个方面:一是《江赋》对长江水系的铺陈与实不符,存在不顾实际而过分夸大的弊病;二是《江赋》对长江水中生物的铺陈与实不符,存在将海中生物错置为江中生物的弊病。此说对《江赋》的真实性进行了根本否定。

钱氏的说法为众多学者所认同。如曹道衡引钱氏此说,认为《江赋》的描写有颇多夸饰的地方。③ 禹明莲举钱氏此说,以证学者对"郭璞为铺陈万里长江的磅礴气势,不惜借助沿岸不相关的山脉、江河、地域作为衬托"的讥讽。④ 徐梅认可钱氏"以实考之"得出的结论,同时指出海物混入《江赋》是郭璞有意为之的虚夸,正是赋体的迥异之处。⑤ 王德华引用钱氏此说,论证《江赋》中的长江水域范围广于实际地理范围,认为郭璞描写长江水域,并不是出于地理描述,而是基于文学的创作,这就解释了作品中存在的"不实"描写。⑥ 以上学者对钱氏"《江赋》无实说"不同侧面的接受,存在

---

① 《日本足利学校藏宋刊明州本六臣注文选》,第 76 页。

② 《日本足利学校藏宋刊明州本六臣注文选》,第 77 页。

③ 曹道衡:《郭璞》,载吴慧鹃、刘波、卢达编:《中国历代著名文学家评传》卷 1,山东教育出版社 2009 年版,第 323 页。

④ 禹明莲:《郭璞〈江赋〉地理文化考论》,《扬州教育学院学报》2012 年第 1 期。

⑤ 徐梅:《郭璞〈江赋〉文献学研究》,贵州师范大学 2016 年硕士学位论文。

⑥ 王德华:《述长江之美,寄中兴之望——郭璞〈江赋〉解读》,《古典文学知识》2010 年第 6 期。

一定程度的对钱氏说法的修正,但并未从根本上对钱氏说法进行否定。

通过对《江赋》长江水系与生物书写的考察,笔者发现其长江水系书写基本属实,可称"有实";而其长江生物书写基本失实,稍有"有实"成分,称其"无实"也有不妥。但是,钱氏以姚旅所举《江赋》长江水系、生物两方面失实之例为据,径言《江赋》无实",论据显然存在问题,则其论点自然值得商榷。笔者认为,钱氏"《江赋》无实说"存在对《江赋》的误读,"无实"改称"失实"更妥。事实上,这种误读的产生或源于古今地理生物概念的离合等。钱氏赋论在其学术成果中并不处于突出位置,但其人其论深刻影响着当今的学术研究路径,如胡晓明言《管锥编》"这部书尊文学,处处为文学着想,以文学为中国一切学问的旨归"[①]。因此,"《江赋》无实说"作为进入《江赋》文本世界的路标,其指向与实际的文本世界或有较大偏离,无意之中遮蔽了《江赋》的真实文本世界。

一、《江赋》长江水系书写有实

(一)江与淮泗相通

泗水在元代京杭大运河全线贯通前一直为淮河主要支流,全线贯通后可通过大运河与长江相通。因此,江与淮通,即为江与淮泗相通。在长江水系的漫长历史中,江与淮泗或相通,或"杳不相涉",其间的关系并非固定不变的。就郭璞所生活的时代来说,江与淮泗相通,而非"杳不相涉"。由此可见,北魏郦道元《水经注·

---

① 胡晓明:《40 多年,看了 30 多遍》,《文汇报》2023 年 1 月 15 日第 7 版"读书"。

淮水》对淮河水系的干支流进行的详细记载：

> 昔吴将伐齐，北霸中国，自广陵城东南筑邗城，城下
> 掘深沟，谓之韩江，亦曰邗溟沟，自江东北通射阳湖。《地
> 理志》所谓渠水也，西北至末口入淮。自永和中，江都水
> 断，其水上承欧阳埭，引江入埭，六十里至广陵城。①

公元前 486 年，吴国挖掘"邗溟沟"，即邗沟，连接了长江与淮
河两大水系。李善注引《山海经注》曰："泗水出鲁国卞县，至临淮
下湘县入淮。"又引《孟子》曰："禹决汝、汉，排淮、泗，而注之江。"②
长江以此与泗水等淮河支流相通。邗沟修建后，江淮间的航运得
以发展，泗水入淮，再经过邗沟入江。这条水路在三国割据时期成
为行军要道。曹植《杂诗·其五》："江介多悲风，淮泗驰急流。"③
曹植在这两句诗中提到江、淮、泗，正是因为江与淮、泗都是南征孙
权必经之路，而三者相互贯通。直至东晋永和年间(345—356)，由
于河道淤积，邗沟于扬州至长江的入水口淤堵，即"江都水断"，随
即修建了欧阳埭，引长江水至邗沟。江淮之间仍然贯通。就郭璞
生活的年代来说，江与淮泗相通，确凿无疑。且值得关注的是，江
淮之间的贯通，并非仅有邗沟这条人工运河。清代孙星衍甚至指
出，在吴王挖掘邗沟之前，江淮既已相通，只不过这种相通有着显
著的季节性。其言："江、淮、泗通流，不必在吴王沟通之后也。淮
之上游，寿春东则有施、肥通流，西则有芍陂宣泄，盛夏水涨，则径

---

① ［北魏］郦道元著，陈桥驿校证：《水经注校证》，中华书局 2007 年版，
第 713—714 页。
② 《日本足利学校藏宋刊明州本六臣注文选》，第 193 页。
③ 《曹植集校注》，第 568 页。

合肥入巢湖,以达于江。"①无论是邗沟连通江淮,还是盛夏水涨,
巢湖连通江淮,都表明了郭璞生活时代江淮间的相互沟通。

姚旅乃明代人,黄河与淮河曾于明代一度合流,即淮阴以下淮
河河床被黄河侵占,长江与淮泗之间的汇通因此被阻隔,"江与淮
泗,杳不相涉"乃是明代特定时期的水系状况,是姚旅以今度古做
出的片面结论。清咸丰五年(1855),黄河北徙②,淮河开始与黄河
分离。此时的淮河由于失去了原来的入江口,时常泛滥,造成的水
害闻名于世。1949 年之后,国家大力治理淮河。1951 年,毛泽东
发出"一定要把淮河修好"的号召,淮河入江通道总体而言逐年拓
展,就钱锺书生活的时代来看③,长江与淮河水系是相连的。因
此,《江赋》"总括汉泗,兼包淮湘"的书写,符合其时代的长江水系
实际情况,郭璞于此是据实书写的。而姚旅依据其生活年代长江
与淮河水系现状得出的推断属于以今度古,忽视了水系的历史变
迁。钱氏似对此未审而轻信。

(二)江跨六州

李善注曰:"六州,益、梁、荆、江、扬、徐。臧荣绪《晋书》曰:'华
阳黑水惟梁州,部巴东郡。益州,梁州之南地,部蜀郡。江州,本荆
州之东界,扬州之南境也。海、岱及淮惟徐州,部广陵郡。'"④其指
出了六州之具体名称。姚旅言:"又江只跨梁、荆、扬三州,无所谓
'六州'。"其认为长江仅流经梁州、荆州、扬州三州,而未流经益州、

---

① [清]孙星衍:《分淮注江论》,载谭其骧主编:《清人文集地理类汇编》
第 4 册,浙江人民出版社 1987 年版,第 209 页。

② 徐炳顺:《导淮入江史略》,广陵书社 2017 年版,第 51 页。

③ 《管锥编》,中华书局 1979 年版。

④ 《日本足利学校藏宋刊明州本六臣注文选》,第 193 页。"扬"同"扬"。

江州、徐州三州,这种判断实际上出于《尚书·禹贡》的记载。《尚书·禹贡》所言的古九州,为冀、兖、青、徐、扬、荆、豫、梁、雍。其中确实仅有梁、荆、扬三州为长江流经之地:

> 淮海惟扬州。彭蠡既猪,阳鸟攸居。三江既入,震泽底定。
>
> 荆及衡阳惟荆州。江汉朝宗于海。
>
> 华阳、黑水惟梁州……岷山导江,东别为沱,又东至于澧;过九江,至于东陵,东迆北,会于汇;东为中江,入于海。①

由《尚书·禹贡》可知,益州、江州并不在古九州之列。这是因为益州始于汉代。江州始于西晋,西晋元康元年(291)置江州。而实际上,郭璞《江赋》"六州"正是针对当时的行政区划而言的。《晋书·地理志上·总叙》:"晋武帝太康元年,既平孙氏……省司隶置司州,别立梁、秦、宁、平四州,仍吴之广州,凡十九州。"②晋初之十九州为司、冀、兖、豫、荆、徐、扬、青、幽、平、并、雍、凉、秦、梁、益、宁、交、广州。《晋书·地理志上·益州》言:"益州。案禹贡及舜十二牧俱为梁州之域,周合梁于雍,则又为雍州之地……武帝开西南夷,更置犍为、牂柯、越巂、益州四郡,凡八郡,遂置益州统焉,益州盖始此也……魏景元中,蜀平,省东广汉郡。及武帝泰始二年,分益州置梁州,以汉中属焉。七年,又分益州置宁州。"③益州所辖之地在今四川地区,实乃长江流经之所。《晋书·地理志下·扬州》

---

① 《十三经注疏》(清嘉庆刊本),第 312、313、315—320 页。
② 《晋书》第 2 册卷 14,第 407—408 页。
③ 《晋书》第 2 册卷 14,第 438—439 页。

言："惠帝元康元年，有司奏，荆、扬二州疆土广远，统理尤难，于是割扬州之豫章、鄱阳、庐陵、临川、南康、建安、晋安，荆州之武昌、桂阳、安成，合十郡，因江水之名而置江州。"①江州以长江而得名，则显然为长江流经之地。西晋之徐州，其地域范围含有广陵郡，即今扬州等地，实乃当时长江入海口。

姚旅以《尚书·禹贡》之记载径直认定长江流经之州为三，没有考虑到赋家郭璞选择的行政区划的依据，以及长江水系的古今不同(先秦、晋、明长江与淮河的关系有所变迁)，有臆测而妄断之嫌，实诬古人。

(三)江注五湖

"五湖"本为一种泛称，多地有之。如释慧远《庐山记》"南眺五湖，北望九江"②指的是庐山附近的湖泊。具体到《江赋》的文本世界，其"五湖"聚讼纷纭，但多与太湖有关，概而言之有五种说法。

其一，太湖即五湖，其"五"字说法不一。李周翰注曰："太湖水分为五道，故曰五湖。"③此或源于《后汉书·冯衍传》注引虞翻云："太湖有五道，故谓之五湖。"④"五"乃出入太湖水道之数目。李善注引张勃《吴录》："五湖者，太湖之别名也，周行五百余里。"⑤"五"乃太湖"周行"之长度。此外，《国语·越语下》言："果兴师而伐吴，

　　① 《晋书》第 2 册卷 15，第 462—463 页。
　　② 《全上古三代秦汉三国六朝文·全晋文》卷 162，第 2398b 页。
　　③ 《日本足利学校藏宋刊明州本六臣注文选》，第 193 页。
　　④ [南朝宋]范晔撰，[唐]李贤等注，中华书局编辑部点校：《后汉书》第 4 册卷 28 下，中华书局 1965 年版，第 997 页。
　　⑤ 《日本足利学校藏宋刊明州本六臣注文选》，第 193 页。

战于五湖。"韦昭注:"五湖,今太湖。"①即三国时,五湖同太湖。西晋杨泉作《五湖赋》乃现存最早颂美太湖的赋作②,序言:"余观夫主五湖而察其云物,皇哉大矣! ……夫具区者,扬州之泽薮也。有大禹之遗迹,疏川导滞之功,而独阙然未有翰墨之美。余窃愤焉……"赋言:"居扬州之大泽,苞吴越之具区。"③具区乃五湖的古称,五湖即太湖。东晋太元末,桓玄为义兴太守,登高望震泽(太湖别名),郁郁不得志,叹曰:"父为九州伯,儿为五湖长!"④即东晋时,亦以太湖为五湖。

其二,以太湖外加四湖为五湖,"五"为湖之数目。《太平寰宇记》引韦昭《三吴郡国志》言:"太湖边有游湖、莫湖、胥湖、贡湖,就太湖为五湖……胥湖、蠡湖、洮湖、滆湖,就太湖为五也。"⑤郦道元《水经注》言"五湖":"谓长荡湖、太湖、射湖、贵湖、滆湖也。"⑥司马贞《史记索隐》言:"五湖者,郭璞《江赋》云具区、洮滆、彭蠡、青草、洞庭是也。"(具区即太湖)⑦此类说法中太湖之外的四湖各家不一。

其三,五湖既为太湖,亦为太湖外加相连之附近四湖。《后汉书·冯衍传》李贤注云:"滆湖、洮湖、射湖、贵湖及太湖为五湖,并

---

①　[春秋]左丘明撰,徐元诰集解,王树民、沈长云点校:《国语集解》,中华书局 2002 年版,第 576 页。

②　章沧授:《颂美太湖第一篇——读杨泉〈五湖赋〉》,《古典文学知识》2001 年第 1 期。

③　《全三国赋评注》,第 670 页。

④　《晋书》第 8 册卷 99,第 2586 页。

⑤　[北宋]乐史撰,王文楚等点校:《太平寰宇记》卷 94,中华书局 2007 年版,第 1883 页。

⑥　《水经注校证》,第 684 页。

⑦　《史记》第 4 册卷 29,第 1407 页。

太湖之小支,俱连太湖,故太湖兼得五湖之名。"①

其四,五湖为太湖东岸之五个湖泊,后来与太湖相连为一。张守节《史记正义》言:"五湖者,菱湖、游湖、莫湖、贡湖、胥湖,皆太湖东岸,五湾为五湖,盖古时应别,今并相连。"②

其五,五湖为太湖之外的五个湖泊。《周礼·职方氏》言:"东南曰扬州,其山镇曰会稽,其泽薮曰具区,其川三江其浸五湖。"③具区和五湖并举,具区即太湖,则太湖非五湖。此说或与上一种说法相关。具区、五湖均为扬州湖泊,相互之间贯通,侧面表明了太湖与五湖的密切关系。

综上,可以确定《江赋》之五湖,或包括太湖,或不包括太湖,但其位置在太湖或太湖附近则无疑问。太湖流域水系发达,自古至今,多条河流沟通太湖与长江,言江注五湖,即使从地理学角度而言,也是有科学依据的。江注五湖在史书中多有记载,甚至可证之以晋代赋文,如西晋杨泉《五湖赋》言五湖:"南与长江分体,东与巨海合流。"④西晋潘岳《沧海赋》言:"朝五湖而夕九江。"⑤

王德华言:"郭璞知识丰富,又从河内南走,中经江淮,对长江、淮河水系应有所了解,实际上不应有如此错误。"⑥王德华的疑惑侧面道出了《江赋》水系书写有实的赋家知识与践履层面的依据,即郭璞有长江乃至淮河水系的知识、践履,前者可证之以李善注引《山海经注》曰:"泗水出鲁国卞县,至临淮下相县入淮。"后者可证

---

① 《后汉书》第 4 册卷 28 下,第 997 页。

② 《史记》第 1 册卷 2,第 59 页。

③ 《十三经注疏》(清嘉庆刊本),第 1861 页。

④ 《全三国赋评注》,第 670 页。

⑤ 《全魏晋赋校注》,第 264 页。

⑥ 王德华:《述长江之美,寄中兴之望——郭璞〈江赋〉解读》,《古典文学知识》2010 年第 6 期。

之以郭璞作《江赋》时已为东晋,其南渡有年,对淮河、长江均有践履。因此,从郭璞所处时代当时的长江水系实际情况,乃至郭璞个人的长江水系知识践履来看,《江赋》对长江水系的描写基本与现实相符,而姚旅的错误认知源于其以今度古,未注意到长江水系的历史变迁,以及长江知识的不断更新。

二、《江赋》长江生物书写失实

《江赋》长江生物书写基本失实,但言其"无实"稍显不妥。这是因为姚旅所举海错——鳠、鲎、玉珧、海月、土肉、石华、水母、紫菜等,并非完全属于海洋生物。姚旅所举海错,可分三类观之。

(一) 近海而不入江之生物

鲎、玉珧、海月、土肉、石华、紫菜均为近海而不入江之生物。

鲎被称为动物界的活化石。李善注引《广志》曰:"鲎鱼似便面,雌常负雄而行,失雄则不能独活,出交趾南海中。"[①]鲎活动于中国长江以南海岸,喜欢居于盐度较低的河口,在沙滩上产卵。左思《吴都赋》言吴王"观鱼乎三江。泛舟航于彭蠡",罗列相关水物时,言及"乘鲎鼋鼍"[②],江淹《空青赋》言"乘鲎履螭"[③],均为对鲎的描述。

玉珧,今名江瑶柱,为海洋生物而不见其入江。如《海录碎事》引《海物异名》云:"江珧柱,厥甲美如珧玉。"[④]玉珧虽为海错,但其

---

① 《日本足利学校藏宋刊明州本六臣注文选》,第 195 页。
② 《日本足利学校藏宋刊明州本六臣注文选》,第 195 页。
③ 《江文通集汇注》卷 2,第 92 页。
④ [宋]叶廷珪撰,李之亮校点:《海录碎事》卷 22 上,中华书局 2002 年版,第 980 页。

江瑶柱之名令人费解,此"江"字所指不明。

李善注引《土物志》:"海月大如镜,白色,正圆,常死海边,其柱如搔头大,中食。"[1]海月从名称可知与海洋密切相关。

李善注引《土物志》:"土肉,正黑,如小儿臂大长王寸中,有腹无口目,有三十足,炙食。"[2]北宋乐史《太平寰宇记·岭南道·惠州·海丰县》"南海"条:"又有土肉,正黑,大如小儿臂,长四五寸,中有腹,无口目,有三十足,如笄簪之形。"[3]今人注《江赋》,多祖述李善所注。如赵逵夫主编《历代赋评注》注释《江赋》言"土肉"为"一种多足水生动物,黑色"[4]。事实上,李善、乐史等古人描述的"土肉"形状、颜色习性,与海参十分相近。清郝懿行《海错》对此有更为详细的记述:

> 李善《文选·江赋》注引《临海水土异物志》曰:"土肉,正黑。如小儿臂大,长五寸,中有腹,无口目,有三十足,炙食。"余案:今登莱海中,有物长尺许,浅黄色,纯肉无骨,混沌无口目,有肠胃。海人没水底取之,置烈日中,濡柔如欲消尽;瀹以盐则定,然味仍不咸。用炭灰腌之,即坚韧而黑,收干之,犹可长五六寸。货致远方,啖者珍之,谓之海参,盖以其补益人与人参同也。《临海志》所说,当即指此。而云"有三十足",今验海参乃无足,而背上肉刺如钉,自然成行列,有二三十枚者。《临海志》欲指

---

① 《日本足利学校藏宋刊明州本六臣注文选》,第 195 页。
② 《日本足利学校藏宋刊明州本六臣注文选》,第 195 页。
③ 《太平寰宇记》卷 160,第 3069 页。
④ 赵逵夫主编:《历代赋评注》魏晋卷,巴蜀书社 2010 年版,第 576 页。

此为足,则非矣。①

　　海参在我国沿海地区多有出产,且大多生活在潮间带或浅海。
　　李善注引《土物志》:"石华,附石生肉,中啖,临海水。"②清金
武祥《粟香随笔》言:"《本草》:石花菜,一名瑯枝,并以形名。郭璞
《江赋》:'玉珧海月,土肉石华。'石华即此物。生南海沙石间。"③
　　《江赋》:"紫蒬荧晔以丛被。"④"紫蒬"一本作"紫菜",二者同。
如南宋郑樵《通志·昆虫草木略·草类》:"石花生于海中石上,谓
之紫蒬,即紫菜也。"⑤多地海岸有紫菜出产。《太平寰宇记·河南
道·海州》:"紫菜。产在郡东北五十里海畔石上,旧贡也。"⑥又
《太平寰宇记·江南东道·明州》有土产"紫菜"⑦。李善注曰:"紫
菜,色紫,状似鹿角菜而细,生海中。"⑧姚旅言紫菜为"海错",正与
李善注相合。清郝懿行《海错·昆布》言李善注:"其说非也。紫
菜,干之乃紫,轻薄若纸,沃以沸汤,细如断绳。"⑨"紫菜"乃今人日
常生活中所食用的菜品之一,多生长在沿海地区。"其生黏带石

　　①　[清]郝懿行著,安作璋主编:《郝懿行集》第 5 册《海错》,齐鲁书社
2010 年版,第 4484 页。
　　②　《日本足利学校藏宋刊明州本六臣注文选》,第 195 页。
　　③　[清]金武祥撰,谢永芳校点:《粟香随笔》,凤凰出版社 2017 年版,第
960 页。
　　④　《日本足利学校藏宋刊明州本六臣注文选》,第 196 页。
　　⑤　[南宋]郑樵撰,王树民点校:《通志二十略》,中华书局 1995 年版,第
1984 页。
　　⑥　《太平寰宇记》卷 22,第 458 页。
　　⑦　《太平寰宇记》卷 98,第 1959 页。
　　⑧　《日本足利学校藏宋刊明州本六臣注文选》,第 196 页。
　　⑨　《郝懿行集》第 5 册《海错》,第 4482 页。

上。潮浸,其散鍪鍪然。潮落,复黏于石。"①《江赋》言"紫菜荧晔以丛被","荧晔"光明貌(李善注)②,"丛被"丛生貌,这句的大意是紫菜丛生(于石上)而样貌光明。

(二)近海而入江之生物

鳆等近海生物通过洄游等方式,在特定季节进入长江,成为长江的季节性生物。它们虽是海错,却暂时性地获得江族身份。李善注引《字林》曰:"鳆鱼出南海,头中有石,一名石首。"③这样看来,"鳆"实为"海错"。值得注意的是,《江赋》言:"鳆鮆顺时而往还。"对与"鳆"并举之"鮆",李善注引郭璞《山海经注》曰:"鮆狭薄而长,头大者长尺余,二名刀鱼,常以三月、八月出,故曰顺时。"④鮆即长江刀鱼,就其今天的活动范围来看,主要在长江及近海半咸淡水区,其在生殖季节从长江口进入长江,沿长江干流上溯至长江中游产卵场进行生殖洄游,最远可达洞庭湖。郭璞并举"鳆鮆"言其"顺时",大意是这两种鱼的生活习性相似,即均有从近海至长江中游洄游习性。

南宋罗愿《尔雅翼》言:

> 鳆,出南海。首中有石如棋子,一名石首,南人名为鲞。其出有时。《临海异物志》曰:"石首,小者名踏水,其

---

① [明]陈洪谟、周瑛修纂,张大伟、谢茹芃点校,陈正统审订,福建省地方志编纂委员会整理:《大明漳州府志》卷10,中华书局2012年版,第203页。

② 《日本足利学校藏宋刊明州本六臣注文选》,第196页。

③ 《日本足利学校藏宋刊明州本六臣注文选》,第195页。

④ 《日本足利学校藏宋刊明州本六臣注文选》,第195页。

次名春来,石首异种也。"……盖其来以春,故以春来
名之。①

《临海异物志》,又名《临海水土异物志》,乃三国时曾为吴丹阳
郡太守的沈莹所作,是书多言海物。古人所言"南海",与今天的南
海不是同一个概念,古人所言"南海"有时仅指"南方之海"。就《尔
雅翼》这段材料来看,鳠乃近海之鱼,春则由海入江(或为长江)进
入内陆。

(三)海错江族皆有之生物

李善注引《南越志》:"海岸间颇有水母,东海谓之蛇,正曰蒙蒙
如沫,生物有智识,无耳目,故不知避人。常有虾依随之,虾见人则
惊,此物亦随之而没。"②依据李善注,似乎水母是"海错"无疑。但
李善注并没对水母进行全面解释——忽视了淡水水母的存在,就
今天的生物学研究来看,中国湖南、四川、浙江、湖北、河北、河南、
山东等地都发现过淡水水母。《江赋》言:"水母目虾。"③即水母以
虾为目。后代赋家多有《水母目虾赋》之作,清代荣光世《水母目虾
赋》言"考赋物于景纯""夫以江之有水母也"④,不仅表明其对水母
目虾的书写,源于郭璞《江赋》,而且指出长江有水母的存在。清代
赵新《水母目虾赋》言"水德灵长,更上景纯之赋"⑤,也指明了对水
母目虾的书写源于郭璞《江赋》。

---

① [南宋]罗愿撰,石云孙校点:《尔雅翼》卷 29,黄山书社 2013 年第 2
版,第 340 页。
② 《日本足利学校藏宋刊明州本六臣注文选》,第 195 页。
③ 《日本足利学校藏宋刊明州本六臣注文选》,第 195 页。
④ 《历代辞赋总汇》第 20 册,第 20214 页。
⑤ 《历代辞赋总汇》第 18 册,第 18543 页。

三、"无实"乃失实及其探因

通过对《江赋》长江水系、生物相关书写的辨析,可以明确钱氏"《江赋》无实说"存在失实之处,其说改为"《江赋》失实"更为准确。郭璞不仅是辞赋大家,更是对文字名物深有研究,因此其《江赋》失实之因更为令人费解。笔者结合郭璞的著述、相关诗文对《江赋》海洋生物的书写,以及古今地理知识、水系演变等,认为《江赋》失实存在两种可能的原因。

一是郭璞主观上"征实",其失实乃是限于当时的江海生物知识现状,即在郭璞的认知中,玉珧、海月、石华等存在于长江中。《山海经·东山经》:"又西南四百里曰峄皋之山。其上多金、玉,其下多白垩。峄皋之水出焉,东流注于激女之水,其中多蜃、珧。"[①]李善注引《山海经注》曰:"珧亦蚌属也。"[②]清李调元《南越笔记》引《尔雅注》云:"蜃小者,玉珧。"[③]"激女之水"无法确证是哪条河流,但其非海洋则无疑。从《山海经》原文、郭璞对"珧""玉珧"的注解,可知在郭璞的生物知识中,"玉珧"是河流中的淡水生物。郭璞作为南渡诸人中的广博之士,其有限的江海生物知识足以代表当时的江海生物知识状况。考虑到南渡之前,中国的政治文化中心在中原,海洋知识实际上处于知识谱系的边缘,即使以海为题的西晋

---

① [清]郝懿行撰,栾保群点校:《山海经笺疏》,中华书局 2021 年版,第 98 页。

② 《日本足利学校藏宋刊明州本六臣注文选》,第 195 页。

③ [清]李调元辑:《南越笔记》,载林子雄点校:《清代广东笔记五种》,广东人民出版社 2015 年第 2 版,第 317 页。

末木华《海赋》也是海洋知识、海洋想象交织[①]，海洋的真实面貌并未凸显；郭璞《江赋》中的"海错"并没有出现于木华《海赋》中，《海赋》中的海洋生物"海童""马衔""天吴""蝙像"实际上诡怪异常，为想象中的海怪海神，并非真实存在的海洋生物。就郭璞所处时代的江海生物知识状况而言，《江赋》海洋生物的真实性相对于木华《海赋》等，已经达到了知识水平的上限，乃是特定时代知识条件下的属实。南朝宋谢灵运名作《游赤石进帆海》言："扬帆采石华，挂席拾海月。"其已把《江赋》中的石华、海月作为海错来书写，其时距郭璞离世已多年，这种江海生物知识上的进步，正源于南渡之人及其后代对江海的认知加深，相关的江海生物知识有所发展。

二是郭璞观念中的长江是水德的象征，凌驾于海洋之上，为了极力赞美长江，在明知玉珧、海月、石华等生物活动范围或海洋属性的前提下，而将部分海域、海错纳入江域、江族范畴中。一方面，长江入海口的范围在测量工具有限的古代一直是一种模糊的概念，乃至入海口附近的海域存在被当作江域的可能。元代刘因《渡江赋》铺陈江水之势言："状如天轮胶戾而激转，又似地轴挺拔而争回。"[②]其乃化用木华《海赋》之句"状如天轮，胶戾而激转；又似地轴，挺拔而争回"[③]，写海水之句拿来展现江水之势，丝毫不觉龃龉，正反映了江海之水不分的一种概念倾向。因此，郭璞《江赋》在抬高长江地位的同时，可能扩大了入海口的范围，并把入海口附近的海域纳入长江范围，玉珧、海月、石华等近海生物在此概念下成

---

① 潘静如言："木华《海赋》以社会知识的海为书写对象，却在当中暗暗掺入了观念性的想象。"见潘静如：《论历代海赋的海洋书写及其知识、观念图景》，《文学评论》2021 年第 5 期。

② 《历代辞赋总汇》第 5 册，第 4070—4072 页。

③ 《日本足利学校藏宋刊明州本六臣注文选》，第页。

为江族。另一方面,《江赋》言"而其水物怪错"①,水物包括江族海错,对海错的书写是为了状水物之盛,进而展现水德之美,长江为水德之灵长而与海洋相通。岷山导江,江流入海,山海之间,长江是水德的象征,水德涵括水物,水物包含海错。

① 《日本足利学校藏宋刊明州本六臣注文选》,第 195 页。

第七章　苏轼与长江赋

　　人是环境的产物,水是生命之源,大江大河是自然环境中的重要元素,对人们的生产生活与精神生活具有极为重要的价值;人与土地之间产生的情感关联,很大程度上源于人与河流的互动。王水照、朱刚所著《苏轼评传》言苏轼谪居黄州时,说到苏轼与长江的关系:"苏轼可谓与长江有缘,家乡眉山有长江上游支流岷江经过;当年沿长江出蜀,写下第一批诗歌;游宦于杭、密、徐、湖数州,亦曾横绝大江;这次谪居,则又在江岸。"[①]《苏轼评传》认为,黄州"好山水"对苏轼的创作产生了巨大的作用:"好山水把逐臣变作了一个完全的诗人,而诗人也把这好山水带进了文化史,自苏轼来后,黄州一带遂多天下名胜,而为文化人所重。"[②]莫砺锋认为,苏轼参透了长江与人生,度过了"充实而有光辉"的一生;正是在黄州的长江边,苏轼实现了对现实苦难的精神超越,也实现了对诗意人生的终极追求,并建议把苏轼看成长江的形象代言人。[③] 事实上,长江之水、江上之山正是"好山水"具体而典型的存在。苏轼日与江居,具有深厚的长江践履,从践履中产生的长江物象在前后《赤壁赋》与

---

① 王水照、朱刚:《苏轼评传》,长江文艺出版社 2019 年版,第 36 页。

② 《苏轼评传》,第 36 页。

③ 莫砺锋:《诗词中的大美长江》,《人民政协报》2022 年 7 月 18 日第 11 版。

《滟滪堆赋》中分布密集。换一种角度,直接从长江出发,结合长江物象与践履对苏轼的长江赋进行研究,是探析其长江赋中疗愈形下层面的必由路径。

在东晋至清代源远流长的长江赋创作传统中,郭璞、苏轼之于长江赋,如同李白、杜甫之于诗歌史,是璀璨耀目的双子星座。[①]郭璞以《江赋》为长江赋开篇,拉开了长江赋创作传统的序幕,如同古人长江正源概念中"导江"之"岷山",矗立在源头之上。苏轼作为"江神"[②]则不仅以其长江赋,更以其长江诗词,甚至以在其人格魅力笼罩下的长江行踪深刻改变、壮大了长江赋创作源流,如同"江汉合流"为长江增其澎湃之势,恢宏长江赋之气象,实为长江赋之极则。

第一节　苏轼的长江赋创作

苏轼被贬黄州后的精神危机及其解脱,即疗愈,表现于赋则为前后《赤壁赋》这两篇千古名赋的创作。对此,学者从多个角度进行了深入研究,但基本上囿于儒、释、道结合的形上层面,关注于苏

---

① 罗宗强:《诗歌史上的双子星座——李白与杜甫》,《文史知识》1981年第1期。

② 余光中有"径尊李白为河伯,僭举苏轼作江神"之论,见余光中:《戏李白》附记,载余光中:《余光中诗精编》,长江文艺出版社2014年版,第106—107页。

轼乌台诗案之后的心境与被贬黄州时的处境。① 历代《赤壁赋图》
的创作及学者对其的研究,为我们揭示了形下物象的重要性——
"赤壁"在完成赋—图的形式转换后,赋(语象)与图(图像)贯通于
物象。② "江山之助"③不仅展现于赋之文本,也展现于图之图像,
存在于空间与时间中的物象于此凸显。"空间和时间是一切实在
与之相关联的构架。我们只有在空间和时间的条件下才能设想任
何真实的事物。"④以物象为焦点,关注于空间和时间,反观苏轼
赋,可见前后《赤壁赋》虽以"赤壁"为题,但其空间涉及江水、江月、
江风、江舟、江边之城、江岸之山等,就其整体而言,这是一个联系
紧密的物象体系,是以赤壁为中心的长江全景的切片。以长江物
象为焦点进行发散,就空间维度来看,苏轼早年创作的《滟滪堆
赋》,所写滟滪堆为长江中的"天下之至险"⑤,可纳入本书讨论范
围。⑥ 而从时间维度来看,苏轼赋中的长江物象,又与其长江践履
不无关系,其对长江物象的认知、体验乃至表达与其长江践履有着
深厚渊源。

---

① 孙绍振:《精神危机在形而上的思索中超脱——读苏轼〈赤壁赋〉》,
《语文建设》2021 年第 21 期;徐圣心:《偶然性・再现・生命实相——苏轼〈后
赤壁赋〉释旨》,《中外文学》2002 年第 4 期;阮忠:《苏轼赋的庄子印痕及其人
生境界》,《江汉论坛》2010 年第 11 期;索明堂:《浅论苏轼赋中的佛老思想》,
《昭通师范高等专科学校学报》2008 年第 6 期;等等。

② 许结:《"赤壁"赋图的文本书写及其意义》,《河北大学学报》(哲学社
会科学版)2020 年第 2 期。

③ 《文心雕龙注》,第 695 页。

④ 〔德〕恩斯特・卡西尔,甘阳译:《人论》,上海译文出版社 2004 年版,
第 58 页。

⑤ 《苏轼文集》第 1 册,第 1 页。

⑥ 苏轼以"赋"名篇的作品现存 25 篇,其中《滟滪堆赋》、前《赤壁赋》、后
《赤壁赋》,均展现了长江物象,这与其长江践履有显著而深刻的关系。

一、苏轼赋中的长江物象与践履

(一)长江物象

以《滟滪堆赋》、前《赤壁赋》、后《赤壁赋》为统计文本,可见苏轼赋中的长江物象主要有十一种。一是水,具体形态有江、蜀江、水、川、江渚、长江、水波、茫然、水光、白露、空明、流光、江流、流。二是人,具体形态有余、苏子、客、冯夷、曹孟德、周郎、二客、予。三是山,具体形态有瞿塘、峡口、峡、赤壁、断岸、山。四是石,具体形态有滟滪、石、巉岩。五是城,具体形态有城、孤城、荆州、江陵、夏口、武昌。六是船,具体形态有舟、扁舟、一苇、舳舻。七是风,具体形态有清风、悲风。八是月,具体形态有月、明月。九是动物,具体形态有鱼虾、麋鹿、虎豹、虬龙、栖鹘、孤鹤。十是植物,具体形态有蒙茸、草木。十一是建筑,具体形态有危巢、幽宫。

苏轼赋中的长江物象具有以下几个特征:

一是繁复密集,而以江水为主。就空间而言,涉及天、地、水三大类,天上之月及空中之风,地上之山、石、动植物、建筑,水上之船,水中之建筑、人、物,无不毕载。其中尤为突出的是江水,诸多形态,曲尽其妙。

二是全景潜在,赋中物象为长江物象的冰山一角,背后具有宏大的空间内涵。这体现在两个方面:一方面,长江上游及中游的江域展现于赋中。赋题之滟滪堆、赤壁,均是长江全景中之一点。而赋中展现的滟滪堆、赤壁,就其具体的长江元素形态而言,乃是置于潜在的长江全景的背景下进行的书写。前《赤壁赋》之"方其破荆州,下江陵,顺流而东也"①,写长江水战行军之路线,自荆州,过江陵,而向东,乃是活动于长江中游。"西望夏口,东望武昌"②,则是对长江中游重要城市的展现。另一方面,长江不仅是"水"的具体形态,更是一种宏大的自然空间,其中,"山川相缪"③"山高月小,水落石出"④"风起水涌"⑤表明江水与江岸之山、江上之月、江中之石等共为长江空间之具体物象。

三是视听并存。赋中之长江,主要作为视觉形象而存在。就视觉而言,大小有"万顷"⑥,颜色有"白露横江,水光接天"⑦。在视觉之外,苏轼赋中的长江元素,还涉及听觉、触觉,如"江流有声"⑧"草木震动"⑨。

四是突出人文。在苏轼之前,长江的文学形象最为突出的是其在政治、军事意义上的南北分界作用。长江之险,于宋人而言实属古今共识。魏文帝曹丕言:"长江天堑,固天之所以限南北者。"⑩长江作为天然的防御屏障,守护着东吴、东晋,以及南朝宋齐梁陈等多个南方政权,南北对抗、交流的历史与现实,以及其中复杂的民族情感,使得长江从地理概念升华为人文意象。

---

① 《苏轼文集》第 1 册,第 6 页。
② 《苏轼文集》第 1 册,第 6 页。
③ 《苏轼文集》第 1 册,第 6 页。
④ 《苏轼文集》第 1 册,第 8 页。
⑤ 《苏轼文集》第 1 册,第 8 页。
⑥ 《苏轼文集》第 1 册,第 6 页。
⑦ 《苏轼文集》第 1 册,第 6 页。
⑧ 《苏轼文集》第 1 册,第 8 页。
⑨ 《苏轼文集》第 1 册,第 8 页。
⑩ [明]何良俊撰,李剑雄校点:《四友斋丛说》卷 11,上海古籍出版社2012 年版,第 72 页。

（二）长江践履

苏轼的长江践履，是指苏轼在长江这一空间于时间维度进行的活动。其中的长江不仅包括自然之长江，也包括人文之长江。苏轼的长江践履主要表现在自然长江层面。就自然长江来说，苏轼与长江的空间形态关系，可分为江居、江行、渡江、游江四类。江居，即居住于江边城市。江行即通过长江水路往来各地。渡江，即通过渡船等，往来长江两岸。游江，即游览长江。兹论列四种长江践履如下：

一为江居。苏轼江居之地，主要有眉山、扬州、黄州三处。苏轼，"眉州眉山人"①。眉山自古是形胜之地，长江（岷江段）自北而南贯穿全境。而苏轼在眉山的居所，更是离长江很近，见苏轼《凤翔八观·东湖》言："吾家蜀江上，江水清如蓝。"②今四川省眉山市东坡区纱縠行南段的三苏祠，乃三苏故居，距岷江直线近两千米。黄州是苏轼贬谪生涯的第一站，是其人生转折、文学创作高峰的发生地。苏轼因乌台诗案，入狱百余日，后被贬谪黄州，于元丰三年（1080）二月一日到达黄州，在黄州生活了四年多。在苏轼诗中，黄州被称为"江城"，苏轼在黄州的居所——定惠院、临皋亭、雪堂，均临长江。居黄州期间是苏轼文学创作的高峰时期，也是其长江践履的高潮时期，其诗词中长江意象繁复密集，③更是留下了千古名篇前后《赤壁赋》。扬州是苏轼江居的第三个城市。元祐七年

---

①　［元］脱脱等：《宋史》卷 338《苏轼传》，中华书局 1977 年版，第 10801 页。

②　［清］王文诰辑注，孔凡礼点校：《苏轼诗集》第 1 册，中华书局 1982 年版，第 112 页。

③　马文静：《苏轼诗词长江意象及其文化蕴涵》，《河北北方学院学报》（社会科学版）2018 年第 6 期。

(1092)，苏轼任扬州知州半年有余。此次扬州江居时间较短，但苏轼多次到达和经过扬州，据考证多达十一次。① 苏轼于长江，可谓生于斯、长于斯、仕宦于斯，乃至卒于斯。

二为江行。苏轼的江行践履与其进京、回蜀、赴任等活动密切相关。其中行程长、耗时多的典型江行践履主要有四次。第一次，嘉祐四年(1059)，苏轼服丧期满，再次随同父亲、弟弟等进京。这次进京路线，与第一次进京路线不同。② 这次先是沿着岷江、长江而到江陵，再换陆路，北上汴京。其水路行程，自长江上游而至中游，路程过两千里。江行数日，一路山水景色入于诗赋。③ 可以说，此次江行，长江的自然山川、人文风俗、历史遗迹无不对苏轼产生了重要影响。第二次，治平三年(1066)，苏轼父亲苏洵逝世，苏轼扶父枢归蜀。此次回蜀，乃自汴京，顺汴河至洪泽湖，再入运河南下扬州，而后沿长江逆流而上，行程约十个月。第三次，绍圣元年，苏轼贬谪惠州。其南下惠州的行程中，有一段江行路程。该年五月，自金陵至当涂，过湖口，至江洲。第四次，元符三年，苏轼北归，进京行程至常州卒。其行程中有一段江行路线，即从赣州顺

---

① 马自力、赵秀：《苏轼任扬州知州的日常世事与审美超越》，《求是学刊》2022 年第 1 期。

② 嘉祐元年(1056)，苏轼与其父苏洵、其弟苏辙共同进京。时苏轼二十一岁。其路线大致如下：眉山—成都—剑门关—秦岭—凤翔府—长安—汴京。其中，眉山到成都的一段路程大致如下：眉山—彭山—新津—成都。大致是沿岷江而北上成都。

③ 苏轼《南行前集叙》："己亥之岁，侍行适楚，舟中无事，博弈饮酒，非所以为闺门之欢，而山川之秀美，风俗之朴陋，贤人君子之遗迹，与凡耳目之所接者，杂然有触于中，而发于咏叹。盖家君之作与弟辙之文皆在，凡一百篇，谓之《南行集》。将以识一时之事，为他日之所寻绎，且以为得于谈笑之间，而非勉强所为之文也。时十二月八日，江陵驿书。"（《苏轼文集》第 1 册，第 323 页）

赣江入长江,过金陵,至常州。

三为渡江。熙宁四年(1071),苏轼离京赴杭州,路线大致为顺汴河,入淮,经洪泽湖,入运河,至扬州瓜洲渡,过长江,至西津渡,再顺常州、平江等到杭州。熙宁七年(1074)九月,苏轼移知密州。此次北上路线,乃自杭州至湖州,再转吴江,顺运河而上。元丰二年(1079),苏轼自徐州赴湖州任太守,于扬州过长江至镇江。元祐四年(1089),苏轼自汴州到杭州任太守,此次南下经过汴河、运河,在扬州渡江,再从运河直抵杭州。元祐六年(1091),苏轼罢杭回京,路线乃北上湖州,转吴江,沿运河北上。

四为游江。最为显著的莫过于赤壁之游。在赤壁之游前,苏轼还有过武昌雪溪西山寺之游等。

就人文长江来说,苏轼接触乃至创作了许多以长江为主题的文学、绘画作品等。苏轼所编《南行集》,汇集苏洵、苏轼、苏辙三人江行期间所作诗篇,多应景而作,有长江物象。苏轼《李思训画长江绝岛图》表明,其不仅对长江绘画有所接触,更通过出色的诗艺展现了其对长江绘画的独特见解,这种见解与其对长江的体认不无关系。

苏轼的长江践履具有四个特点:

一是时间较长,在其人生中显著。苏轼不仅成长于斯,而且宦游乃至贬谪于斯。二十一岁进京前,苏轼主要居住于家乡眉山。嘉祐二年(1057),母亲程夫人卒,苏轼回蜀。嘉祐四年(1059),再次出蜀入京。治平三年(1066),父亲苏洵逝世,苏轼扶父柩归蜀。熙宁元年(1068),苏轼第四次进京,此后再未回蜀。苏轼居于家乡眉山,计有二十五年左右。元祐七年(1092)三月到八月,苏轼在扬州生活了五个月左右。苏轼于黄州生活了四年多。综上,苏轼江居岁月,计三十年左右。如果苏轼没有如此频繁(就宋代而言)、长时间、长距离的长江践履,很难说其面对亘古长存、日常可见的长江,能够触发内心深处的情感、产生瑰丽的想象与和谐的共鸣,乃至深刻而独到的哲思。

二是形式多样交织,内容繁复相通。就自然长江而言,江居、江行、渡江、游江的类型划分是大体而言的。实际上,苏轼江居期间也有江行、游江行为。如其黄州江居期间,去往武昌寒溪西山寺。其江行期间,往往数月,也伴随着时间较短的江居。就内容而言,渡江与江行不同,渡江或自南而北,或自北而南,行程较短,耗时较少。上述江行,多则数月,或自东而西,溯江而上,或自西而东,顺流而下,行程长,耗时多。

三是主体自觉性凸显。苏轼对其长江践履往往有着清晰且独特的体认,凸显着主体自觉性。如其诗不仅以"江城"称黄州,更以"江"指称目之所及之物所处空间,如"江云有态清自媚"(《定惠院寓居月夜偶出》)①。其在黄州选择的住所——定惠院、临皋亭、雪堂均临长江,相关诗文中展现了居所与长江的视觉、听觉关系等。作于定惠院的诗便已对其江居生活有所描绘,展现了江居所见长江的物象、物象唤起的长江践履记忆等。

> 忆昔扁舟溯巴峡,落帆樊口高桅桠。长江衮衮空自流,白发纷纷宁少借。(《次韵前篇》)②
> 我来黄冈下,欹枕江流碧。(《次韵和王巩六首·其一》)③

苏轼暂住定惠院数月后,于当年定居临皋亭。"临皋亭下不数

---

① 《苏轼诗集》第 4 册,第 1033 页。
② 《苏轼诗集》第 4 册,第 1033—1034 页。
③ 《苏轼诗集》第 4 册,第 1127 页。

十步,便是大江。"(《与范子丰八首·八》)①"所居江上,俯临断岸,几席之下,风涛掀天。"(《答吴子野七首·四》)②苏轼在搬离临皋亭之后,居于雪堂,仍是临江,诗言"卧看千帆落浅溪"(《南堂五首·其一》)③,"挂起西窗浪接天"(《南堂五首·其五》)④,浩荡长江的万千景象,其家居触目可得。

四是与文学创作活动联系紧密。嘉祐四年(1059),苏轼自蜀返京之际,舟行长江,作诗 40 余首,展现了长江沿线的山川景致、文物古迹、风土民情。⑤ 长江践履与长江文学创作同步。

(三)长江践履之于长江物象

一是长江践履生成长江物象,层叠的长江践履深化已有的长江物象。如前《赤壁赋》言:"西望夏口,东望武昌。"⑥夏口与武昌均是长江边、黄州附近的重要城市。苏轼在黄州江居之前的数次长江践履中,均曾对其有过体认。元丰三年(1080)二月,苏轼到达黄州,当年四月便与友人杜道源渡江,游武昌寒溪西山寺;当年六月,苏辙来到黄州,苏轼又同苏辙同游武昌寒溪西山寺。苏轼之武昌雪溪游相关诗文中的长江物象,又见于赤壁之游诸赋作的物象。"所居临大江,望武昌诸山咫尺,时复叶舟纵游其间,风雨雪月,阴晴早暮,态状千万。"(《与上官彝三首·三》)⑦其所记扁舟出游经

① 《苏轼文集》第 4 册,第 1453 页。

② 《苏轼文集》第 4 册,第 1736 页。

③ 《苏轼诗集》第 4 册,第 1166 页。

④ 《苏轼诗集》第 4 册,第 1167 页。

⑤ 王瑜瑜:《耳目所接,皆成佳咏——苏轼嘉祐四年江行诗探胜》,《河南理工大学学报》(社会科学版)2009 年第 4 期。

⑥ 《苏轼文集》第 1 册,第 6 页。

⑦ 《苏轼文集》第 4 册,第 1713 页。

历,与其赤壁之游气象仿佛。"望武昌",即前《赤壁赋》"东望武
昌"①;"叶舟",即前《赤壁赋》"驾一叶之扁舟"②。

二是长江物象对应的主题通过长江践履不断深化。与上述苏
轼的长江之叹同理,苏轼于前《赤壁赋》中抒发的人生短暂、宇宙无
穷之叹,即"哀吾生之须臾,羡长江之无穷"③。实际上,在其嘉祐
四年(1059)进京,于江行途中创作的相关诗作中已经出现:

> 山前江水流浩浩,山上苍苍松柏老。
>
> 舟中行客去纷纷,古今换易如秋草。(《留题仙都
> 观》)④
>
> 山头孤石远亭亭,江转船回石似屏。可怜千古长如
> 昨,船去船来自不停。浩浩长江赴沧海,纷纷过客似浮
> 萍。谁能坐待山月出,照见寒影高伶俜。(《望夫台》)⑤

二、苏轼赋中的疗愈

疗愈的最终完成是形上的解脱,而这种解脱的获得实有赖于
对形下之象,即长江物象的体认。长江物象所蕴含的巨大能量,对
苏轼赋中疗愈的作用不应被忽视。

苏轼赋中的形上解脱,前人论之已深,但主要针对的是前《赤
壁赋》,兼及后《赤壁赋》,没有注意到《滟滪堆赋》中的形上解脱。

---

① 《苏轼文集》第1册,第6页。
② 《苏轼文集》第1册,第6页。
③ 《苏轼文集》第1册,第6页。
④ 《苏轼诗集》第1册,第18页。
⑤ 《苏轼文集》第1册,第23页。

此三赋通而观之,其中的形上解脱,不出儒、释、道三家范畴。就儒家来看,《滟滪堆赋》言"物固有以安而生变兮,亦有以用危而求安"①,其居安思危的精神与《左传·襄公十一年》"《书》曰:'居安思危,思则有备,有备无患'"②、《论语·卫灵公》"子曰:'人无远虑,必有近忧'"③等一脉相承。就佛家来看,前《赤壁赋》言"耳得之而为声,目遇之而成色,取之无禁,用之不竭"④,耳目声色之得契合佛家七情六欲随缘生色之说。无禁不竭之取用,实乃宇宙之无限。就道家来看,苏轼受庄子的熏染表现于其文学创作的方方面面,赋中亦然。⑤ 前《赤壁赋》言"盖将自其变者而观之,则天地曾不能以一瞬。自其不变者而观之,则物与我皆无尽也"⑥,变与不变的言说,与庄子的相对论贯通,是庄子"方生方死方死方生"的具体阐释。

苏轼赋中疗愈的完成,实际上伴随着对长江的体认。在赋中,苏轼展现了三种长江。一是"大江"。《滟滪堆赋》:"蜀江远来兮,浩漫漫之平沙。行千里而未尝龃龉兮,其意骄逞而不可摧。忽峡口之逼窄兮,纳万顷于一杯。方其未知有峡也,而战乎滟滪之下,喧豗震掉,尽力以与石斗,勃乎若万骑之西来。"⑦《滟滪堆赋》中的大江与苏轼《念奴娇·赤壁怀古》"大江东去,浪淘尽、千古风流人物"⑧之浩浩荡荡、奔流东去的大江相似,展现的是大江汹涌澎湃、

---

① 《苏轼文集》第 1 册,第 1—2 页。
② 《十三经注疏》(清嘉庆刊本),第 4235 页。
③ 《十三经注疏》(清嘉庆刊本),第 5469 页。
④ 《苏轼文集》第 1 册,第 6 页。
⑤ 阮忠:《苏轼赋的庄子印痕及其人生境界》,《江汉论坛》2010 年第 11 期。
⑥ 《苏轼文集》第 1 册,第 6 页。
⑦ 《苏轼文集》第 1 册,第 1 页。
⑧ 《东坡乐府笺》,第 172 页。

勇往直前的伟力。二是"长江"。前《赤壁赋》"羡长江之无穷""是造物者之无尽藏也"①，展现的是长江亘古至今、不变存在的永恒。三是"归江"。后《赤壁赋》："予亦悄然而悲，肃然而恐，凛乎其不可久留也。反而登舟，放乎中流，听其所止而休焉。"②由山而江，展现的是对江的亲近之情。可以说，"大江"的伟力，"长江"的永恒，"归江"的亲近，无不是苏轼赋中疗愈的动力。

三、长江物象与长江践履之于疗愈

"目既往还，心亦吐纳。"③苏轼赋中众多的长江物象，来源于其显著的长江践履。这些长江物象及其背后的长江践履在苏轼赋中的疗愈中，具有重要的作用，是苏轼所得"江山之助"④最为集中的体现。源于长江践履的长江物象，在后续的践履之中获得确认、深化；层叠而成的长江物象是长江践履的定格。长江物象与践履都属于苏轼赋中的形下内容，而此形下内容具有独特价值，在苏轼最终完成形上之解脱，实现自我疗愈的过程中发挥了不可替代的作用。这种作用的产生，可从以下几个方面来看：

（一）长江连接物我——自然的疗愈

物我因长江而为一，广阔宏大的长江给人以自然愉悦之感，融于自然而获解脱。与我为一之物象，着我之色，是为意象。此可从三个方面观之：

---

① 《苏轼文集》第 1 册，第 6 页。
② 《苏轼文集》第 1 册，第 8 页。
③ 《文心雕龙注》，第 695 页。
④ 《文心雕龙注》，第 695 页。

其一，从苏轼与长江的关系来看，苏轼"日与水居"(《日喻》)①，是乐水智者，擅长表现水；在苏轼这里，水具有精神人格象征的特殊意义，几乎是理解、把握苏轼之最重要、恰当的凭依。②此"水"乃形上抽象之水，其形下具象的典型即为江水，是苏轼"日与水居"中最为显著的水之具体形态。因此，苏轼与长江物象之间"无隔"。此可见于其《滟滪堆赋》将江水人格化，言江水在到滟滪堆之前"意骄逞而不可摧"，遇到滟滪堆则"尽力以与石斗"③，展现的是自己的人生感悟。

其二，从苏轼赋的创作类型来看，写长江可归于咏物之作。传统的咏物作品描摹物象、寄托心志的特点，以及物我关系的复杂性，在苏轼长江赋作中有着别样的体现。王夫之《姜斋诗话》："含情而能达，会景而生心，体物而得神，则自有灵通之句，参化工之妙。"④这种物我无隔、灵通参化的咏物境界，见于前《赤壁赋》"客亦知夫水与月乎"⑤一段文字。皎洁月光，苍茫江面。主客问答中，透露着身世之叹、人生之慨。江上月，江中水，被苏轼感知并描摹，承载着其如水流动的情思——自身慨叹消解于自然。"物"与"我"，即此身所处之江上与江上之我。以我观长江，则相隔而生叹。我与长江合一，则"皆无尽也"⑥。透过长江元素表现自身遭遇、内心苦闷，这是"托物言志"，是对长江元素的感知与描摹。尽

---

①　《苏轼文集》第 5 册，第 1981 页。

②　阮堂明：《论苏轼对"水"的诗意表现与美学阐发》，《文学遗产》2007年第 3 期。

③　《苏轼文集》第 1 册，第 1 页。

④　王夫之著，戴鸿森笺注：《姜斋诗话笺注》卷 2，上海古籍出版社 2012年版，第 97 页。

⑤　《苏轼文集》第 1 册，第 6 页。

⑥　《苏轼文集》第 1 册，第 6 页。

物象之形貌,传神写照,而达到了物我合一这种咏物的最高境界。苏轼赋中长江神妙,内心与长江融会,情志表达得淋漓尽致。长江与赋家苏轼合二为一,既是写长江,也是写自己。表层是长江物象,潜层是赋家情志,且物我为一,难以剥离。

其三,苏轼赋中借助长江元素而实现的物我合一,其实现的基础是苏轼之"随物赋形"。《滟滪堆赋》言:

> 天下之至信者,唯水而已。江河之大与海之深,而可以意揣。唯其不自为形,而因物以赋形,是故千变万化而有必然之理。[1]

水无形而因物赋形,就之江而为江水。这种对水的形上体认,实际上透露了苏轼的人生态度,乃至其创作方式亦深刻地体现了这一点。其《自评文》言:

> 吾文如万斛泉源,不择地皆可出,在平地滔滔汩汩,虽一日千里无难。及其与山石曲折,随物赋形,而不可知也。所可知者,常行于所当行,常止于不可不止,如是而已矣。[2]

(二)长江连接他乡与故乡——故乡的疗愈

"人情同于怀土兮,岂穷达而异心。"(王粲《登楼赋》)[3]故乡是

---

① 《苏轼文集》第 1 册,第 1 页。
② 《苏轼文集》第 5 册,第 2069 页。
③ 《全三国赋评注》,第 140 页。

游子永恒的精神牵挂。空间层面的长江,其水源于故乡,流于他乡;是苏轼心安之处,给予苏轼以故乡的慰藉。

其一,他乡之江水源于故乡,江水带来故乡的慰藉。"归去来兮,吾归何处,万里家在岷峨。"(《满庭芳》)①身处黄州的苏轼已经远离家乡、宦游在外十余年,在他乡与故乡的关系纠葛中形成了一种"寄生"故乡观,已将故乡泛化、意念化,实现故乡的异乡化,甚至是异乡的故乡化。② 这种形上观念的转变,源于其人生践履(包括长江践履),其形下表征可见于长江物象。长江对苏轼来说,是一种"流动的家乡"。这主要体现在江水源于家乡,即"我家江水初发源"(《游金山寺》)③。苏轼居于黄州临皋亭,正是江边,对此有言:"其半是峨眉雪水,吾饮食沐浴皆取焉,何必归乡哉!"(《与范子丰八首·八》)④长江之水可以疗愈其思乡之苦,以至于苏轼感叹:"何必归乡哉!"离家数千里,借助长江,可获得源自家乡的慰藉。当然,黄州江居时的苏轼,其内心的痛苦更多的是因贬谪造成的人生挫折,这种痛苦也消解在家乡之水中。

其二,他乡因为长江而使苏轼心安。熙宁元年(1068),苏轼自眉山进京,此后再未回过故乡。苏轼一生在许多城市生活过,京城汴京,贬谪之所黄州、惠州、儋州,还有杭州、扬州、密州,等等。他的这种异乡漂泊状态,如其《临江仙·离京口作》言:"家在西南,长作东南别。"苏轼有着一种随遇而安的人生态度,所到之地似乎皆为故乡。苏轼《定风波》:"此心安处是吾乡。"何以能够心安?身处黄州,长江绕郭,日日与从家乡所来之江水为伴,正是心安的一大

---

① 《东坡乐府笺》,第 212 页。

② 冯小禄:《苏轼的"寄生"故乡观》,《文史知识》2008 年第 10 期。

③ 《苏轼诗集》第 2 册,第 307 页。

④ 《苏轼文集》第 4 册,第 1453 页。

条件。这种条件发挥其作用,可验证于前后《赤壁赋》中。前《赤壁赋》中主客活动的范围正是江中,于江中安于清风明月,怀古念今,感怀人世,最终融入此江中环境,物我为一。此"物"主要是长江元素,是其生长、仕宦中熟悉而亲切的元素。反观后《赤壁赋》中的情调,先忧而乐,且是由山入江,方才转忧为乐。

(三)长江连接现今与过往——记忆的疗愈

长江连接着现今与过往,自身之长江践履、历史之长江事件、文学之长江传统,无不通过长江映照现今。长江物象成为沟通古今的载体,为苏轼赋中疗愈的实现提供了跨越时间的能量。

其一,自身之长江践履。苏轼的长江践履频繁而显著,与其前后《赤壁赋》创作紧密相关的长江践履,不仅有其两次赤壁之江游,还有其武昌寒溪西山寺之江游等。元丰三年(1080)四月,苏轼与友人杜道源游武昌寒溪西山寺;当年六月,苏轼又与苏辙同游武昌寒溪西山寺。武昌寒溪西山寺紧邻长江,苏轼这两次出游,有着友人、兄弟同游的情感安慰。这两次江游所作诗歌,就其物象来说,与前《赤壁赋》有着显著的关联。"今朝横江来,一苇寄衰朽"(《游武昌寒溪西山寺》)[①],"归路万顷青玻璃"(《与子由同游寒溪西山》)[②],这些诗作中的"横江""一苇""万顷"见于前《赤壁赋》中。

其二,历史之长江事件。苏轼所游之赤壁,并非三国赤壁之战的古战场,但苏轼却在其创作的赤壁相关作品中,多次咏及赤壁之战。时间维度的长江,诞生了众多"千古风流人物",这些人物虽被"大江东去,浪淘尽",风流云散于自然长江之中,但其发生在长江的事件,却一直被历史铭记。

---

① 《苏轼诗集》第 4 册,第 1049 页。
② 《苏轼诗集》第 4 册,第 1055 页。

其三,文学之长江传统。苏辙言:"子瞻诸文,皆有奇气。至《赤壁赋》,仿佛屈原、宋玉之作,汉唐诸公皆莫及也。"[①]知兄莫如弟,苏辙的这段评价指出了苏轼前《赤壁赋》与屈原、宋玉赋作在艺术精神上的贯通性。这虽然是从"奇气"等风格角度得出的结论,却提示了前《赤壁赋》乃至《滟滪堆赋》、后《赤壁赋》与屈原、宋玉作品的联系。而将焦点归于长江物象,考察苏轼赋与屈原、宋玉赋的渊源,可以发现一种长江文学传统的承继关系。苏轼赋继承着屈原、宋玉赋的文学长江传统,这集中表现在两个方面:一方面,"江山之助"[②],即长江物象的文学价值在屈原身上即已体现。长江不但是屈原乡邦的重要地理空间,也是其文学创作的重要场域。屈原之所以能够写出杰出的赋作,长江作为"江山"的重要元素,其作用十分重要。刘勰《文心雕龙·物色》:"然屈平所以能洞监风骚之情者,抑亦江山之助乎?"[③]另一方面,长江审美主体的形成源自宋玉《高唐赋》。宋玉《高唐赋》是先秦文学中表现"山水审美"的最重要的作品[④],这篇赋作的表现主体——巫山高唐山水正是长江边的自然山水。屈原、宋玉开创了赋写长江的文学传统,并在枚乘、郭璞、庾阐、谢朓的赋作中得到进一步发展。因此,可以说,文学之长江传统通过物象与践履映射到现今之苏轼身上,而凝聚于其赋中。

---

① 苏籀记:《栾城先生遗言》,王云五主编:《丛书集成初编》,商务印书馆 1936 年,第 4 页。

② 《文心雕龙注》,第 695 页。

③ 《文心雕龙注》,第 695 页。

④ 潘啸龙、邹旻:《〈高唐赋〉与先秦的"山水审美"》,《安徽师范大学学报》(人文社会科学版)2010 年第 6 期。

第二节　苏轼:长江赋之极则

苏轼长江赋中形下长江与形上儒释道相结合,取得了非凡的艺术成就,为后代长江赋赋家所追模。在长江赋之外,苏轼创作的长江诗词也是文学史上影响深远的作品,诗词渗透于赋,赋家据此而书写长江,展现了苏轼整体文学创作对长江赋创作的影响。此外,苏轼因其作品与人格,成为文化史中的典型人物,其本人与长江相关的行踪,也被赋家纳入笔端。就长江赋创作的传统而言,无人能与苏轼的影响相比,苏轼堪称长江赋之极则。

一、前后《赤壁赋》的拟写

"赋是双珠可夜明"①,苏轼所作长江赋,尤其是前后《赤壁赋》,彪炳赋史,照亮了后代赋家长江赋创作的路径;在郭璞《江赋》之外,为长江赋创作传统树立了又一丰碑。这种价值的标定,显著地体现于元代祝尧《古赋辩体》一书收录苏轼前后《赤壁赋》与《屈原庙赋》,而不收郭璞《江赋》,一取一舍间轩轾之意显豁。② 祝尧《古赋辩体》辨体批评丰富系统,就其轩轾郭璞、苏轼而言,有辨赋体之源流正变,以及辨析历代赋作之优劣高下,为学者树立旗帜榜

---

① 　[明]王世贞:《游赤壁》,载《黄州赤壁志》编纂委员会编:《黄州赤壁志》,武汉大学出版社 2018 年版,第 269 页。

② 　[元]祝尧:《古赋辩体》,文渊阁四库全书本,目录。"古赋辩体"一作"古赋辨体"。

样两点值得关注,①正体现出对苏轼其人其作在赋体源流中的典范、经典价值的标榜。在苏轼之后,长江赋的创作无不受苏轼前后《赤壁赋》的影响,集中表现于赋家对前后《赤壁赋》的拟写。前后《赤壁赋》的拟写有两种,即拟作、拟句。

(一)拟作

从长江赋篇目中所辑前后《赤壁赋》的拟作均为清代作品,共38篇,如表 7-1 所示。这些赋作对原赋的长江物象均有继承,可分三类。第一类,以"赤壁"为标题的核心字眼,加入"续""拟""前""后",或"东坡""苏子"等字眼。如上官钺《续赤壁赋》、李周南《拟后赤壁赋》、夏思沺《拟苏东坡前赤壁赋》《拟苏东坡后赤壁赋》等。第二类,以前后《赤壁赋》中的赋句为题。如欧阳轩《横槊赋诗赋》、金仲理《酾酒临江赋》、陈鹤年《白露横江赋》、田依渠《苏子与客泛舟赋》《水波不兴赋》。第三类,以前后《赤壁赋》中的典型意象为题。如顾瓒《赤壁吹箫赋》、黄玉仑《赤壁箫声赋》等。

表 7-1　前后《赤壁赋》拟作

序　号	赋家	篇　名	序　号	赋家	篇　名
1	上官钺	续赤壁赋	20	田依渠	苏子与客泛舟赋
2	欧阳轩	横槊赋诗赋	21		水波不兴赋
3	禹　星	赤壁纵火烧兵赋	22	李寿蓉	赤壁烧兵赋
4	阮　元	赤壁赋	23	毕子卿	赤壁后游赋
5	吴廷琛	泛舟赤壁赋	24	叶长龄	周瑜火烧曹兵赤壁下赋

---

① 任竞泽:《祝尧〈古赋辨体〉的辨体理论体系》,《安徽大学学报》(哲学社会科学版)2014 年第 5 期。

续　表

序　号	赋　家	篇　名	序　号	赋　家	篇　名
6	陈　沆	东坡赤壁赋	25	沈　莲	赤壁图赋
7	李周南	拟后赤壁赋	26	方燕昭	赤壁后游赋
8	杨廷撰	苏长公后游赤壁赋	27	秦绶章	赤壁后游赋
9	蔡锦泉	东坡后游赤壁赋	28	陈志喆	拟后赤壁赋
10	夏思沺	拟苏东坡前赤壁赋	29	邓　方	拟苏子瞻前赤壁赋
11		拟苏东坡后赤壁赋	30	李　琪	赤壁箫声赋
12	陈鹤年	白露横江赋	31	宋鸿卿	拟苏子瞻赤壁赋
13	艾作模	七月既望游赤壁赋	32	沈治泰	赤壁图赋
14	顾　瓒	赤壁吹箫赋	33	沈溁泰	曹孟德横槊赋诗赋
15	梁恩霖	苏东坡游赤壁赋	34	金仲理	酾酒临江赋
16		东坡赤壁后游赋	35	徐　轵	东坡赤壁后游赋
17	王再咸	苏东坡游赤壁赋	36	黄玉仑	赤壁箫声赋
18	缪德棻	周瑜纵火烧曹兵赋	37	叶　兰	赤壁纵火破曹赋
19	魏兰汀	周瑜纵火烧曹兵赤壁下赋	38	刘源汇	横槊赋诗赋

　　以赋中长江为焦点来观这些拟作,可发现以下两个特点:其一,前后《赤壁赋》的拟作,基本上是对苏轼两次赤壁之游的延展。苏轼前《赤壁赋》言:"壬戌之秋,七月既望。"①后《赤壁赋》言:"是岁十月之望。"②即两次赤壁之游,一在初秋,一在初冬。后代赋家拟作往往严格参照这一季节书写,拟前《赤壁赋》则写初秋之景,拟后《赤壁赋》则写初冬之景。清代李周南《拟后赤壁赋》言:"怅岁序

---

　　① 《苏轼文集》第 1 册,第 5 页。
　　② 《苏轼文集》第 1 册,第 8 页。

之将改,已自秋而徂冬。"①其二,在苏轼的前后《赤壁赋》中,对长江的书写寥寥几句,拟作对此有拓展。如前《赤壁赋》言:"白露横江,水光接天。纵一苇之所如,凌万顷之茫然。""哀吾生之须臾,羡长江之无穷。"②梁恩霖《苏东坡游赤壁赋》赋末言:"且对长江而作赋。"明确了长江在赋作书写中的突出位置,为赋作中的长江图景的展现提供了视角依据。该赋中"满江风月""白露横江""波光漾白""万顷空明""江上清风""江山词客""贬至江城""江水滔滔""水月江风""舒啸江天""浪静江空"等长江意蕴浓郁③,图景描摹不仅有长江物象,还有长江人事。

梁秀坤对前后《赤壁赋》的拟作进行了专门研究,指出清代拟作特点在于"似与不似之间",具体如拟作基本保持了原赋的叙事脉络和顺序,主题围绕苏轼赤壁之游;拟作赋家具有化身为苏轼的倾向,对赤壁进行刻画并发出游览感慨,但结构有所变化;拟作在叙事视角、内容与意境等方面有较大变动等。④ 参考相关研究,并将焦点移入长江赋创作传统之中,表 7-1 所示拟作有三点值得注意:一是以诗句或诗题为赋题,在长江赋创作中较为多见,而以赋句为赋题,则仅见于陈鹤年《白露横江赋》、田依渠《水波不兴赋》、金仲理《酾酒临江赋》、欧阳轩与刘源汇同题《横槊赋诗赋》、沈溁泰《曹孟德横槊赋诗赋》,均源自苏轼前《赤壁赋》。这足以证明苏轼前《赤壁赋》对长江赋创作的深刻影响。二是"白露横江""水波不兴"均为前《赤壁赋》中对长江景色的描写,对全赋优美意境的营造

---

① 《历代辞赋总汇》第 15 册,第 14864 页。
② 《苏轼文集》第 1 册,第 6 页。
③ 《历代辞赋总汇》第 18 册,第 17602—17603 页。
④ 梁秀坤:《〈赤壁赋〉的拟作及其经典化意义》,《宁波大学学报》(人文科学版)2022 年第 2 期。

独具作用,但均属意象范畴。赋家径以此为题,把原作的意象拓展提升为题材,长江在赋作结构、内容上的作用更为凸显。三是"酾酒临江、横槊赋诗"为前《赤壁赋》中对曹操形象的描写,欧阳轩《横槊赋诗赋》、沈溁泰《曹孟德横槊赋诗赋》、刘源汇《横槊赋诗赋》、金仲理《酾酒临江赋》敷衍苏轼前《赤壁赋》关于曹操横槊赋诗的赋句,将原作中作为历史背景的曹操移到前景之中,苏轼赤壁之游反而成了历史背景,这种前后景的转换枢纽正在于长江。

(二)拟句

前后《赤壁赋》的拟句,实际上更能看出前后《赤壁赋》在长江赋创作传统中的渗透力,展现的是一种潜移默化、融入赋脉的影响。赋家在书写祖逖中流击楫、李白乘舟泛月等长江历史事件、文人逸事,乃至燕子岩、淮海南来第一楼等江山、江楼之时,将游于赤壁的苏轼置于画幅之中,以苏轼比况祖逖、李白,彰显江山、江楼人物风流。清代赵望曾《中流击楫赋》书写东晋祖逖渡江北去,而在江中敲打船桨,立誓恢复中原之事,见《晋书·祖逖传》言:"中流击楫而誓曰:'祖逖不能清中原而复济者,有如大江!'"[1]赋家在对祖逖中流击楫进行铺陈的时候,言及苏轼赤壁之游,赋言:"非扣舷而歌明月。"[2]即祖逖敲打船桨并非苏轼赤壁之游时扣舷而歌明月,而是立誓恢复中原,苏轼前《赤壁赋》有言:"于是饮酒乐甚,扣舷而歌之。歌曰:'桂棹兮兰桨,击空明兮溯流光。渺渺兮予怀,望美人兮天一方。'"[3]赋家有意通过不同长江空间的行动(渡江、江游)对比,凸显渡江的特定意蕴,其对江游事件的选择落在了苏轼赤壁之

---

① 《晋书》第 6 册卷 62,第 1695 页。
② 《历代辞赋总汇》第 23 册,第 23820 页。
③ 《苏轼文集》第 1 册,第 6 页。

游上,是对苏轼赤壁之游的典范性的确认。清代孙炳荣《李太白乘舟泛月赋》书写唐代李白江游,赋言"拟玉局箫吹赤壁,邀约舟人"①,将李白乘舟泛月比作苏轼赤壁之游。该赋多有对前《赤壁赋》的仿鉴,赋言"见水波之不兴"②,语出前《赤壁赋》"水波不兴"③。明代胡斌《燕子岩赋》回想往日驾舟江游之情景时言:"不让东坡独扣舷。"④此句可作两种解读:一是赋家扣舷而歌,遥相呼应赤壁之游的苏轼;二是赋家江游而与苏轼神交,由现实江游穿越古今,进入苏轼赤壁之游,相伴而歌。无论是古今呼应,还是穿越古今,赋家于此表达的对苏轼赤壁之游的欣羡、追慕则是无疑的。清代陈宝辂《淮海南来第一楼赋》赋末言:"更教共驾扁舟,继赤壁两赋之游。"⑤陈赋写北固山多景楼(位于今镇江北固山),登楼望江而欲效仿苏轼赤壁之游。

二、苏轼长江诗句的衍化

苏轼创作了大量与长江相关的诗歌作品,其中《游金山寺》尤为佳作。这首诗作于北宋神宗熙宁四年(1071),当时苏轼正前往杭州,赴任杭州通判,路经润州,于十一月三日到金山寺寻访僧人,宿于寺中。全诗如下:

> 我家江水初发源,宦游直送江入海。
> 闻道潮头一丈高,天寒尚有沙痕在。

① 《历代辞赋总汇》第 22 册,第 23006 页。
② 《历代辞赋总汇》第 22 册,第 23006 页。
③ 《苏轼文集》第 1 册,第 5 页。
④ 《历代辞赋总汇》第 6 册,第 4895 页。
⑤ 《历代辞赋总汇》第 23 册,第 23488 页。

中泠南畔石盘陀,古来出没随涛波。

试登绝顶望乡国,江南江北青山多。

羁愁畏晚寻归楫,山僧苦留看落日。

微风万顷靴文细,断霞半空鱼尾赤。

是时江月初生魄,二更月落天深黑。

江心似有炬火明,飞焰照山栖鸟惊。

怅然归卧心莫识,非鬼非人竟何物。

江山如此不归山,江神见怪警我顽。

我谢江神岂得已,有田不归如江水。①

　　时为枯水之冬,苏轼却极写长江的波澜壮阔,虚实相生。这首诗历来为研究者所重视,但相关研究并未注意到该诗在赋史中的影响,即以苏轼《游金山寺》诗句为题的赋作未被纳入研究视野。关于后代赋家以苏轼《游金山寺》诗句为题的赋作,笔者搜辑所得为 7 篇,即李恩绶、李恩授、毕子卿、陆兆馨、佚名、薛书培所作《江南江北青山多赋》,朱凤毛所作《有田不归如江水赋》。

　　以古人诗句为赋题的创作形式,在赋中有着久远的传统,在唐代已成风气。唐颢宇曾对唐赋以诗句为题的现象进行过专门研究,指出这种文体互动影响了赋的创作内容和主旨,体现出诗、赋两种文体在表现方式和特征上的异同,明显地揭示出诗赋合流在唐代文体发展中的趋势。② 而纵观赋史,以古人诗句为赋题,此风在清代尤盛,林纾在《论文讲义》中有言:

　　赋之为体,自唐已变,而宋则尤靡,迨及有清,则所谓

---

① 《苏轼诗集》第 2 册,第 307—308 页。

② 唐颢宇:《浅析唐赋以诗句为题的现象》,《文艺理论研究》2019 年第 4 期。

> 馆阁之体尤琐细不足言。唐宋赋题,或指一事,或指一
> 物,咸端重而切实。清之馆阁,则恒取古人之诗句为赋
> 题,务取刻画而肖其神者,于是四六之体因而日靡矣。①

以苏轼《游金山寺》诗句为题的 7 篇长江赋,在以古人诗句为赋题的整体特征之中,由于苏轼、长江等特殊的因素而展现出独特的风貌。

以苏轼《游金山寺》诗句为题的 7 篇长江赋,展现了比原诗文更为宏阔的空间,这种差异源于赋与诗文体的特点,赋善于"体物"的优点于此得以发挥。在差异之外,赋文空间与原诗文空间也有着相同之处,典型的是赋家与诗人选择的定点的一致性,即无论是原诗文空间,还是赋文空间,均呈现一种以金山寺为定点,四散开来的形式。

首先,赋家均以金山(金山寺)为定点,这与原诗之题《游金山寺》一致。陆兆馨《江南江北青山多赋》言:"则有苏玉局之游金山寺也。"②佚名《江南江北青山多赋》言:"昔苏子之游金山也。"③毕子卿《江南江北青山多赋》言:"昔苏长公之眺乎金山寺也。"④

其次,赋家对长江展开了多层面的想象,与原诗相比,意蕴更为丰富。一是长江与金山的关系。如李恩授《江南江北青山多赋》言:"尔乃江从山抱,山自江生。"⑤其追想苏轼当年游金山寺所处之金山与长江的关系,即长江环抱金山,金山独立江中,可以说,此

---

① 江中柱编:《林纾集》,福建人民出版社 2020 年版,第 144 页。
② 《历代辞赋总汇》第 23 册,第 23293 页。
③ 《历代辞赋总汇》第 23 册,第 23293 页。
④ 《历代辞赋总汇》第 19 册,第 19054 页。
⑤ 《历代辞赋总汇》第 22 册,第 22093 页。

处长江与金山共同构建了自然之形胜。二是长江与苏轼故乡的关系,李恩授《江南江北青山多赋》言:"于时小住江乡。"①将苏轼故乡,即长江边的眉山称作"江乡"。三是长江与苏轼行踪的关系。毕子卿《江南江北青山多赋》言"赤壁重来""黄州小谪"②,苏轼贬谪至江城黄州,成江中赤壁之游。薛书培《江南江北青山多赋》言:"又何必把酒深宵,赏到黄州之月;吹箫永夜,看余赤壁之山。迄今钟透云峰,塔依泽国。游人放棹于水滨,词客寻僧于寺侧。访先生之余韵,但听江声;看故国之芳晖,犹留山色。"③黄州之月、赤壁之山属于苏轼黄州行踪,塔依泽国、寻僧寺侧属于苏轼金山寺行踪,江声山色即长江景色为背景,将历史中的苏轼行踪置于赋家眼前。

三、苏轼长江行踪的追模

"一个国家,一个时代的典范作家,对于评论者和一般读者而言,其意义不仅体现在他的文学创作方面,而是立体地体现在他的所有写作方面,体现在他的所有行为方面,体现在他作为社会人存在的方方面面。"④苏轼作为文学史第一方阵中最耀眼的巨星之一⑤,当历史选定他作为宋代文学的典范作家,其行踪也就具有了文学存在的意义。就长江赋而言,苏轼作为宋代文学首屈一指的典范作家,其人格的典范意义是其对长江赋创作传统形成极则影响的重要因素,这种人格的典范意义往往被具体化为对苏轼长江

①　《历代辞赋总汇》第 18 册,第 17686 页。
②　《历代辞赋总汇》第 19 册,第 19054 页。
③　《历代辞赋总汇》第 23 册,第 24135 页。
④　朱寿桐:《汉语新文学通论》,生活·读书·新知三联书店 2018 年版,第 306 页。
⑤　胡传志:《元好问传论》,中华书局 2021 年版,代序第 1 页。

行踪的追模,并表现于长江赋创作之中。

首先,被关注的苏轼长江行踪,无疑是其赤壁之游,这源于苏轼"占有赤壁"①,更源于赤壁对苏轼的成就,即从传统的"江山之助"转变为"人助江山"。赋家言赤壁,言苏轼赋,言江游,无不关注苏轼赤壁之游。如缪德棻《周瑜纵火烧曹兵赋》赋末言:"而过之者莫不效太白之歌,而诵老坡之赋。"②禹星《赤壁纵火烧兵赋》言:"到后来唱大江东去,苏东坡之向赤壁来游也,一帆乘便。"③长江中的赤壁,属于苏轼。清代佚名《江南江北青山多赋》言:"青山如画,请与歌去后之诗;赤壁何人,敢再续重游之赋。"④清代丁汲《琅玡五山赋》言:"赤壁人游,拟梦髯苏之鹤。"⑤苏轼赤壁之游,堪称江游的最高典范。

其次,武昌西山因为苏轼的行踪而闻名,后代赋家书写这些名山而关注苏轼行踪。"山不在高,有仙则灵。"(《陋室铭》)⑥名山大川之所以闻名天下,不仅是因为自然风光的壮美或秀丽,也是因为名人行踪及此,在此书写佳作,或谱写千古佳事。苏轼行踪遍布长江上中下游,其本人诗词文赋对此有所展现。后人读苏轼作品,行经苏轼旧迹,往往见景思人。在长江赋的创作中,赋家对苏轼长江行踪的书写是一种较为普遍的现象。上文言元丰三年(1080)四月、六月,苏轼分别与友人杜道源、兄弟苏辙游武昌寒溪西山寺,并作《游武昌寒溪西山寺》《与子由同游寒溪西山》等诗。此后,武昌

① 田晓菲著,张元昕译:《赤壁之战:建安与三国》,生活·读书·新知三联书店 2022 年版,第 270 页。

② 《历代辞赋总汇》第 18 册,第 17686 页。

③ 《历代辞赋总汇》第 14 册,第 13117 页。

④ 《历代辞赋总汇》第 23 册,第 23293 页。

⑤ 《历代辞赋总汇》第 21 册,第 21637 页。

⑥ 《刘禹锡集》,第 628 页。

西山因苏轼行踪及诗作而名声倍增。如清代古赋七大家之一陈沆作有《武昌西山赋》,其结构与苏轼后《赤壁赋》相似,在赋的后半部分由山中转换到江中:"于焉曳杖辞山,登舟得友。舵忽转于江心,情尤深于别后。"在江中而思苏轼:"昔苏子之宫黄,每渡江而恣赏。"①陈沆写武昌西山而模仿苏轼后《赤壁赋》结构,并着力于表现苏轼的长江之游、江水之思、兄弟情谊等。

　　最后,苏轼的行踪直接成为赋作之题,被赋家着力书写。清代宛名济《东坡自临皋移居雪堂赋》,以苏轼在黄州时从临皋移居到雪堂一事为题。"乌台诗案"后,苏轼被贬黄州。元丰三年(1080)二月,苏轼刚到黄州时,寓居定惠院;四月,迁居临皋亭,离长江百步之遥。元丰五年(1082),雪堂(在长江边)筑成,苏轼移居雪堂,而其家眷仍在临皋亭居住;该年秋冬,苏轼两游赤壁,作前后《赤壁赋》②。"问汝平生功业,黄州、惠州、儋州。"③临皋亭、雪堂正是苏轼在黄州时的主要居所。黄州可称得上"江城",如梁恩霖《苏东坡游赤壁赋》言:"贬至江城"④;临皋亭、雪堂临近长江。因此,苏轼的相关行踪属于其江居、江游的范畴,赋家对此踪迹进行书写,无不重视长江的重要位置。宛名济《东坡自临皋移居雪堂赋》言"江水当门,认是峨嵋之雪"⑤,指明苏轼雪堂可观江水,而江水正源于苏轼家乡。

---

①　《陈沆集》,第 250 页。

②　孔凡礼:《苏轼年谱》,中华书局 1998 年版,第 470—534 页。"定惠院"一作"定慧院"。

③　《苏轼诗集》第 8 册,第 2641 页。

④　《历代辞赋总汇》第 18 册,第 17603 页。

⑤　《历代辞赋总汇》第 21 册,第 21400 页。

结　论

　　长江赋是以长江为题材独立成篇的赋作,这是从题材与体裁角度划分出的文学类型。韦勒克等反对仅根据题材的不同来划分文学类型,认为这纯粹是一种社会学的分类法,按此方法去分类,文学类型会多得数不清。其举出的反面例子包括"海洋小说"等。[①] 海洋与长江均属于水的形态,按照韦勒克等的说法,则长江赋的文学类型似乎并无意义。事实并非如此,韦勒克等定义了文学类型,认为文学类型是一种对文学作品的分类编组,这种编组建立在两个根据之上:"一个是外在形式(如特殊的格律或结构等),一个是内在形式(如态度、情调、目的等以及较为粗糙的题材和读者观众范围等)。"[②] 按其定义,任何一种文学类型的确立均需要从外在和内在两个方面寻找依据。以此来看长江赋,赋作为极具中国特色的文类,在西方文学语境里至今没有产生与之类似的文体形式[③],其文学类型价值备受关注而毫无疑议;长江作为中国最长

---

　　① 〔美〕雷·韦勒克、奥·沃伦,刘象愚等译:《文学理论》,生活·读书·新知三联书店1984年版,第265页。

　　② 《文学理论》,第263页。

　　③ 许结:《汉赋:极具中国特色的赋体巅峰之作》,《中国民族》2022年第2期。

的河流,不仅以其江水养育民众,更显著而深刻地存在于人们的情感、知识、意识之中,其题材的内涵不仅包括自然景观、人文景观,还包括宏大的历史空间、广阔的地域文化,乃至人们心灵与长江契合而展现的丰厚美感。长江题材并非一般题材可比,其特殊性显著而重要。

经过对相关问题的研究,笔者认为长江赋在"态度、情调、目的等"内在方面个性突出,作为赋体的题材类型无疑是成立的。长江赋作为中国文学史中一个重要的文学类型,以独特的题材与文体,在一定程度上代表了中国文学和文化的丰富性和深度,展现了古人对长江的践履与想象、情感与认知等。这些可从创作源流、地域性与知识性、长江图景、审美观照、典范赋家与经典文本等角度观之。

一、创作源流

长江赋有着深远的赋体渊源,远在东晋郭璞《江赋》之前,长江书写的最初内容——长江意象出现于《诗经》、屈赋中,可以说长江书写源头接近于中国文学源头。宋玉《高唐赋》、汉赋、三国赋、西晋赋发展了长江意象与长江题材,其长江书写各具价值。《诗经》中的长江意象地域个性并不突出,审美地位也未独立。在屈赋中,长江不仅作为叙事中的场景,是赋作中人物活动的主要场所之一,而且景色凸显,用以烘托人物心境。宋玉《高唐赋》的表现主体——巫山高唐山水正是长江边的自然山水,长江在赋作的景物书写中地位开始彰显,与长江相关的生物、植物纳入赋家审美范畴之内,但是,赋家更多的是在神奇的想象中展开对长江景色的描绘。汉代赋家笔下的长江面貌更为宏大,长江地理形势得到全景展现,长江景物书写"蔚似雕画"并主体凸显,长江生物、人事与游仙的多重面相交织。三国赋的长江书写与战争有着深厚的渊源，在展现赋家家国意识的同时，对战争纪行有所彰显。西晋赋长江书写以左思《三都赋》为典型，其长江书写有着较为充分的现实依据，对长江在吴蜀地理环境中的地位进行了更为全面的展示，对长江的形上源头有具体展现。这些长江书写都为郭璞《江赋》的出现打下了深厚的赋体基础。

长江赋这条创作河流的源头之上，矗立着东晋郭璞《江赋》。长江赋以其开篇，代有继作。东晋至唐代长江赋创作态势总体低落，宋代较唐代为盛，元代尤为低落，明代渐兴，清代鼎盛。长江赋鼎盛于清，其原因在于清赋之兴盛、清赋题材拓展与地域性凸显，以及清赋模拟习气之浓。

二、地域性与知识性

长江赋的地域性尤为凸显。这种地域性的根源，不仅在于长江作为中国最大的河流深刻影响着地域自然环境与文化；也在于赋家地域分布范围较广，但极不平衡，江南是赋家地域分布的主体，江城则是赋家地域分布的核心；还在于赋家创作动因呈现出地域性的轨迹，即由南北移至东西。

赋作文本中地域性的影响，体现在江水、江山、江物、江楼、江事各类图景中。其一，江水。"岷山导江"，赋家关注到长江源头，对上游水系有所展现。事实上，这种展现一般并无实际践履作为知识来源，乃是源于文本知识，以及基于文本知识的夸饰想象。真实长江给予赋家更为深切的感官体验，赋家对江水色形声的展现，偏重于中下游。至于历史想象中的广陵潮、真实情境中的夜潮，均属下游。其二，江山。镇江三山为长江赋中的江山之冠，狼山、小孤山、西山、君山为长江赋中别样的江山选择。这些山有着深厚的江城根源,镇江、南通、安庆、武汉、岳阳或近或远,与山呼应。除去君山、西山,上言诸山,均属于广义的江南范畴。其三,江物。郭璞《江赋》言长江动物,后代无有超出者。《江赋》所言正是长江下游及入海口附近的动物图景。"游船"与"战船",江山图画中的赤壁、金山,集中于中下游。其四,江楼。黄鹤楼、采石矶太白楼,一位于中游、一位于下游。其五,江事。神话传说中的汉武射蛟、画江成路、鼋鼍为梁、江心铸镜,前三者位于中游,后一者位于下游。火烧赤壁、王浚破吴、中流击楫、采石之战,前一者位于中游,后三者位于下游。李白乘舟泛月、白居易浔阳琵琶、苏轼赤壁之游等,前一者位于下游,后两者位于中游。因此,这种地域性影响于长江图景,一方面是长江上游的缺失。今宜昌以上的长江流段在长江赋中的形象是模糊的,其图景建构难以寻觅;另一方面是下游的突出。湖口以下流段贯穿江南,这是地域性中凸显江南的另一种体现。

长江知识与长江赋创作有着紧密关联。长江赋中长江知识的类型集中于史部,而在史部之中主要是正史类、地理类知识,其中正史、《水经注》与地图、地志殊为显著。赋家对长江知识具有一些普遍的倾向性,展现了对长江知识的态度,即重视源流、尊经重史、言之有据、不拘于实。长江知识对长江赋的影响,宏观来看,是知识的文本化与文本的知识化,长江赋的产生即郭璞《江赋》的创作是长江知识发展到一定阶段的成果,是长江知识文本化的杰出表现。长江赋作为知识文本之一融入长江知识谱系,不仅参与了其他形态的长江知识再生产,更对后代长江赋创作影响深远,在长江赋创作源流中出现了从知识文本到知识文本的再生产,即知识的文本化与文本的知识化。微观来看,随着时间的推移,长江知识在不断深化,长江赋创作相应地出现一些变化,如岷山的移出与金沙江的汇入、千里万里的具体化、州省数目变化等。

三、长江图景

长江赋中的长江图景集中于江水、江山、江物、江楼、江事五个方面。

江水的名称、源流、色形声及江潮是赋家的关注焦点。江水名称丰富,有特指、泛指之分,透露了赋家的长江体认,并决定了赋作的铺陈路径。源头与塑形是江水源流的重点,"岷山导江"的源头书写贯穿长江赋创作始终;江流本无形,随物赋形,因名山、大湖而彰显源流形态。江水色彩中,白色最为突出,常见以"练"喻之。江水形状由小到大、由静到动的变化得到展现。江水之声常见以拟声词或雷、金石撞击等拟之。江潮中的曲江潮即使成为文化记忆,仍为赋家追模。

江山关系可分互为主客、江主山客、山主江客三种,而以山主江客最为常见。江山赋中,其山有名可考的为18种,依江流为序,分别为岷山、巫山、滟滪堆、西陵峡、君山、西山、赤壁、大孤山、小孤山、太子矶、芜湖繁昌汕、采石矶、燕子矶、摄山、吴楚之山、镇江附近之山、镇江三山(金山、北固山、焦山)、狼山(狼五山)。镇江三山为长江赋中江山之冠;狼山、小孤山、西山、君山也得到赋家特殊观照。

江物可从动物、船、江山图画三者观之。后代赋家追模郭璞,在其长江赋中对动物有所展现,但论动物种类之丰、形态之富无有超越郭璞者。船是江中最多的人造物,最为显著的有两种,一为江游之船,与苏轼与客泛舟、李白乘舟泛月等文人的诗酒风流息息相关;二为江战之船,与曹操横槊赋诗、周瑜火烧赤壁、王浚楼船下益州等英雄征伐有关。长江赋中有四种江山图画赋,与《万里江山图》《赤壁图》《金山图》《春江晚景屏》相关,赋图关系在于以赋构图、以赋存图、以赋解图。

江楼是江城的点睛之笔,最为显著的是黄鹤楼与采石矶太白楼。在赋家笔下,黄鹤楼因长江而胜,近可观江水浩荡,远可望长江浩渺无际,包括眼前实景及想象之江景。采石矶太白楼因其独特的地理环境——长江边采石矶之上而独具风采。采石矶太白楼赋中的时空结构有三类:一为采石矶—太白楼—李白;二为长江—太白楼—李白;三为以太白楼为立足点,遥想李白行踪襟怀。这三种空间结构中,虽然长江一般并非赋作铺陈的重点,但其所起的作用无法忽视,且殊为独特。

江事指发生在长江空间中的故事,包括神话传说、历史事件、文人逸事。江心铸镜的神话传说使得江心镜在赋家笔下成为“神物”,就江心镜与长江的关系来看,镜与江同构,写镜与写江不分。火烧赤壁的历史事件文学影响突出,相关赋作众多。在这些赋作中,长江军事价值凸显,空间宏阔,并显现苏轼影响。李白乘舟泛月、白居易浔阳琵琶、苏轼赤壁之游等是长江赋中着力书写的文人逸事。以白居易浔阳琵琶为例,与诗画相比,赋中长江是场景的主体,赋中长江书写多有超出原诗之处,拓展了原诗中的长江元素,长江形象更为突出,长江体认更为明确。

四、审美观照

长江的审美观照主要有人化与诗化、永恒性与流逝性、壮美与优美三方面。人化与诗化是赋家审美观照的特殊角度。赋家立足于人、诗,将人与江对照,或以人写江,或以江写人,涉及人品、人体、人伦、人事;诗与赋互动,诗体渗透于赋体,赋家以诗入赋,以赋解诗。人化与诗化作为立足点与路径,成为长江赋中国家形象建构的着力点,推动了赋中国家形象的生产、展现。永恒性与流逝性是时间对立统一的属性,是赋家审美观照的重要内容。一方面,永恒性是人的普遍追求,自然显现于长江赋创作传统之中;另一方面,长江作为水的典型形态,自然有着时光流逝的意蕴,并在赋家笔下被不断书写。永恒性与流逝性的关捩是物—事,苏轼《前赤壁赋》对永恒性与流逝性审美观照脉络的开启,展现了东晋长江赋到宋代长江赋由"物"到"事"的赋风转变。壮美与优美作为长江赋中显著的两种美感,并非决然对立的,二者在一定条件下可以相通。

五、典范赋家与经典文本

郭璞《江赋》是长江赋正源,苏轼是长江赋极则。岷山导江、江汉朝宗长江文化中的两个典型形象,以之比况长江赋创作中的典范赋家、经典文本,不觉龃龉。郭璞《江赋》如同岷山导江,一向被认作长江赋的开篇之作,定位为源头,成了长江赋的代表,但实际上,长江的赋体溯源可以追溯到屈赋、宋玉高唐赋、汉赋等,乃至赋体产生之前的《诗经》对后代长江书写都产生了深远影响。对长江赋创作传统的整体厘定,是对这条赋学河流的正本清源,其结果是在修正郭璞《江赋》价值评定的基础上,由细而深地做出了更为全面客观的评价。苏轼前后《赤壁赋》如同江汉朝宗。其时为北宋,就长江赋的朝代脉络而言,正如江汉合流之地位于长江中游。其作乃记赤壁江游之事,景与情融,为千古名篇,注入长江赋河流之中,一如汉江汇入长江,增其汪洋浩瀚。这条河流终入大海,注入文学之海。

附 录

长江赋篇目①

序 号	朝 代	赋 家	籍 贯②	篇 名	题 注③
1	东晋	郭 璞	山西运城闻喜	江赋	
2		庾 阐	河南许昌鄢陵	涉江赋	
3	南朝齐	谢 朓	河南周口太康	临楚江赋	
4	南朝梁	江 淹	河南商丘民权	江上之山赋	

---

① 在搜辑与辨析的基础上,笔者框定 226 位赋家的 264 篇赋为长江赋,制成长江赋篇目表。需要说明的是,本书所辑长江赋除了杨树峤《拟郭景纯江赋》,均收录于《历代辞赋总汇》。表中赋家赋作排序、篇名、题注等信息,如无注释进行说明,均依据《历代辞赋总汇》。赋家生卒参考《历代辞赋总汇》《大辞海》,以及关于赋家生卒的研究成果。古今行政区划的变化是复杂且显著的,表中以现行的行政区划为标准,在力求准确的前提下尽量详细,可确定籍贯县级所在的标出县级地名。表中的注释属于本书对长江赋篇目的考订。本篇目表是出于特定的长江赋定义,在有限的文献范围内进行搜辑,依据主观辨析得出的结果,遗漏在所难免;其价值在于为长江赋创作源流的考镜、文本世界内外图景的厘清,以及典范赋家、经典文本的标定,提供必要且较为充分的文献依据。

② 表框中空白表示籍贯不详。

③ 表框中空白表示无题注。

序　号	朝　代	赋　家	籍　贯	篇　名	题　注
5	唐	张　说	河南洛阳	江上愁心赋	寄子岳州作
6		赵冬曦	河北石家庄晋州	谢燕公江上愁心赋	
7		独孤授		汉武帝射蛟赋	以省括能中清除水害为韵
8		王　起	山西太原①	鼋鼍为梁赋	以王师远征水族冥感为韵
9		樊阳源		江汉朝宗赋	以百川会流必归于海为韵
10	北宋	吴　淑	江苏镇江丹阳	江赋	
11		李　觏	江西抚州南城	长江赋	
12		狄遵度	湖南长沙	凿二江赋	
13		苏　轼	四川眉山	滟滪堆赋	
14				前赤壁赋②	
15				后赤壁赋	
16		苏　辙	四川眉山	巫山赋	
17		米　芾	山西太原③	登黄鹤台下临金山赋	
18	南宋	李　纲	江苏无锡	江上愁心赋	
19		刘望之	四川泸州合江	八阵台赋	
20		薛　绂	四川乐山	滟滪堆赋	
21		刘　黻	浙江温州乐清	小孤山赋	

---

①　迁居今江苏扬州。
②　《历代辞赋总汇》中题作"赤壁赋"。
③　迁居今湖北襄阳。

续 表

序　号	朝　代	赋　家	籍　贯	篇　名	题　注
22	元	刘　因	河北保定容城	渡江赋	
23		黄师郯	湖南郴州资兴	江汉朝宗赋	
24		陈正宗		江汉朝宗赋	
25		李原同		江汉朝宗赋	
26		施　礼		江汉朝宗赋	
27	明	朱元璋	安徽滁州凤阳	江流赋	
28		胡　斌	安徽滁州定远	燕子岩赋	有序
29		章　敞	浙江绍兴	大江绕金陵赋	
30		郑　棠	浙江金华	长江天堑赋①	翰林试
31		朱孟烷	湖北武汉	小孤山赋	
32		薛章宪	江苏无锡江阴	观音阁赋	
33				大江赋	
34				凌波阁赋	
35		张　吉	江西上饶余干	金山图赋	
36		李　堂	浙江宁波鄞州	水明楼赋	
37		洪　贯	浙江宁波鄞州	万里江山图赋	有序
38		赵东曦	上海	涉江赋	有序
39		祝允明	江苏苏州	一江赋	
40		程　诰	安徽黄山歙县	经灉澨堆赋	
41		何孟春	湖南郴州	黄鹤楼赋	

----

① 《历代辞赋总汇》清代卷第 14 册收有《长江天堑赋》,系于侯凤苞名下(从《赋海大观》收入),且编者在题下注曰"未署名",经核,该赋为明代郑棠所作,收于《历代辞赋总汇》明代卷第 6 册(编者在该篇后注曰:"据明刻本道山集卷一,又见历代赋汇卷二五")。

序　号	朝　代	赋　家	籍　贯	篇　名	题　注
42	明	陈　勋	安徽滁州全椒	江月轩赋	
43		盛　恩		金山赋	
44				焦山赋	
45				北固山赋	
46		刘　乾	河北保定	甘露寺赋	
47				焦山寺赋	
48				金山寺赋	
49		郭　棐	广东东莞	滟滪堆赋	
50		方承训	安徽黄山歙县	过金山江赋	
51		潘一桂	江苏苏州①	金山赋	
52				焦山赋	
53	清②	上官铦	山西临汾翼城	续赤壁赋	
54		冷士嵋	江苏镇江丹徒	登金山赋	并序
55		姚文然	安徽安庆桐城	江心镜赋	以上清天迹天宝遗事为韵
56		胡梦发	湖北黄石大冶	黄鹤楼赋	有序
57		王　钺	山东潍坊诸城	谢镇西泛江闻咏诗声赋	
58		李继白	河北邯郸临漳	京口三山赋	
59		徐廷珍	江苏扬州	金山阅水操赋	以江天如画海不扬波为韵

① 迁居今江苏镇江。

② 含部分清末民初无法确证创作年代的赋作，以及个别年份可考为民国初年的赋作。相关赋家主要生活于清代。

序　号	朝　代	赋　家	籍　贯	篇　名	题　注
60	清	赵申乔	江苏常州武进	江天一览赋	
61		纳兰性德	北京	金山赋	
62		蒋锡震	江苏无锡宜兴	金山赋	
63		石颂功	安徽安庆宿松	小孤山赋	有序
64		金德嘉	湖北黄冈武穴	黄鹤楼赋	
65				江汉合流赋	
66		朱　书	安徽安庆潜山	春江赋	有序
67		李　堂①		拟汉武帝射蛟赋	以题为韵
68		赵熊诏	江苏常州武进	江天一览赋	
69		张　慧	上海金山	登三山赋	有序
70		李　堂	江苏南通	春江花月夜赋	
71		高景芳	江苏南京	涉江赋	
72				江帆赋	
73		汤　寅	江苏镇江丹阳	北固山赋	
84		于　振	江苏常州金坛	金山佳气赋	
75		汪德容	浙江杭州	鬺江赋	并序
76		张　钊	江苏苏州	临江迟来客赋	
77		何登棟	江西九江浔阳	浔阳赋	
78		方学成	安徽宣城旌德	江城如画赋	
79				江海安澜赋	
80		邢　钺	江苏苏州常熟	拟涉江	
81		魏允迪	江西抚州广昌	大孤山赋	常大中丞试

———————

　①　与通州(今江苏南通)之李堂为二人。

序　号	朝　代	赋　家	籍　贯	篇　名	题　注
82		饶学曙	江西抚州广昌	广陵涛赋	以流览无穷归神日母为韵
83		梁国治	浙江绍兴	太白楼画壁赋	以驱山走海置眼前为韵
84		蒋士铨	江西上饶铅山	江汉朝宗赋	以子乘四载随山刊木为韵
85		钱大昕	上海嘉定	御试江汉朝宗赋	以予乘四载随山刊木为韵
86		沈　初	浙江嘉兴平湖	汉武帝射蛟赋	以自寻阳浮江射蛟获之为韵
87		赵怀玉	江苏常州武进	游摄山赋	
88		黄　钺	安徽芜湖	采石矶赋	
89	清	石　钧	江苏苏州	游北固山赋	
90		王芑孙	江苏苏州	文宗阁观涛赋	以题为韵
91		范　驹	江苏南通如皋	登狼山阅水操赋	
92				江心镜赋	以杨州旧贡江心所铸为韵
93		玉　保	北京	广陵涛赋	以八月之望观涛曲江为韵
94		张若采	上海松江	巫山十二峰赋	以云间胜境仿佛楚湘为韵
95		张九镡	湖南湘潭	曲江观涛赋	以八月之望观涛广陵为韵
96		刘星炜	江苏常州武进	驾幸京口三山赋	
97		黄　达	上海松江	燕子矶赋	以有亭翼然俯瞰大江为韵

序　号	朝　代	赋　家	籍　贯	篇　名	题　注
98	清	曹文埴	安徽黄山歙县	江汉朝宗赋	癸未御试翰詹
99		彭光斗	江苏常州溧阳	金山赋	以树影中流见钟声两岸闻为韵
100		欧阳轩	湖南衡阳	横槊赋诗赋	以此非曹孟德之诗乎为韵
101		金学诗	江苏苏州吴江	江汉朝宗于海赋	以题为韵
102		赵希璜	广东韶关新丰	江月赋	以残夜水明楼为韵
103		侯凤苞	江苏无锡	君山望江赋	
104		佚　名		北固山望江赋	
105		张锡縠	湖北仙桃	御题江汉仙踪谨赋	
106		禹　星	湖南邵阳	赤壁纵火烧兵赋	东风借与周郎便
107		陈文瑞	江西上饶铅山	曲江观涛赋	以题为韵
108		詹应甲	江苏苏州	文宗阁观涛赋	以题为韵
109		阮　元	江苏扬州仪征	赤壁赋	
110		彭兆荪	江苏苏州太仓	江上愁心赋	并序
111		裕　瑞	北京	汉武帝射蛟赋	
112		吴廷琛	江苏苏州	泛舟赤壁赋	以白露横江水光接天为韵
113		陈　沆	湖北黄冈浠水	东坡赤壁赋	以江上清风山间明月为韵
114				武昌西山赋	以西山朝来致有爽气为韵
115		柯万源	浙江嘉兴嘉善	春江花月夜赋	以题为韵

序 号	朝代	赋家	籍 贯	篇 名	题 注
116	清	方履篯	北京大兴	拟江文通江上之山赋	
117		李周南	江苏扬州	拟后赤壁赋	
118				春江晚景屏赋	以河阳妙迹曾在玉堂为韵
119		常恒言	山西晋城	春江晚景屏赋	以玉堂图画传自郭熙为韵
120		周作楫	江西吉安泰和	江心镜赋	以五日铸成祈雨立应为韵
121		陈 坚	安徽池州青阳	江涵秋影雁初飞赋	
122		杨廷撰	江苏南通	苏长公后游赤壁赋	以十月之望复游赤壁为韵
123		徐鸣珂	江苏泰州兴化	春江晚景屏赋	以河阳妙迹曾在玉堂为韵
124		顾怀三	江苏南京	石头城赋	
125		吴 台	安徽宣城泾县	观涛赋	以观涛于广陵之曲江为韵
126		张际亮	福建三明建宁	望江赋	
127		何绍基	湖南永州道县	江心镜赋	以江心波上舟中铸为韵
128		帅方蔚	江西宜春奉新	江到浔阳九派分赋	以题为韵
129		汪士铎	江苏南京	拟郭景纯江赋	以五才并用水流灵长为韵
130		宋嗣璟	江苏常州武进	浔阳琵琶赋	以江州司马青衫湿为韵

序　号	朝　代	赋　家	籍　贯	篇　名	题　注
131	清	丁寿昌①	江苏淮安	哀京江赋	壬寅
132		胡积城	安徽黄山黟县	江城五月落梅花赋	以题为韵
133				云中辨江树赋	以题为韵
134		龚维琳	福建泉州晋江	江涵秋影雁初飞赋	以题为韵
135		赵　霖	江苏镇江丹徒	虞允文大破金人于采石赋	以大功乃出一儒生为韵
136		蔡锦泉	广东佛山顺德	东坡后游赤壁赋	以题为韵
137		夏思泏	安徽铜陵	浔阳琵琶赋	
138				拟苏东坡前赤壁赋	
139				拟苏东坡后赤壁赋	
140		佚　名		江涵秋影雁初飞赋	摘句
141		陈鹤年	河北邢台南宫	白露横江赋	以题为韵
142		孔庆瑚	山东济宁曲阜	江心镜赋	以江心波上舟中铸为韵
143		何冠英	福建福州	江心镜赋	以江心波上舟中铸为韵
144		程烈光	江西上饶婺源	云中辨江树赋	以题为韵
145		熊绍庚	湖南岳阳华容	拟谢宣城临楚江赋	

---

①　与同治时期淮军将领、安徽合肥人丁寿昌实乃两人。

序　号	朝　代	赋　家	籍　贯	篇　名	题　注
146		韩　潮	浙江嘉兴平湖	浔阳琵琶赋	以江州司马青衫湿为韵
147		董　醇	江苏扬州	曲江观涛赋	以状如奔马声如雷鼓为韵
148		方　竹	安徽宣城绩溪	汉武帝江中射蛟赋	以题为韵
149		沈丙莹	浙江湖州吴兴	浔阳琵琶赋	以江州司马青衫湿为韵
150		李　皋	湖北仙桃	黄鹤楼赋	以洞天别境仙客离宫为韵
151		艾作模	湖南怀化溆浦	七月既望游赤壁赋	以题为韵
152	清	顾　瓒	江苏无锡	赤壁吹箫赋	以清风徐来水光接天为韵
153				江心铸镜赋	以题为韵
154		梁恩霖	江苏扬州江都	苏东坡游赤壁赋	以题为韵。光绪乙酉
155				东坡赤壁后游赋	以题为韵
156		汪　钧	江苏南京	燕子矶望江赋	
157		王再咸	四川成都温江	苏东坡游赤壁赋	以题为韵
158				浔阳琵琶赋	以江州司马青衫湿为韵
159		缪德棻	江苏常州溧阳	周瑜纵火烧曹兵赋	以题为韵
160		姚济雯	浙江嘉兴	浔阳琵琶赋	以浔阳江头夜送客为韵

序　号	朝　代	赋　家	籍　贯	篇　名	题　注
161	清	蔡廷弼	浙江湖州德清	大江落日赋	并序
162				浔阳送别赋	以浔阳江头夜送客为韵
163				水心镜赋	不限韵
164		汤日新	安徽黄山	黄鹤楼赋	以江城五月落梅花为韵
165				琵琶亭赋	以江州司马青衫湿为韵
166		赵克宜	江苏镇江丹徒①	画江成路赋	以吴猛挥扇画江成路为韵
167		李联琇	江西抚州临川	太子矶出险赋	
168		章邦元	安徽铜陵	太白酒楼赋	以惟愿当歌对酒时为韵
169		魏兰汀	浙江绍兴嵊州	周瑜纵火烧曹兵赤壁下赋	以一将功成万骨枯为韵
170		吴大澂	江苏苏州	拟郭景纯江赋	禁用水旁字
171		李恩绶	江苏镇江丹徒	江南江北青山多赋	以三峡江声六朝山色为韵
172				访采石矶太白酒楼赋	以俯仰之间已为陈迹为韵。有序
173				金山留带赋	以玉带山门忆旧游为韵。有序
174				采石矶怀古赋	

---

① 寄居扬州。

序　号	朝　代	赋　家	籍　贯	篇　名	题　注
175	清	陈作霖	江苏南京	采石矶访太白楼赋	
176				新修金山寺赋	
177		赵　新	福建福州	江心镜赋	以江心波上舟中铸为韵
178		倪文蔚	安徽安庆望江	拟郭景纯江赋	
179		田依渠	河南许昌长葛	浔阳琵琶赋	以绕船明月江水寒为韵
180				苏子与客泛舟赋	以清风徐来水波不兴为韵
181				水波不兴赋	以苏子与客泛舟为韵
182		李寿蓉	湖南长沙	赤壁烧兵赋	以周郎纵火赤壁烧兵为韵
183		秦际唐	江苏南京	访采石矶太白楼赋	
184		陶　然	江苏苏州	浔阳琵琶赋	以江州司马青衫湿为韵
185				江心铸镜赋①	以照物无私与天同鉴为韵
186		郭道清	安徽合肥	浔阳琵琶赋	以同是天涯沦落人为韵

---

　　① 《历代辞赋总汇》第 18 册第 17892 页黄奭名下有一篇《江心铸镜赋》（以照物无私与天同鉴为韵），校记注明："本赋原未署名，列黄奭屈刀为镜赋之后，今仍之。"经笔者核对，此处黄奭名下《江心铸镜赋》实为陶然所作。

序　号	朝　代	赋家	籍　贯	篇　名	题　注
187	清	毕子卿	安徽铜陵	江南江北青山多赋	以铜琶铁板唱大江东为韵
188				赤壁后游赋	以清风徐来水波不兴为韵
189		叶长龄	江苏无锡江阴	周瑜火烧曹兵赤壁下赋	以题为韵
190		许　惠	安徽安庆桐城	采石矶怀古赋	
191		沈　莲	上海松江	赤壁图赋	摘句
192		方燕昭	安徽滁州定远	赤壁后游赋	以江流有声断岸千尺为韵
193		冯　煦	江苏常州金坛	访采石矶太白楼赋	以俯仰之间已为陈迹为韵
194				黄鹤楼赋	以江边黄鹤古时楼为韵
195		樊增祥	湖北恩施	访采石矶太白楼赋	以俯仰之间已为陈迹为韵。并序
196		何维栋	湖南永州道县	大江东去赋	
197		杨　锐	四川德阳绵竹	拟郭景纯江赋	
198		童树棠	湖北黄冈蕲春	拟江文通江上之山赋	并序
199		袁一清	安徽宣城	长江赋	有序。崇正书院季课
200				虞允文败金军于采石赋	以立召诸将勉以忠义为韵。毓宗师观风
201		刘师培	江苏扬州仪征	出峡赋	

序 号	朝代	赋家	籍 贯	篇 名	题 注
202	清	周庆贤	浙江湖州吴兴	浔阳琵琶赋	以江州司马青衫湿为韵
203		顾曾烜	江苏南通	江汉朝宗于海赋	以包乾之奥括坤之区为韵
204		秦绶章	上海嘉定	赤壁后游赋	以山高月小水落石出为韵
205		陈志喆	江西南昌进贤	拟后赤壁赋	
206		张宝森	江苏镇江丹徒	访采石矶太白楼赋	以俯仰之间已为陈迹为韵
207		沈文瀚	江苏泰州泰兴	狼山赋	以山多紫石一名紫琅为韵
208		邓 方	广东佛山顺德	拟苏子瞻前赤壁赋	
209		徐荆船	四川成都温江	江源赋	
210		胡念修	浙江杭州建德	拟江文通江上之山赋	
211		周祥骏	江苏徐州睢宁	长江赋	
212		黄 隽		长江赋	
213		康发祥	江苏泰州	江淮胜概楼赋	以登楼耸目江山一览为韵
214		孙日瑞	安徽安庆桐城	小孤山赋	
215		石振金	湖北宜昌	荆门望江赋	
216		朱凤毛	浙江金华义乌	浔阳琵琶赋	以相逢何必曾相识为韵
217				有田不归如江水赋	以题为韵

序　号	朝　代	赋　家	籍　贯	篇　名	题　注
218		姚福均	江苏苏州常熟	拟郭景纯江赋	禁用水傍字
219		吴肇嘉		狼山赋	以山多紫石一名紫琅为韵。有序
220		王　骏		谪仙楼赋	
221		曹汝金		天下第一江山赋	以北固山宋吴琚题榜为韵
222		陈允豫		扬雄作书自岷山投诸江流以吊屈原赋	以投诸江流以吊屈原为韵
223		丁　汲		琅五山赋	以横江作障与海通波为韵
224		佚　名		中流击楫赋	以击楫渡江誓清中原为韵
225	清	王之佐		江心铸镜赋	以照物无私与天同鉴为韵
226		朱永泉		江帆赋	摘句
227		李　琪		赤壁箫声赋	摘句
228		李恩授		江南江北青山多赋	以三峡江声六朝山色为韵
229		李慎徽		中流击楫赋	以击楫渡江誓清中原为韵
230		汪　芑		拟郭景纯江赋	禁用水旁字
231		吴　艇		王龙骧楼橹东下赋	摘句
232		吴元熙		江汉朝宗于海赋	以包乾之奥括坤之区为韵
233				江汉朝宗赋	摘句

序 号	朝代	赋家	籍 贯	篇 名	题 注
234	清	吴位中		羽扇画江赋	以羽扇画江遂为陆路成韵
235		何 琳	浙江宁波鄞州	白司马江上闻琵琶赋	以绕船明月江水寒为韵
236		佚 名		白司马江上琵琶赋	以四条弦子怨黄昏为韵
237		宋鸿卿		拟苏子瞻赤壁赋	
238		沈仲旸		狼山萃景楼赋	摘句
239		沈治泰		赤壁图赋	以得意江山在眼中为韵
240		沈溁泰		曹孟德横槊赋诗赋	以月明星稀乌鹊南飞为韵
241		宛名济		东坡自临皋移居雪堂赋①	以绘雪四壁因以名堂为韵
242		金仲理		酾酒临江赋	以一家词赋最邻君为韵
243		金长福	江苏扬州高邮	江上之山赋	
244		胡 谦		江汉秋阳赋	以道德明著光辉洁白为韵
245		徐 轵		东坡赤壁后游赋	摘句
246		孙士峨		拟郭景纯江赋	以五才并用水德灵长为韵
247		孙炳荣		李太白乘舟泛月赋	以题为韵

---

① 《历代辞赋总汇》清代卷第 22 册收宛名济《东坡移居雪堂赋》(摘句)，经核，乃清代卷第 21 册宛名济《东坡自临皋移居雪堂赋》的节录。

续　表

序　号	朝　代	赋　家	籍　贯	篇　名	题　注
248		陆兆馨		江南江北青山多赋	以题为韵。未署名
249		佚　名		江南江北青山多赋	以题为韵。未署名
250		陈宝璐		江间波浪兼天涌赋	以题为韵
251		陈宝賂①		淮海南来第一楼赋	以题为韵
252		黄玉仑		赤壁箫声赋	摘句
253	清	曾元澄	福建福州闽侯	白太傅浔阳琵琶赋	以浔阳江头夜送客为韵
254		叶　兰		赤壁纵火破曹赋	以题为韵
255		饶际石		白司马江上琵琶赋	以四条弦子怨黄昏为韵
256		赵望曾		中流击楫赋	以击楫渡江誓清中原为韵
257		刘巽封		浔阳琵琶赋	摘句
258		刘源汇	江苏南通	江上青山送六朝赋	以题为韵
259				横槊赋诗赋	
260				王浚楼船下益州赋	以题为韵
261		姚惟本		江淮胜概楼赋	以登楼纵目江山一览为韵

① 又作"陈宝辂",见［清］戴纶喆著,孙福轩、陈何熙娴、储潇校注:《汉魏六朝赋摘艳谱说》,浙江古籍出版社 2020 年版,第 209 页。

序　号	朝　代	赋　家	籍　贯	篇　名	题　注
262	清	钱元辉		江涵秋影雁初飞赋	以题为韵
263		薛书培	江苏苏州	江南江北青山多赋	以三峡江声六朝山色为韵
264		戴翼予	江苏南京	燕子矶望江赋	

参考文献

一、图书

(一)古籍

［1］阮元.十三经注疏［M］.清嘉庆刊本.北京:中华书局,2009.

［2］许慎.说文解字［M］.陶生魁,点校.北京:中华书局,2020.

［3］刘熙.释名［M］.愚若,点校.北京:中华书局,2020.

［4］罗愿.尔雅翼［M］.石云孙,校点.合肥:黄山书社,2013.

［5］司马迁.史记［M］.裴骃,集解.司马贞,索隐.张守节,正义.北京:中华书局,1959.

［6］班固.汉书［M］.颜师古,注.北京:中华书局,1962.

［7］范晔.后汉书［M］.李贤,等,注.北京:中华书局,1965.

［8］陈寿.三国志［M］.裴松之,注.北京:中华书局,1982.

［9］房玄龄,等.晋书［M］.北京:中华书局,1974.

［10］刘昫,等.旧唐书［M］.北京:中华书局,1975.

［11］脱脱,等.宋史［M］.北京:中华书局,1977.

[12] 左丘明. 国语集解[M]. 徐元诰, 集解. 王树民, 沈长云, 点校. 北京:中华书局, 2002.

[13] 朱右曾. 古本竹书纪年辑校[M]. 王国维, 校补. 黄永年, 校点. 沈阳:辽宁教育出版社, 1997.

[14] 郦道元. 水经注校证[M]. 陈桥驿, 校证. 北京:中华书局, 2007.

[15] 李肇. 唐国史补[M]. 上海:古典文学出版社, 1957.

[16] 杜佑. 通典[M]. 王文锦, 等, 点校. 北京:中华书局, 1988.

[17] 郑樵. 通志二十略[M]. 王树民, 点校. 北京:中华书局, 1995.

[18] 乐史. 太平寰宇记[M]. 王文楚, 等, 点校. 北京:中华书局, 2007.

[19] 李贤, 等. 大明一统志[M]. 方志远, 等, 点校. 成都:巴蜀书社, 2017.

[20] 陈洪谟, 周瑛. 大明漳州府志[M]. 张大伟, 谢茹芃, 点校. 陈正统, 审订. 福建省地方志编纂委员会, 整理. 北京:中华书局, 2012.

[21] 徐弘祖. 徐霞客游记[M]. 恽波, 刘刚强, 校点. 长沙:岳麓书社, 1998.

[22] 辛文房. 唐才子传校笺[M]. 北京:中华书局, 1987.

[23] 王先谦. 庄子集解[M]. 沈啸寰, 点校. 北京:中华书局, 1987.

[24] 刘安. 淮南鸿烈集解[M]. 刘文典, 集解. 冯逸, 乔华, 点校. 北京:中华书局, 2013.

[25] 李昉, 等. 太平广记会校[M]. 张国风, 会校. 北京:北京燕山出版社, 2011.

[26] 郝懿行. 山海经笺疏[M]. 栾保群, 点校. 北京: 中华书局, 2021.

[27] 葛洪. 西京杂记[M]. 周天游, 校注. 西安: 三秦出版社, 2006.

[28] 黄伯思. 东观余论[M]. 陈金林, 整理. 郑州: 大象出版社, 2019.

[29] 叶廷珪. 海录碎事[M]. 李之亮, 校点. 北京: 中华书局, 2002.

[30] 何良俊. 四友斋丛说[M]. 李剑雄, 校点. 上海: 上海古籍出版社, 2012.

[31] 金武祥. 粟香随笔[M]. 谢永芳, 校点. 南京: 凤凰出版社, 2017.

[32] 吴趼人. 二十年目睹之怪现状[M]. 张友鹤, 校注. 北京: 人民文学出版社, 1959.

[33] 洪兴祖. 楚辞补注[M]. 白化文, 许德楠, 李如鸾, 等, 点校. 北京: 中华书局, 1983.

[34] 曹植. 曹植集校注[M]. 赵幼文, 校注. 北京: 中华书局, 2016.

[35] 陆机. 陆士衡文集校注[M]. 刘运好, 校注整理. 南京: 凤凰出版社, 2007.

[36] 谢朓. 谢朓集校注[M]. 曹融南, 校注. 北京: 中华书局, 2019.

[37] 江淹. 江文通集汇注[M]. 胡之骥, 注. 李长路, 赵威, 点校. 北京: 中华书局, 2006.

[38] 李白. 李太白全集[M]. 王琦, 注. 北京: 中华书局, 1977.

[39] 杜甫. 杜诗详注[M]. 仇兆鳌, 注. 北京: 中华书局, 1979.

[40] 白居易. 白居易集[M]. 顾学颉, 校点. 北京: 中华书

局,1979.

[41] 刘禹锡. 刘禹锡集[M].《刘禹锡集》整理组, 点校. 卞孝萱, 校订. 北京:中华书局,1990.

[42] 李觏. 李觏集[M]. 王国轩, 点校. 北京:中华书局,2011.

[43] 苏轼. 苏轼文集[M]. 茅维, 编. 孔凡礼, 点校. 北京:中华书局,1986.

[44] 苏轼. 苏轼诗集[M]. 王文诰, 辑注. 孔凡礼, 点校. 北京:中华书局,1982.

[45] 曾巩. 曾巩集[M]. 陈杏珍, 晁继周. 点校. 北京:中华书局,1984.

[46] 叶梦得. 避暑录话[M]. 徐时仪, 整理. 郑州:大象出版社,2019.

[47] 叶梦得. 避暑录话[M]. 叶德辉, 校刊. 涂谢权, 点校. 济南:山东人民出版社,2018.

[48] 苏籀. 栾城先生遗言[M]. 上海:商务印书馆,1936.

[49] 辛弃疾. 辛弃疾集编年笺注[M]. 辛更儒, 笺注. 北京:中华书局,2015.

[50] 纳兰性德. 通志堂集[M]. 黄曙辉, 印晓峰, 点校. 上海:华东师范大学出版社,2019.

[51] 恽敬. 大云山房文稿[M]. 上海:世界书局,1937.

[52] 袁枚. 随园食单[M]. 北京:中国书店,2019.

[53] 魏源. 魏源全集[M]. 魏源全集编辑委员会, 编校. 长沙:岳麓书社,2004.

[54] 郝懿行. 郝懿行集[M]. 济南:齐鲁书社,2010.

[55] 魏禧. 魏叔子文集[M]. 胡守仁, 姚品文, 等, 校点. 北京:中华书局,2003.

[56] 万斯同. 万斯同全集[M]. 宁波:宁波出版社,2013.

[57] 陈沆.陈沆集[M].宋耐苦,何国民,编校.武汉:湖北教育出版社,2002.

[58] 萧统.文选[M].李善,注.北京:中华书局,1977.

[59] 萧统.日本足利学校藏宋刊明州本六臣注文选[M].吕延济,刘良,张铣,等,注.北京:人民文学出版社,2008.

[60] 董诰,等.全唐文[M].北京:中华书局,1983.

[61] 彭定求,等.全唐诗[M].北京:中华书局,1960.

[62] 严可均.全上古三代秦汉三国六朝文[M].北京:中华书局,1958.

[63] 鸿宝斋主人.赋海大观[M].北京:北京图书馆出版社,2007.

[64] 孙承荣.明刻黄鹤楼集校注[M].王启兴,张虹,张金海,等,校注.武汉:湖北人民出版社,1992.

[65] 刘勰.文心雕龙注[M].范文澜,注.北京:人民文学出版社,1958.

[66] 刘熙载.艺概笺释[M].袁津琥,笺释.北京:中华书局,2019.

[67] 王夫之.姜斋诗话笺注[M].戴鸿森,笺注.上海:上海古籍出版社,2012.

[68] 戴纶喆.汉魏六朝赋摘艳谱说[M].孙福轩,陈何熙娴,储潇,校注.杭州:浙江古籍出版社,2020.

[69] 程俊英,蒋见元.诗经注析[M].北京:中华书局,1991.

[70] 谭其骧.清人文集地理类汇编[M].杭州:浙江人民出版社,1987.

[71] 林子雄.清代广东笔记五种[M].广州:广东人民出版社,2015.

[72] 干宝.搜神记[M].马银琴,译注.北京:中华书局,2012.

[73] 苏轼. 东坡乐府笺[M]. 朱孝臧, 编年. 龙榆生, 校笺. 上海: 上海古籍出版社, 2016.

[74] 顾廷龙, 戴逸. 李鸿章全集[M]. 合肥: 安徽教育出版社, 2008.

[75] 陈尚君. 全唐文补编[M]. 北京: 中华书局, 2005.

[76] 曾枣庄, 刘琳. 全宋文[M]. 上海: 上海辞书出版社; 合肥: 安徽教育出版社, 2006.

[77] 李修生. 全元文[M]. 南京: 江苏古籍出版社, 1999.

[78] 钱伯城, 魏同贤, 马樟根. 全明文[M]. 上海: 上海古籍出版社, 1994.

[79] 南开大学古籍与文化研究所. 清文海[M]. 北京: 国家图书馆出版社, 2010.

[80] 许结. 历代赋汇[M]. 校订本. 南京: 凤凰出版社, 2018.

[81] 马积高. 历代辞赋总汇[M]. 长沙: 湖南文艺出版社, 2014.

[82] 龚克昌, 等. 全汉赋评注[M]. 石家庄: 花山文艺出版社, 2003.

[83] 龚克昌, 周广璜, 苏瑞隆. 全三国赋评注[M]. 济南: 齐鲁书社, 2013.

[84] 韩格平, 沈薇薇, 韩璐, 等. 全魏晋赋校注[M]. 长春: 吉林文史出版社, 2008.

[85] 简宗梧, 李时铭. 全唐赋[M]. 台北: 里仁书局, 2011.

[86] 曾枣庄, 吴洪泽. 宋代辞赋全编[M]. 成都: 四川大学出版社, 2008.

[87] 杨镰. 全元诗[M]. 北京: 中华书局, 2013.

[88] 饶宗颐, 张璋. 全明词[M]. 北京: 中华书局, 2004.

(二)专著

[1] 程章灿.魏晋南北朝赋史[M].南京:江苏古籍出版社,2001.

[2] 崔小敬.江南游记文学史[M].上海:上海古籍出版社,2015.

[3] 龚静染.河山有灵:岷峨记[M].北京:商务印书馆2020.

[4] 龚克昌.中国辞赋研究[M].济南:山东大学出版社,2003.

[5] 郭维森,许结.中国辞赋发展史[M].南京:江苏教育出版社,1996.

[6] 胡传志.元好问传论[M].北京:中华书局,2021.

[7] 季羡林.长江流域诗词史论[M].武汉:湖北教育出版社,2005.

[8] 连镇标.郭璞研究[M].上海:上海三联书店2002.

[9] 刘培.两宋辞赋史[M].济南:山东人民出版社,2012.

[10] 刘培.北宋辞赋研究[M].济南:山东人民出版社,2009.

[11] 刘学锴.唐诗选注评鉴[M].郑州:中州古籍出版社,2013.

[12] 刘毓庆.诗经考评[M].北京:商务印书馆,2019.

[13] 罗宗强.明代后期士人心态研究[M].天津:南开大学出版社,2006.

[14] 马积高.赋史[M].上海:上海古籍出版社,1987.

[15] 蒙文通.巴蜀古史论述[M].成都:四川人民出版社,2019.

[16] 莫砺锋.莫砺锋讲唐诗课[M].南京:江苏凤凰文艺出版社,2019.

[17] 潘务正.清代赋学论稿[M].北京:中华书局,2020.

[18] 钱穆.古史地理论丛[M].台北:联经出版事业公司,1998.

[19] 钱锺书.管锥编[M].北京:生活·读书·新知三联书店,2007.

[20] 商聚德.刘因评传[M].南京:南京大学出版社,1996.

[21] 商伟.题写名胜:从黄鹤楼到凤凰台[M].北京:生活·读书·新知三联书店,2020.

[22] 孙旭辉.山水赋生成史研究[M].北京:中国社会科学出版社,2013.

[23] 汤炳正.屈赋新探[M].济南:齐鲁书社,1984.

[24] 田晓菲.赤壁之战:建安与三国[M].张元昕,译.北京:生活·读书·新知三联书店,2022.

[25] 王树森.都邑赋史论[M].合肥:安徽文艺出版社,2018.

[26] 王水照,朱刚.苏轼评传[M].武汉:长江文艺出版社,2019.

[27] 闻一多.唐诗杂论[M].长沙:岳麓书社,2010.

[28] 萧启庆.内北国而外中国:蒙元史研究[M].北京:中华书局,2007.

[29] 徐炳顺.导淮入江史略[M].扬州:广陵书社,2017.

[30] 徐复观.论文化[M].北京:九州出版社,2014.

[31] 许寿裳.亡友鲁迅印象记[M].长沙:岳麓书社,2011.

[32] 游国恩.楚辞论文集[M].上海:古典文学出版社,1957.

[33] 张克锋.中国古代文学作品在绘画中的接受[M].厦门:厦门大学出版社,2016.

[34] 赵沛霖.郭璞诗赋研究[M].北京:中国社会科学出版社,2015.

[35] 朱寿桐.汉语新文学通论[M].北京:生活·读书·新知三联书店,2018.

[36] 雷·韦勒克,奥·沃伦.文学理论[M].刘象愚,等,译.北京:生活·读书·新知三联书店,1984.

[37] 恩斯特·卡西尔.人论[M].甘阳,译.上海:上海译文出版社,2004.

[38] 叔本华.作为意志和表象的世界[M].石冲白,译.扬一之,校.北京:商务印书馆,2017.

(三)其他

[1] 袁行霈.中国文学史[M].北京:高等教育出版社,2014.

[2] 孙康宜,宇文所安.剑桥中国文学史 上卷:1375年之前[M].刘倩,等,译.北京:生活·读书·新知三联书店,2013.

[3] 蒋寅.中国古代文学通论:清代卷[M].沈阳:辽宁人民出版社,2016.

[4] 孔凡礼.苏轼年谱[M].北京:中华书局,1998.

[5] 李学勤,徐吉军.长江文化史[M].南昌:江西教育出版社,2011.

[6] 上海辞书出版社文学鉴赏辞典编纂中心.古文鉴赏辞典[M].上海:上海辞书出版社,2021.

[7] 霍旭东,等.历代辞赋鉴赏辞典[M].合肥:安徽文艺出版社,1992.

[8] 赵逵夫.历代赋评注[M].成都:巴蜀书社,2010.

[9] 中国作家协会理论批评委员会.中国文学理论批评文选(2013)[M].北京:文化艺术出版社,2014.

[10] 赵福海,刘琦,吴晓峰.《昭明文选》与中国传统文化:第四届文选学国际学术研讨会论文集[M].长春:吉林文史出版

社,2001.

　　[11] 吴慧鹃,刘波,卢达. 中国历代著名文学家评传[M]. 济南:山东教育出版社,2009.

　　[12] 江中柱. 林纾集[M]. 福州:福建人民出版社,2020.

　　[13] 夏征农,陈至立. 大辞海:第 15 卷:中国地理卷[M]. 上海:上海辞书出版社,2015.

　　[14] 王杰,王保畬,罗正齐. 长江大辞典[M]. 武汉:武汉出版社,1997.

　　[15] 《黄州赤壁志》编纂委员会. 黄州赤壁志[M]. 武汉:武汉大学出版社,2018.

　　[16] 汤会会. 王安石诗词集[M]. 南京:江苏凤凰文艺出版社,2020.

　　[17] 沙向军,等. 五山灵秀[M]. 合肥:黄山书社,2002.

二、期刊

　　[1] 蔡丹君. "腴辞云构":西汉大赋虚拟空间的语言艺术[J]. 文学评论,2020(6):133-141.

　　[2] 陈玲. 郭璞《江赋》析论[J]. 思茅师范高等专科学校学报,2009,25(4):71-74.

　　[3] 陈婉纱. 魏晋辞赋"江河书写"的地理正统与文化正统之辨[J]. 淮南师范学院学报,2019,21(1):51-55.

　　[4] 陈文璟. 此去山路无多远,元自知津莫问津:绘画圣手仇英[J]. 中华文化画报,2018(10):72-81.

　　[5] 程地宇. 关于《高唐赋》中巫山地望的再探讨[J]. 重庆社会科学,2005(3):44-49.

　　[6] 程苏东. 再论晋宋山水诗的形成:以汉魏山水赋为背景

[J].南京师范大学文学院学报,2014(3):1-8.

[7] 樊良树.永嘉南渡前后的中国[J].船山学刊,2011(1):61-64.

[8] 冯小禄.苏轼的"寄生"故乡观[J].文史知识,2008(10):137-141.

[9] 侯立兵.《历代辞赋总汇》编纂指瑕[J].陕西师范大学学报(哲学社会科学版),2017,46(2):154-160.

[10] 侯文学.屈宋作品的山水审美取向及其对汉赋的影响[J].华南师范大学学报(社会科学版),2012(5):82-88,164.

[11] 黄奕珍.论陆游南郑诗作中的空间书写[J].文学遗产,2014(2):57-66.

[12] 蒋林欣."江河"体验与鲁迅的文学表达[J].文艺争鸣,2021(1):40-47.

[13] 李长中.空间转向与文学研究范式转型[J].北方论丛,2010(6):43-48.

[14] 梁秀坤.《赤壁赋》的拟作及其经典化意义[J].宁波大学学报(人文科学版),2022,35(2):34-40.

[15] 刘驰.《赤壁赋》思想考辨新得:兼论中国古代文学文本解读的科学方法[J].文学评论,2019(4):33-43.

[16] 刘培.论宋代辞赋中国家形象的演变[J].社会科学战线,2018(11):2,150-158,282.

[17] 刘伟生.五代赋家赋作的时代性与地域性[J].长江大学学报(社会科学版),2017,40(3):59-64.

[18] 刘跃进.横槊赋诗 充满霸气:读曹操《短歌行》[J].古典文学知识,1995(5):22-25.

[19] 龙迪勇.叙述空间与中国小说叙事传统[J].中国文学批评,2021(4):98-109,157-158.

[20] 罗时进.典范型人格建构与地方性知识书写:论清代全祖望的诗学品质和文本特点[J].文学评论,2014(5):214-221.

[21] 马文静.苏轼诗词长江意象及其文化蕴涵[J].河北北方学院学报(社会科学版),2018,34(6):12-15,20.

[22] 马自力,赵秀.苏轼任扬州知州的日常世事与审美超越[J].求是学刊,2022,49(1):154-161.

[23] 梅新林.古代小说研究的"空间转向"与范式重构[J].文学遗产,2022(4):38-52.

[24] 莫山洪,杨素萍.地域文化与文学研究的创新:《李白与长江》述评[J].广西民族师范学院学报,2016,33(1):92-94.

[25] 倪玉平.清代经济重心的东移[J].南国学术,2022(3):477-487.

[26] 潘静如.论历代海赋的海洋书写及其知识、观念图景[J].文学评论,2021(5):193-203.

[27] 潘务正.清代赋学特征三论[J].天中学刊,2019,34(5):39-45.

[28] 潘啸龙,邹旻.《高唐赋》与先秦的"山水审美"[J].安徽师范大学学报(人文社会科学版),2010,38(6):664-669.

[29] 任竞泽.祝尧《古赋辨体》的辨体理论体系[J].安徽大学学报(哲学社会科学版),2014,38(5):54-59.

[30] 阮忠.苏轼赋的庄子印痕及其人生境界[J].江汉论坛,2010(11):112-116.

[31] 阮堂明.论苏轼对"水"的诗意表现与美学阐发[J].文学遗产,2007(3):80-90.

[32] 索明堂.浅论苏轼赋中的佛老思想[J].昭通师范高等专科学校学报,2008,30(6):23-26.

[33] 孙绍振.精神危机在形而上的思索中超脱:读苏轼《赤壁

赋》[J].语文建设,2021(21):47-50,63.

[34] 唐颢宇.浅析唐赋以诗句为题的现象[J].文艺理论研究,2019,39(4):110-119.

[35] 田树萍.李白诗歌中的黄河与长江意象比较[J].陕西师范大学继续教育学报,2007(2):37-41.

[36] 王德华.屈原《远游》的空间书写与精神指向[J].文学遗产,2014(2):19-31.

[37] 王德华.述长江之美,寄中兴之望:郭璞《江赋》解读[J].古典文学知识,2010(6):100-107.

[38] 王建国.广陵观潮:中古一种文学意象的地理考察[J].郑州大学学报(哲学社会科学版),2014,47(4):120-125.

[39] 王瑜瑜.耳目所接,皆成佳咏:苏轼嘉祐四年江行诗探胜[J].河南理工大学学报(社会科学版),2009,10(4):642-646.

[40] 王允亮.汉魏六朝江海赋考论[J].北方论丛,2012(1):1-5.

[41] 王准.地理赋中的地理空间建构与文化景观塑造[J].文化研究,2021(1):286-303.

[42] 解永芳.简析郭璞《江赋》的音韵美[J].山西师大学报(社会科学版),2013,40(S3):126-127.

[43] 徐昌盛.赋体"征实论"的源流及其学术动因[J].中国韵文学刊,2018,32(2):107-111.

[44] 徐公持.汉代文学的知识化特征:以汉赋"博物"取向为中心的考察[J].文学遗产,2014(1):17-30.

[45] 徐公持."义尚光大"与"类多依采":汉代礼乐制度下的文学精神和性格[J].文学遗产,2010(1):4-17.

[46] 许结.汉赋:极具中国特色的赋体巅峰之作[J].中国民族,2022(2):68-72.

[47] 许结."赤壁"赋图的文本书写及其意义[J].河北大学学报(哲学社会科学版),2020,45(2):17-25.

[48] 许结.汉赋创作与国家形象[J].中国文学研究,2017(3):23-29.

[49] 许结.体物开佳境　新编集大成:《历代辞赋总汇》出版推介[J].书屋,2014(3):77-80.

[50] 许结.论清代书院与辞赋创作[J].湖北大学学报(哲学社会科学版),2009,36(5):39-44.

[51] 许结.制度下的赋学视域:论赋体文学古今演变的一条线索[J].南京大学学报(哲学·人文科学·社会科学版),2006(4):90-99.

[52] 许结.赋的地理情怀与方志价值[J].济南大学学报,2005(5):45-50.

[53] 许结.历代赋集与赋学批评[J].南京大学学报(哲学·人文科学·社会科学版),2001(6):27-36.

[54] 许结.元赋风格论[J].文学遗产,1993(1):76-83.

[55] 杨九诠.论汉大赋的空间世界[J].文学遗产,1997(1):17-24.

[56] 杨义.屈原诗学的人文地理分析[J].北方论丛,2012(4):1-15.

[57] 姚守亮,程本兴.宋赋巫山地理补证[J].湖北社会科学,2012(1):97-101.

[58] 叶晔.游与居:地理观看与山岳赋书写体制的近世转变[J].复旦大学学报(社会科学版),2018,60(2):104-114.

[59] 禹明莲.张惠言《七十家赋钞》分体归类与评点考述[J].山西师范大学学报(社会科学版),2016,43(3):8-14.

[60] 禹明莲.郭璞《江赋》地理文化考论[J].扬州教育学院学

报,2012,30(1):17-20.

[61] 余恕诚.李白与长江[J].文学评论,2002(1):18-28.

[62] 章沧授.颂美太湖第一篇:读杨泉《五湖赋》[J].古典文学知识,2001(1):19-24.

[63] 章沧授.汉赋与山水文学[J].安庆师院学报(社会科学版),1987(3):38,65-71.

[64] 张晶,刘洁.中华美学精神及其诗学基因探源[J].江苏社会科学,2022(6):212-222,244.

[65] 张晶.中国古典诗词中的审美空间[J].文学评论,2008(4):43-49.

[66] 张伟然,夏军.东晋南朝时人对南方山林的地理认知[J].云南大学学报(社会科学版),2018,17(1):74-81.

[67] 赵金平.豫雍之辨与汉赋地理铺写的转捩[J].四川师范大学学报(社会科学版),2020,47(2):106-115.

[68] 赵俊波.近现代拟《哀江南赋》浅论[J].中国韵文学刊,2020,34(1):112-117,120.

[69] 赵沛霖.中国历史上第一次南北对立与郭璞的《江赋》[J].上海师范大学学报(哲学社会科学版),2014,43(1):64-73.

[70] 周少川.古籍整理的学术规范和学者自律:以《全元赋校注》为例[J].商丘师范学院学报,2018,34(11):42-48.

[71] 朱浩云.漫谈历代名家的《长江万里图》[J].东方收藏,2020(13):63-69.

[72] 踪凡.马积高主编《历代辞赋总汇》的文献价值[J].天中学刊,2017,32(1):1-6.

[73] 邹建军.文学地理学关键词研究[J].当代文坛,2018(5):44-51.

三、报纸

[1]许结.汉赋与汉画[N].光明日报,2023-02-13(13).

[2]莫砺锋.诗词中的大美长江[N].人民政协报,2022-07-18(11).

四、学位论文

[1]郭薇.《赤壁赋》的视觉艺术传播研究[D].长春:东北师范大学,2018.

[2]陈婉纱.汉魏六朝江海赋的文化地理空间研究[D].杭州:浙江大学,2019.

[3]李丽香.汉魏六朝水赋研究[D].桂林:广西师范大学,2014.

[4]李倩.古代朝鲜辞赋对苏轼《赤壁赋》的接受研究[D].延边:延边大学,2019.

[5]苏珍暖.唐代水赋研究[D].桂林:广西师范大学,2014.

[6]魏冬志.唐宋黄鹤楼诗歌研究[D].保定:河北大学,2021.

[7]徐梅.郭璞《江赋》文献学研究[D].贵阳:贵州师范大学,2016.

后 记

　　长江是中国的母亲河之一,赋是最能体现中国民族特色的文体,二者的结晶——长江赋,无疑具有深厚的文学与文化价值。面对这样一个宏大的选题,笔者所做的工作尚属浅陋,值得深入开展的地方还有很多。

　　而今呈现于读者眼前的这本小书,其间如有一二可观者,当要感谢我的老师、同门、同学诸君。许结老师诚然良师,忝列其门下完成硕博期间的学业,是我的幸运。潘务正师兄给予指教、帮助尤多。此外,王思豪、蒋晓光、程维、宋永祥、安生、刘长悦、程紫丹等同门师兄弟也提供了帮助。

　　本书的完成先后得到巩本栋、胡传志、刘运好、郭自虎、吴微、叶文举、吴振华、卢燕新、范子烨等老师的宝贵意见,多有受益。同时,攻读博士时的同学吴伟、姜晓娟、张勇耀、陈先涛,乃至攻读硕士时的同学潘登、侯承相、马聪、贾宏涛等多有助力。

　　感谢浙江工商大学出版社张晶晶老师等的辛苦工作,让这本小书得以顺利出版。

　　限于笔者水平,本书难免存在不足之处,衷心希望各位读者批评指正。

时俊龙

2023 年 7 月